LA MAGIE DES GLACES

DU MÊME AUTEUR

DANS PRESSES POCKET :

DEMAIN LES LOUPS

LE CYCLE DES ÉPÉES

1. ÉPÉES ET DÉMONS
2. ÉPÉES ET MORT
3. ÉPÉES ET BRUMES
4. ÉPÉES ET SORCIERS

Le livre d'Or de FRITZ LEIBER
présenté par Alain Dorémieux

SCIENCE-FICTION

Collection dirigée par Jacques Goimard

FRITZ LEIBER

LE CYCLE DES ÉPÉES

LA MAGIE DES GLACES

TEMPS FUTURS

Titre original du recueil :
Swords and Ice Magic

Traduction Jacques Corday (Nouvelle 1) et Arlette Rosenblum (nouvelles 2 à 8)

Les textes réunis dans ce volume ont été originellement publiés sous les titres suivants :

- The Sadness of the Executioner (1973)
- Beauty and the Beasts (1974)
- Trapped in the Shadowland (1973)
- The Bait (1973)
- Under the Thumbs of the Gods (1974)
- Trapped in the Sea of Stars (1975)
- The Frost Monstreme (1976)
- Rime Isle (1977)

ISBN : 2-266-02001-3

I

LA TRISTESSE DU BOURREAU

Car il était un ciel qui était toujours gris,
Et il y avait un lieu qui était bien trop loin
Et une créature au visage toujours triste.

LA Mort était assise sur un modeste trône tendu de noir dans une salle de l'immense château qui se dressait au cœur de la Terre de l'Ombre.

La Mort secoua sa tête livide, tapota délicatement ses tempes d'opale et pinça ses lèvres, dont la couleur rappelait celle des raisins violets que recouvre encore au sortir de la nuit un duvet argenté. Son corps élancé était vêtu d'une cotte de mailles et la lame nue de son irrésistible épée pendait à une ceinture noire piquée de crânes d'argent terni.

Ses responsabilités étaient assez limitées, elle n'était que la Mort du Monde de Nehwon, mais cela ne l'empêchait pas d'avoir ses problèmes. Pleines de vie ou déjà vacillantes, deux cents existences humaines devaient s'éteindre au cours des vingt prochains battements de son cœur. Et même si les battements de cœur de la Mort résonnent comme une cloche d'airain dans les profondeurs, même si chacun renferme une parcelle d'éternité, ils finissent toujours par retentir à un moment ou à un autre. Plus que dix-neuf à présent. Et les Seigneurs de la Nécessité, les maîtres mêmes de la Mort, devaient être satisfaits.

Voyons un peu, se dit la Mort, d'un air détaché qui

cachait la légère excitation qu'elle sentait venir, cent soixante paysans ou sauvages, vingt nomades, dix guerriers, deux mendiants, une gueuse, un marchand, un prêtre, un aristocrate, un artisan, un roi et deux héros, cela devrait faire le compte.

L'espace de trois battements de cœur, elle en avait déjà choisi cent quatre-vingt-seize et déchaîné les fléaux qui devaient les exterminer : principalement, des créatures invisibles et venimeuses qui pénétraient dans leur chair et se multipliaient alors de façon irrésistible — ici, un caillot de sang noirâtre était poussé dans une veine pour obstruer finalement un vaisseau d'importance vitale; là, une paroi artérielle déjà fragile s'écroulait sous des efforts répétés — mais aussi une boue gluante qui se glissait insidieusement sous le pied d'un grimpeur, une vipère qui savait où se lover et à quel moment frapper, une araignée destinée à se tapir dans l'ombre.

La Mort avait un peu triché pour le roi, si l'on considère le code sévère qu'elle était seule à connaître. Elle avait elle-même façonné, dans un des recoins les plus obscurs de son esprit, le destin de l'actuel seigneur de Lankhmar, la ville principale du Monde de Nehwon. Ce seigneur était un savant doux et bon, qui n'aimait véritablement que ses dix-sept chats, sans pour cela souhaiter du mal aux autres habitants de Nehwon, et qui rendait toujours la tâche difficile à la Mort en pardonnant aux traîtres, en réconciliant les frères ennemis et les familles divisées, en dépêchant des barges ou des charrettes de grain vers les régions où sévissait la famine, en secourant les petits animaux en détresse, en nourrissant les pigeons, en encourageant l'étude de la médecine et des disciplines voisines mais aussi ce qui était le plus simple, en s'entourant sans cesse, comme une fontaine dont l'eau frémissante rafraîchit les jours de canicule, d'une atmosphère de calme et de sagesse telle que les épées demeuraient dans leur fourreau, les sourcils ne se fronçaient pas et les dents ne se serraient point. Et maintenant, en cette seconde précise, à cause d'une ruse perfide que la Mort elle-même ne pouvait totalement ignorer car elle résultait bien de ses propres manigances, les poignets graciles du doux monarque de Lankhmar se faisaient mordiller innocemment par les dents pointues de son chat favori, empoisonnées la nuit précédente par le terrible venin du serpent empereur que l'on trouve dans la jungle tropicale de Klesh, gracieusement fourni par un neveu jaloux du royal amateur de félins.

La Mort se sentait donc un peu coupable et résolut d'improviser d'un bout à l'autre avec les quatre derniers, et plus particulièrement les deux héros. En un clin d'œil, elle eut une vision de Lithquil, le Duc Dément d'Ool Hrusp, en train de contempler d'une terrasse éclairée par des torches trois berserks du nord équipés de cimeterres à dents de scie et affrontant en combat à mort quatre goules à la chair transparente, au squelette rosâtre, munies de poignards et de haches d'armes. C'était le genre de spectacle que Lithquil ne se lassait jamais d'organiser pour en contempler l'issue — un véritable carnage — et qui, par la même occasion, supprimait une bonne part des dix guerriers que la Mort avait voués à l'anéantissement.

La Mort éprouva des remords infiniment brefs en pensant aux services que Lithquil lui avait rendus depuis des années. Mais le meilleur serviteur même devait être un jour remercié et dans aucun des mondes dont la Mort avait entendu parler — et certainement pas dans Nehwon — il n'y avait pénurie de bourreaux complaisants et même passionnément dévoués, étonnamment infatigables ou dotés d'un esprit particulièrement inventif. Aussi la Mort, à l'instant précis où elle reçut cette vision, projeta sa pensée vers la scène, et la goule qui se tenait en retrait leva ses yeux invisibles en sorte que ses orbites creuses bordées de rose se posèrent sur Lithquil. Avant même que les deux gardes qui flanquaient le Duc Dément aient pu protéger leur maître de leur lourd bouclier, la courte hache que la goule tenait sur son épaule vola vers son but et s'enfonça entre le nez et le front de Lithquil.

Avant même que Lithquil s'écroulât à terre, que l'un des gardes pût décocher une flèche à l'assassin, que l'esclave nue (récompense promise, mais rarement accordée, au gladiateur victorieux) pût prendre son souffle pour pousser un cri de terreur, le regard magique de la Mort alla se fixer sur Horborixen, la cité fortifiée du Roi des Rois. Non point sur le Grand Palais d'Or (même si la Mort en eut une vision fugitive) mais sur un atelier crasseux où un très vieil homme, couché sur une paillasse grossière, souhaitait de toute son âme que la froide lumière de l'aube entrant par la fenêtre (en fait une simple lucarne) ne vienne plus jamais déranger les toiles d'araignée qui dessinaient des voûtes fantomatiques au-dessus de sa tête.

Ce vieillard portait le nom de Gorex : c'était, à Horborixen et peut-être dans tout Nehwon, l'artisan le plus habile en matière de métaux précieux ou à usage militaire et l'inventeur d'objets tout à fait extraordinaires. Mais il avait perdu tout goût à son travail et même à la vie depuis douze longs mois — en fait, depuis le jour où son arrière-petite-fille Eesafem, jeune fille à peine nubile, au corps charmant et souple, aux yeux en amande, dernière survivante de sa race et sa disciple la plus douée, avait été enlevée par les gardes du harem du Roi des Rois. Son four était froid comme la glace, ses outils couverts de poussière, et il s'était entièrement abandonné au chagrin.

Il était si triste que la Mort n'eut à ajouter qu'une seule goutte de sa propre mélancolie au flot de bile sombre qui coulait dans les veines usées du vieux Gorex pour que celui-ci expirât sur-le-champ sans souffrance et se confondît avec ses toiles d'araignée.

L'aristocrate et l'artisan avaient été liquidés en moins de temps qu'il n'en fallait à la Mort pour faire claquer ses longs doigts livides, et il ne restait plus que les deux héros.

Encore douze battements de cœur.

La Mort avait l'intime conviction que les héros

devaient, au moins pour l'amour de l'art, quitter le théâtre de la vie de la façon la plus dramatique qui fût et que l'ironie consistait à n'en faire mourir qu'un sur mille de vieillesse et dans son propre lit. Cette certitude était si profonde qu'elle se sentait en droit d'user d'une magie visible de tous — c'était là une des règles qu'elle s'était forgées — et qu'elle se dispensait de donner dans le réalisme comme pour le commun des mortels. L'espace de deux battements de cœur, elle n'écouta que le frémissement de son esprit tout en se massant à nouveau les tempes de ses longs doigts de nacre. Puis ses pensées se portèrent vers un certain Fafhrd, barbare brutal et romantique mais doté néanmoins d'un solide sens pratique, particulièrement lorsqu'il était tout à fait à jeun ou tout à fait ivre, et vers son compagnon de toujours, le Souricier Gris, le voleur le plus habile et le plus sage de tout Nehwon et en tout cas celui qui se montrait le plus outrageusement orgueilleux.

Les remords extraordinairement brefs que la Mort éprouva en cet instant furent encore plus profonds et sincères que dans le cas de Lithquil. Fafhrd et le Souricier l'avaient bien servie, de façon infiniment plus diversifiée que le Duc Dément, qui lorgnait la mort avec tant d'insistance qu'il en louchait et que la partie de son corps où la hache s'était plantée se révélait particulièrement opportune. Oui, le colosse venu du Nord et le petit coupeur de bourses au sourire pincé avaient été des pions extrêmement utiles dans quelques-unes des plus belles parties jouées par la Mort.

Malgré cela, tout pion sans exception aucune devait être un jour ôté du jeu au terme de la partie en cours; qu'il eût accédé aux plus grandes responsabilités en devenant roi ou reine n'y changeait rien.

La Mort se souvint alors qu'il lui faudrait à son tour mourir un jour et elle s'attela à sa tâche capitale plus vite qu'une flèche ou une étoile filante.

Elle jeta un très bref coup d'œil vers le sud-ouest et la vaste cité de Lankhmar qu'éclairaient les lueurs rosées de l'aurore, elle s'assura que Fafhrd et le Souricier occupaient toujours un grenier délabré tout en haut d'une auberge fréquentée par les marchands les plus humbles en face de la Rue des Remparts, tout près de la Porte des Marais, puis elle s'intéressa à nouveau à Lithquil. En bonne artiste qu'elle était, elle s'efforçait toujours d'improviser en utilisant les matériaux qui se trouvaient à portée de sa main.

Lithquil s'écroulait à terre. L'esclave hurlait. Le berserk le plus puissant, le visage déformé par une fureur guerrière que seul un épuisement total pourrait abolir, venait de trancher la tête aux os roses et à la chair invisible de l'assassin. De la façon la plus injuste et la plus absurde qui soit, comme faisaient toujours les fléaux mineurs dépêchés par la Mort, une dizaine de flèches furent décochées de la terrasse en direction du vengeur de Lithquil.

La magie de la Mort fit son œuvre et le berserk disparut instantanément. Les dix flèches ne transpercèrent que l'air mais, avec son souci habituel d'économiser les matériaux, la Mort tournait déjà ses regards vers Horborixen, vers une vaste cellule éclairée par de hautes fenêtres dotées de barreaux et située au cœur du harem du Roi des Rois. Assez curieusement, la cellule renfermait un petit four, une cuve de refroidissement, deux petites enclumes, plusieurs marteaux, un certain nombre d'outils destinés à travailler le métal ainsi qu'un petit échantillon de métaux précieux ou communs.

Au centre de la cellule, une jeune fille délicieusement gracile, qui n'avait pas plus de seize ans et ne portait pour tout vêtement que quatre bijoux d'argent, s'examinait dans un miroir d'argent patiné, presque aussi furieuse que le berserk lui-même. Elle était dévêtue de la façon la plus extrême qui soit puisque, à l'exception de ses cils, elle avait été épilée en tous points avant de se voir tatouée de gracieux motifs verts et bleus.

Il y avait sept lunes qu'Eesafem était au secret pour avoir mutilé au cours d'une querelle de harem le visage des deux favorites du Roi des Rois, les jumelles Illthmars. Cela d'ailleurs ne déplaisait pas au Roi des Rois et, pour dire vrai, les blessures au visage reçues par ses deux préférées ne faisaient qu'accroître leur attrait pour son désir blasé. La discipline du harem devait toutefois être respectée : de là l'emprisonnement d'Eesafem, son épilation méthodique et savamment lente et son tatouage.

Le Roi des Rois était un esprit pratique et, contrairement à bon nombre de monarques, il souhaitait que ses femmes et ses concubines fassent quelque chose d'utile plutôt que de passer leur temps à jacasser, à se baigner et à roucouler. Eesafem avait donc été autorisée à s'occuper de sa forge et de ses métaux puisque c'était le travail pour lequel elle était le plus douée.

Mais malgré ce travail régulier et les objets charmants ou ingénieux auxquels elle avait donné le jour, la jeune cervelle d'Eesafem avait été dangereusement ébranlée par les douze lunes passées au harem, dont sept au cachot, et par l'attente cruelle d'une visite du Roi des Rois, à des fins amoureuses ou autres, en dépit des charmants objets de métal qu'elle avait façonnés à son intention. Aucun autre homme ne l'avait approchée, à l'exception des eunuques qui venaient l'entretenir des arts érotiques, solidement ligotée pour l'empêcher de se jeter sur eux comme un chat sauvage — ce qui ne l'empêchait pas de leur cracher à la figure dès qu'elle pouvait — ou lui donner des conseils condescendants sur l'art du métal, qu'elle dédaignait tout autant que le reste.

Sa créativité, attisée par la jalousie tout autant que par un désir éperdu de liberté, venait de prendre un tour nouveau et très secret.

Elle se tourna vers le miroir d'argent et observa attentivement les quatre bijoux qui ornaient sa silhouette mince et nerveuse : deux bonnets pour les seins et deux jambières d'argent délicatement ciselé qui mettaient heureusement en valeur ses tatouages bleus et verts.

Son regard voyagea dans le miroir, se détourna de son épaule et de sa tête nue couverte de dessins fantastiques pour se poser sur une cage d'argent abritant un perroquet vert et bleu dont l'œil — aussi malveillant que celui de la jeune fille — lui rappelait sans cesse son propre emprisonnement.

Il y avait quelque chose d'étrange dans ses bijoux d'argent : les bonnets se terminaient par de petites pointes au-dessus des mamelons et les jambières étaient rehaussées à hauteur du genou de losanges couleur d'ébène aussi gros qu'un pouce.

Ces motifs décoratifs n'étaient pas vraiment inopportuns car les pointes avaient été colorées en bleu-vert comme pour s'harmoniser avec les tatouages.

Eesafem s'adressa un sourire malicieux et approbateur, mais la Mort la contempla de façon plus malicieuse encore et bien plus approbatrice que ne pouvait le faire un eunuque. En un éclair, Eesafem avait quitté sa cellule et, avant même que le perroquet bleu-vert ait pu pousser un cri d'étonnement, la Mort avait porté ses yeux et ses oreilles en un autre lieu. Plus que sept battements de cœur.

Il se pourrait bien qu'il y ait dans le Monde de Nehwon des dieux inconnus de la Mort elle-même et s'amusant de temps à autre à dresser des obstacles sur son chemin. Mais il se pourrait tout aussi bien que la Chance soit aussi puissante que la Nécessité. Quoi qu'il en soit, il advint ce matin-là que Fafhrd le Nordique s'éveilla aux lueurs blafardes de l'aube, lui qui avait l'habitude de sommeiller jusqu'à midi. Il s'empara de sa chère épée Massue Grise, dont la lame était aussi nue que son propre corps, et quitta péniblement sa couche pour sortir sur le toit où comme d'habitude il s'adonna au maniement d'arme, frappant le sol du pied au cours de ses assauts et poussant des cris de guerre de temps en temps sans se préoccuper des marchands qu'il tirait du sommeil et qui juraient ou tremblaient en l'entendant agir de la sorte. Les brumes qui s'élevaient du grand marais salé le firent d'abord frissonner, puis ses exercices le mirent en sueur. Les coups et les parades qu'il porta tout d'abord de façon mécanique acquirent rapidement de la prestance et de la vigueur.

Tout était calme dans Lankhmar en dehors de Fafhrd. Les cloches ne sonnaient pas encore, les gongs n'avaient pas commencé de résonner pour annoncer le trépas du doux seigneur de la ville et l'on n'avait pas encore ébruité la nouvelle selon laquelle les dix-sept chats avaient été conduits à la Grande Geôle et enfermés dans des cages séparées en attendant d'être jugés.

Il advint aussi que le Souricier Gris avait veillé jusqu'à l'aube, lui qui aurait normalement dû dormir depuis une heure ou deux. Enveloppé dans un manteau de laine grise, le menton dans la main, il se tenait vautré sur une pile de coussins, derrière une table basse, dans un recoin de la soupente. De temps en temps il se forçait à boire quelques gorgées de vin aigre et remuait des pensées encore plus aigres à propos des gens mauvais et déloyaux qu'il avait eu l'occasion de rencontrer au cours de sa vie extraordinairement compliquée. Il ne prêta aucune attention au réveil de Fafhrd et s'efforça de ne pas entendre ses bruyantes démonstrations, mais le sommeil se dérobait à lui à mesure qu'il le recherchait.

L'œil rouge et la bouche écumante, le berserk se matérialisa devant Fafhrd au moment où celui-ci se mettait en tierce, la main tendue vers le bas et l'épée bien verticale. Le Nordique s'étonna de cette apparition qui, sans se troubler le moins du monde, visait instantanément son cou, faisant tourbillonner son cimeterre à qui ses dents de scie donnaient plutôt l'aspect d'une série de poignards soudés les uns aux autres et fraîchement trempés dans le sang. Et ce fut par pur automatisme que Fafhrd modifia sa garde pour se mettre en quarte. Il parvint à dévier l'arme du berserk qui passa au-dessus de sa tête, produisant le bruit d'une tige de métal frottée contre une grille d'acier lorsque les dents aiguisées rencontrèrent sa lame l'une après l'autre.

Mais sa raison se mit de la partie et, avant même que le berserk ait pu, d'un retour de poignet, effectuer un nouveau tourbillon, la pointe de Massue Grise dessina un cercle rapide, rencontra le poignet du berserk et lui trancha la main. Désarmer ou mutiler un ennemi aussi acharné, puis lui plonger son épée dans le cœur, c'était l'enfance de l'art pour Fafhrd; ainsi acheva-t-il l'œuvre qu'il avait commencée.

Dans le même temps, le Souricier se trouva plutôt surpris par l'apparition inopinée d'Eesafem au beau milieu de la soupente. C'était un peu comme si l'un de ses rêves les plus érotiques venait de se matérialiser. Il ne put que rouler stupidement des yeux lorsqu'elle s'avança vers lui en souriant avant de s'agenouiller, de se plaquer contre lui et de serrer les bras contre ses flancs dans le but de comprimer les bandes d'argent qui retenaient les bonnets de ses seins. Ses yeux en amande lançaient des lueurs vertes de mauvais augure.

Ce qui sauva le Souricier, ce fut le dégoût qu'il avait toujours éprouvé en sentant quelque chose de pointu plaqué contre lui, qu'il s'agisse de l'aiguille la plus minuscule ou de piquants menaçants venus décorer d'exquis bonnets enfermant sans risque d'erreur des seins encore plus exquis. Il se jeta de côté au moment précis où deux petits ressorts extrêmement puissants projetaient des pointes empoisonnées comme des carreaux d'arbalète qui s'enfoncèrent dans le mur où il était adossé l'instant d'avant.

Il bondit sur ses pieds et se jeta sur la fille. La raison, ou peut-être l'intuition, lui fit comprendre pourquoi elle voulait se saisir des deux losanges noirs qui surmontaient ses jambières d'argent. Il la ceintura et parvint à s'en emparer avant elle, faisant apparaître deux petits stylets à manche noir qu'il lança vers la paillasse défaite de Fafhrd.

Il l'entoura ensuite de ses jambes de sorte qu'elle ne pût lui décocher un coup de genou dans le bas-ventre, la saisit par une oreille (après avoir tenté en vain de l'attraper par des cheveux inexistants) et lui coinça la tête dans le creux de son bras gauche pour éviter qu'elle le morde ou lui crache dessus; il emprisonna alors ses mains aux ongles acérés et se mit en devoir d'abuser de la situation. Elle se calma lorsqu'elle en eut assez de résister. Ses seins s'avérèrent très petits mais étonnamment délicieux.

Terriblement perplexe après ce qui venait de se passer sur le toit, Fafhrd revint dans la soupente et ce fut son tour d'écarquiller les yeux. Comment diable le Souricier était-il parvenu à faire venir une fille aussi séduisante? Après tout, cela ne le regardait pas.

— Je t'en prie, ne te dérange pas pour moi, murmura-t-il avant de refermer la porte et de se demander ce qu'il allait faire du cadavre du berserk.

Le problème fut vite résolu : il le prit dans ses bras et le lança quatre étages plus bas sur le gros tas d'ordures qui obstruait presque l'allée des Spectres. Puis Fafhrd ramassa le cimeterre à dents de scie et le dégagea de la main tranchée qu'il jeta à son tour. Il contempla alors l'arme empourprée — qu'il avait l'intention de garder en souvenir — et se demanda de façon quelque peu futile à qui pouvait bien appartenir ce sang.

(Se débarrasser d'Eesafem posait un problème qui ne pouvait être résolu de façon aussi expéditive. Qu'il nous suffise de dire qu'elle perdit peu à peu une grande partie de sa fureur ainsi qu'une parcelle de sa haine de l'humanité, qu'elle apprit à parler couramment le langage de Lankhmar et qu'elle finit ses jours assez heureusement à la tête d'un petit atelier installé dans la Cour du Cuivre, derrière la Rue de l'Argent, où elle fabriqua des bijoux magnifiques et vendit sous le comptoir, entre autres objets, les plus belles bagues empoisonnées de tout Nehwon.)

Pendant ce temps, la Mort, pour qui le temps ne s'écoule pas comme celui des hommes, se dit qu'elle n'avait plus que deux battements de cœur pour atteindre le nombre fixé. Le plaisir extrêmement mince qu'elle avait pris en voyant les deux héros déjouer ses brillantes improvisations, et en se disant qu'il existait *peut-être* dans l'univers des pouvoirs inconnus d'elle et surpassant les siens propres, laissa place à la déception lorsqu'elle comprit qu'il ne lui restait plus assez de temps pour agir de façon indirecte ou élégante et qu'elle devrait personnellement mettre la main à la pâte, une chose qu'elle détestait au plus haut point car la notion de *deus ex machina* lui avait toujours paru être le ressort le plus faible de la vie ou de la fiction.

Lui faudrait-il donc tuer Fafhrd et le Souricier de ses propres mains? Non, ils s'étaient à leur façon montrés plus malins qu'elle, et il était juste, en pareil cas, qu'ils jouissent de l'immunité quelque temps. Elle ne devait pas non plus avoir l'air d'agir sous l'impulsion de la colère ou par vengeance. Selon le code qu'elle s'était donné, et malgré ses tricheries occasionnelles et quasi inévitables, la Mort était belle joueuse.

Après avoir poussé le plus léger mais aussi le plus las des soupirs, elle se transporta par magie dans la salle de garde royale du Grand Palais d'Or d'Horborixen. En deux coups étonnamment rapides, elle prit la vie de deux héros, deux nobles des plus irréprochables qu'elle n'avait qu'entrevus auparavant mais qui restaient inscrits dans son infaillible mémoire, deux frères consacrés au célibat éternel et au sauvetage d'au moins une demoiselle en détresse toutes les lunes. Ainsi furent-ils libérés de ce destin difficile et la Mort put-elle s'adonner à nouveau à ses sombres rêveries, assise sur son trône au centre du château du Pays des Ombres, attendant sa prochaine mission.

Et son cœur battit une vingtième fois.

II

LA BELLE ET LES BÊTES

C'ÉTAIT sans conteste la plus belle jeune femme de Lankhmar, ou de tout Nehwon ou de tout autre monde. Naturellement, donc, Fafhrd, l'Homme du Nord aux cheveux roux, et le Souricier Gris, cet Homme du Sud au visage de chat et au teint basané, lui avaient emboîté le pas.

Elle s'appelait, fort étrangement, Slenya Akkiba Magus — elle, la brune la plus fascinante de toutes les planètes et aussi, bien curieusement, la plus ensorcelante des blondes. Ils connaissaient son nom parce que quelqu'un l'avait crié tandis qu'elle les précédait d'un pas léger dans l'Allée du Toc, qui est parallèle à la Rue de l'Or, et qu'elle avait eu une seconde d'hésitation, marquée par cette façon que l'on a de se raidir quand on ne s'attend pas à être interpellé, puis elle avait repris sa marche sans se retourner.

Ils n'avaient pas vu qui appelait. Peut-être quelqu'un sur un toit. Ils jetèrent un coup d'œil en passant dans la Cour aux Sequins, mais elle était vide. De même la Cour de l'Or-des-Fous.

Slenya avait cinq centimètres de plus que le Souricier Gris et vingt-cinq centimètres de moins que Fafhrd, une bonne taille pour une jeune femme.

— Elle est à moi, chuchota le Souricier avec une grande puissance de conviction.

— Non, elle est à moi, rétorqua Fafhrd avec ce

murmure détaché qui terrassait les contradicteurs.
— Nous pourrions la *couper en deux,* marmonna judicieusement le Souricier.

Il y avait une logique cocasse dans cette suggestion car, ô merveille, elle était complètement noire du côté droit et complètement blanche du côté gauche. On voyait très distinctement la ligne de partage dans son dos grâce à l'extrême minceur de la robe de soie écrue qu'elle portait. Les deux couleurs se séparaient exactement à la chute des reins.

Du côté blanc, sa chevelure était entièrement blonde. Du côté noir, elle était toute brune.

A cet instant, un guerrier noir comme l'ébène surgit du néant et attaqua Fafhrd avec une cimeterre d'airain.

Tirant en hâte son épée Massue Grise, Fafhrd riposta par un coup droit. Le cimeterre se rompit et les fragments d'airain volèrent de-ci de-là. Le poignet de Fafhrd rabattit en cercle Massue Grise et fit sauter la tête de son adversaire.

Pendant ce temps, le Souricier s'était soudain trouvé face à face avec un guerrier blanc ivoire surgi d'un autre néant et armé d'une rapière en acier plaqué d'argent. Le Souricier dégaina sa griffe de chat, lia la lame de l'autre et lui transperça le cœur.

Les deux amis se congratulèrent.

Après quoi, ils jetèrent un coup d'œil autour d'eux. A part les cadavres, l'Allée du Toc était vide.

Slenya Akkiba Magus avait disparu.

Les deux amis méditèrent là-dessus pendant cinq battements de cœur et deux respirations. Puis les sourcils de Fafhrd se défroncèrent et ses pupilles se dilatèrent.

— Souricier, dit-il, la jeune femme s'est divisée en ces deux scélérats! Cela explique tout. Ils sont sortis du même néant.

— Du même quelque part, tu veux dire, corrigea le Souricier. Vraiment extraordinaire comme mode de reproduction, ou plutôt de fission.

— Et avec changement de sexe, ajouta Fafhrd. Peut-être que si nous examinions les corps...

Ils baissèrent les yeux et découvrirent l'Allée du Toc encore plus vide. Les deux dépouilles avaient disparu de la chaussée. Même la tête coupée n'était plus au pied du mur contre lequel elle avait roulé.

— Une excellente manière de disposer d'un cadavre, déclara Fafhrd d'un ton approbateur.

Ses oreilles avaient capté le martèlement de pas et le cliquetis métallique de la ronde de nuit qui approchait.

— Ils auraient pu rester le temps que nous sondions leurs escarcelles et coutures de vêtements pour y trouver bijoux et métal précieux, objecta le Souricier.

— Mais qu'y avait-il derrière tout cela? reprit Fafhrd tout pensif. Un magicien blanc et noir...?

— Inutile de se casser la tête, coupa le Souricier. Courons à la Lamproie d'Or boire à la santé de cette femme assurément sensationnelle.

— D'accord. Et nous boirons en son honneur, comme il convient, la bière la plus brune additionnée du plus blanc des vins pétillants d'Ilthmar.

III

PRIS AU PIÈGE DE LA TERRE DE L'OMBRE

FAFHRD et le Souricier Gris étaient presque morts de soif. Leurs chevaux avaient succombé à ce même infernal dessèchement de gorge au dernier point d'eau, qui s'était révélé à sec. Mais l'ultime contenu de leurs outres, augmenté du liquide fourni par leurs propres corps, n'avait pas suffi à maintenir en vie les chers animaux solipèdes. Comme tout le monde le sait, les chameaux sont les seuls êtres vivants qui peuvent transporter des hommes pendant plus d'une journée ou deux dans les déserts arides et presque surnaturellement torrides du Monde de Nehwon.

Ils continuaient péniblement leur chemin à pied en direction du sud-ouest sous le soleil aveuglant et sur le sable brûlant. Malgré leur situation tragique, malgré leurs corps et leurs esprits enfiévrés par la chaleur, ils suivaient un itinéraire choisi avec soin. Cap trop au sud, ils seraient tombés entre les mains cruelles de l'empereur des Pays d'Orient, qui se serait délecté à les torturer avant de les tuer. Trop à l'est, ils auraient rencontré les Mingols sans merci des Steppes ainsi que d'autres horreurs. A l'ouest et au nord-ouest, il y avait ceux qui les poursuivaient maintenant. Tandis qu'au nord et au nord-est s'étendait la Terre de l'Ombre, le pays de la Mort même. Voilà ce qu'ils savaient avec certitude sur la géographie de Nehwon.

Pendant ce temps, la Mort esquissait un sourire dans

son château bas au cœur de la Terre de l'Ombre, assurée de tenir enfin dans sa poigne osseuse les deux héros insaisissables. Des années auparavant, ils avaient eu l'audace de pénétrer dans son domaine pour rendre visite à leurs premières amours, Ivrian et Vlana, et de voler, dans son château même le masque favori de la Mort [1]. Un comble. Maintenant, ils allaient payer leur témérité.

La Mort avait l'apparence d'un jeune homme grand et beau, quoique passablement cadavérique et de teint opalescent. Elle contemplait à cet instant une grande carte de la Terre de l'Ombre et de ses environs encastrée dans un mur sombre de sa demeure. Sur cette carte, Fafhrd et le Souricier étaient un point brillant, comme une étoile errante ou un pyrophore, au sud de la Terre de l'Ombre.

La Mort tordit ses minces lèvres souriantes et remua le bout osseux de ses doigts en menues arabesques cabalistiques, œuvrant à un enchantement mineur mais ardu.

Son incantation terminée, elle remarqua avec satisfaction que sur la carte, au sud de la Terre de l'Ombre, une langue s'allongeait visiblement à la poursuite du point luminescent formé par ses victimes.

Fafhrd et le Souricier marchaient toujours en direction du sud-est, mais à présent ils trébuchaient et titubaient, les pieds et l'esprit en feu, le visage dégoulinant de précieuse sueur. Ils étaient partis, près de la Mer des Monstres et de la Cité des Vampires, à la recherche des dernières en date de leurs bien-aimées, qui avaient disparu dans la nature, la Reetha du Souricier et la Kreeshkra de Fafhrd, celle-ci une Goule authentique à la chair et au sang invisibles, ce qui mettait en valeur ses jolis os roses, tandis que Reetha avait pour principe d'aller nue et rasée de la tête aux pieds, un penchant qui donnait à ces jeunes femmes un

1. Voir « Le Prix de l'oubli » in *Épées et mort* (Cycle des Épées, tome II).

air de ressemblance et une sympathie réciproque.

Mais le Souricier et Fafhrd n'avaient trouvé qu'une horde de vampires féroces, montant des chevaux aussi squelettiques qu'eux, qui les avaient pourchassés à l'est et au sud, soit pour les tuer, soit pour les faire périr de soif dans le désert où sous la torture dans les cachots du Roi des Rois.

Il était midi et le soleil ardait à son maximum. La main gauche de Fafhrd toucha dans la chaleur sèche une barrière fraîche d'environ soixante centimètres de haut, invisible au premier abord mais pas pour longtemps.

— Évadons-nous dans la fraîcheur humide, dit-il d'une voix fêlée.

Ils enjambèrent la clôture avec empressement et se jetèrent sur un gazon merveilleusement épais, de l'herbe sombre de cinq centimètres de haut, surmontée d'une brume fine. Ils dormirent à peu près dix heures de rang.

Dans son château, la Mort s'accorda un mince sourire quand, sur sa carte, la langue issue de la Terre de l'Ombre, en s'étirant vers le sud, toucha le point brillant comme un diamant et l'obscurcit.

La plus grande étoile de Nehwon, Astorian, planait à l'est dans le ciel, avant-courrière de la lune, lorsque les deux aventuriers se réveillèrent, amplement délassés par leur long somme. La brume avait presque disparu, mais la seule étoile visible était l'énorme Astorian.

D'un bond, le Souricier se remit sur pied avec nervosité, tout gris dans sa tunique, son capuchon et ses souliers en peau de rat.

— Si nous voulons nous sauver, il faut repartir dans la sécheresse ardente, car c'est ici la Terre de l'Ombre, le pays de la Mort.

— Un pays bien agréable, répliqua Fafhrd en étirant ses énormes muscles avec volupté sur l'épais tapis vert. Retourner à cette féroce terre-mer saumâtre, granuleuse et râpeuse? Très peu pour moi.

— Mais si nous restons ici, objecta le Souricier, je ne

sais quel infernal feu follet trompeur va nous entraîner malgré nous jusqu'aux basses murailles du Château de la mort, que nous avons défiée en lui volant son masque et en en donnant les deux moitiés à nos sorciers Sheelba et Ningauble, un exploit dont il y a peu de chance que la Mort nous soit reconnaissante. De plus, nous risquons d'y rencontrer les deux premières femmes de notre vie, Ivrian et Vlana, désormais concubines de la Mort, et cela n'aurait rien d'agréable.

Fafhrd fit la grimace, répéta néanmoins avec obstination :

— Mais on est bien ici.

D'un geste plutôt gauche, il tortilla ses larges épaules et allongea de nouveau ses sept pieds sur le gazon délicieusement humide. (Les « sept pieds » se réfèrent à sa taille. Rien en lui du poulpe à qui manquerait un tentacule; c'était un très grand et beau barbare à barbe rousse.)

Le Souricier insista :

— Mais suppose que ta Vlana apparaisse, blême de visage et froide de cœur? Ou, aussi bien, mon Ivrian dans le même état?

Cette image lugubre emporta la décision. Fafhrd se leva d'un bond, le bras tendu pour empoigner la petite clôture. Mais voilà, il n'y avait pas de clôture à portée de la main. Dans toutes les directions s'étendait le gazon humide vert sombre de la Terre de l'Ombre. Tandis que la brume légère s'était de nouveau épaissie, masquant Astorian. Pas moyen de s'orienter.

Le Souricier fouilla dans son escarcelle en peau de rat et en sortit une aiguille d'os bleue. Il se piqua en la manipulant et jura. Elle était terriblement pointue à un bout, ronde et percée à l'autre extrémité.

— Il nous faut une mare ou une flaque, dit-il.

— D'où tiens-tu ce joujou? questionna Fafhrd. Magie, hein?

— De Nattick Doigts-de-Fée le Tailleur dans Lankhmar la Grande, répondit le Souricier. Magie, non pas!

As-tu jamais entendu parler d'aiguilles de boussole, ô malin?

Non loin de là, ils trouvèrent une mare peu profonde sur le gazon. Le Souricier mit précautionneusement son aiguille à flotter sur le petit miroir d'eau claire et tranquille. Elle tourna lentement de-ci de-là et finit par s'immobiliser.

— Allons par là, dit Fafhrd en désignant la direction indiquée par le côté percé de l'aiguille. Au sud.

Car il avait l'intuition que le bout pointu devait être tourné vers le cœur de la Terre de l'Ombre, le Pôle de Mort de Nehwon, si l'on peut dire. Un instant, il se demanda s'il existait aux antipodes un autre pôle, peut-être un Pôle de Vie.

— Et nous aurons encore besoin de l'aiguille pour nous orienter plus tard, ajouta le Souricier, qui se piqua encore une fois et jura en la rangeant dans sa bourse.

— Ha! Aoah-oah-oah! hurlèrent trois berserks [1], surgissant de la brume comme des statues animées. Ils étaient restés longtemps perplexes à la périphérie de la Terre de l'Ombre, n'ayant guère plus envie d'avancer jusqu'au Château de la Mort pour trouver leur Enfer ou leur Valhalla que de chercher à s'en évader, mais toujours prêts à se battre. Ils foncèrent sur Fafhrd et le Souricier, épées nues et peaux nues comme de vrais plantigrades.

Dix battements de cœur de combat à grands cliquetis d'épées, c'est le temps qu'il fallut aux Deux pour tuer les berserks — n'était-ce pas un délit que de tuer dans le domaine de la Mort, s'avisa le Souricier, ou une

1. Le berserk ou bareserk, on s'en souvient, est un guerrier scandinave des temps primitifs, vivant en solitaire et en banni dans les montagnes, et sujet à des accès de violence incontrôlables. Ce personnage redoutable doit son nom à son vêtement : une tunique (shirt/serk) en peau d'ours (Ber/bear/bare). D'où le jeu de mots intraduisible en fin de paragraphe : *bare* signifiant à la fois *ours* et *nu*, Fritz Leiber s'amusant à les présenter bareskinned et naked-bladed. *(N.d.T.)*

forme de braconnage? Fafhrd reçut au biceps une légère estafilade, que le Souricier pansa avec soin.

— Fichtre! dit Fafhrd. Où pointait l'aiguille? Je suis désorienté.

Ils repérèrent un miroir-mare (le même ou un autre), firent flotter l'aiguille, trouvèrent de nouveau le sud et reprirent leur marche.

Ils tentèrent à deux reprises de s'échapper de la Terre de l'Ombre en changeant de direction, une fois vers l'est, une fois vers l'ouest. Sans succès. Quel que fût le chemin choisi, ils ne virent qu'un sol recouvert de doux gazon et un ciel embrumé. Ils continuèrent donc vers le sud, se fiant à l'aiguille de Nattick.

Pour se nourrir, ils faisaient sortir des noirs troupeaux qu'ils rencontraient de noirs agneaux qu'ils tuaient, saignaient, dépouillaient et découpaient, rôtissant la chair tendre à des feux allumés avec le bois noir des arbres et des buissons dressant çà et là leur silhouette basse. La chair jeune était succulente. Ils buvaient de la rosée.

La Mort dans son donjon aux basses murailles continuait à sourire de temps à autre à sa carte, où la noire langue de terre s'allongeait toujours magiquement vers le sud-ouest autour de l'étincelle voilée des victimes qu'elle avait désignées.

Elle remarqua que la cavalerie vampirique lancée à l'origine aux trousses des Deux s'était arrêtée à la limite de son domaine.

Mais à présent il y avait une infime trace d'anxiété dans le sourire de la Mort. Et de temps à autre un minuscule pli vertical ridait son front lisse et opalescent, tandis qu'elle concentrait toutes ses facultés pour que sa sorcellerie géographique continue à opérer.

La langue noire progressait sur la carte, dépassant Sarheenmar et Ilthmar-la-Maraude en direction du Pays-qui-coule. Les deux villes, situées sur les rives de la Mer Intérieure, étaient terrifiées par la noire invasion de gazon humide et de ciel brumeux, et elles remercièrent leurs dieux dégénérés d'avoir été épargnées de justesse.

Et voici que la langue noire traversait le Pays-qui-coule, cap plein ouest. Le petit pli sur le front de la Mort s'était creusé profondément. A la Porte du Marais de Lankhmar, le Souricier et Fafhrd découvrirent leurs mentors magiques qui les attendaient, Sheelba-au-Visage-Aveugle et Ningauble-aux-Sept-Yeux.

— Qu'est-ce que tu avais en tête? demanda sévèrement Sheelba au Souricier.

— Et qu'est-ce que tu as fait, toi? demanda Ningauble à Fafhrd d'un ton péremptoire.

Le Souricier et Fafhrd étaient encore dans la Terre de l'Ombre et les deux magiciens en dehors, la frontière passant entre eux. Si bien que leur conversation ressemblait à celle de deux couples situés de part et d'autre d'une rue étroite où d'un côté il tombe des hallebardes, l'autre étant sec et ensoleillé — disons plutôt, dans le cas présent : empuanti par les fumées et brouillards de Lankhmar.

— Chercher Reetha, répliqua le Souricier, sincèrement pour une fois.

— Chercher Kreeshkra, dit Fafhrd d'un ton assuré, mais une troupe de cavaliers vampires nous a harcelés pour nous obliger à céder du terrain.

De son capuchon, Ningauble fit sortir six de ses sept yeux tentaculaires et examina Fafhrd avec soin. Il déclara avec sévérité :

— Kreeshkra, lasse de tes humeurs capricieuses impossibles à contrôler, s'en est retournée pour de bon chez les vampires, emmenant Reetha avec elle. A sa place, je te conseillerais de te mettre en quête de Frix.

C'était le nom d'une femme remarquable qui avait joué un rôle nullement mineur dans l'aventure des hordes de rats, à laquelle avait participé Kreeshkra la Goule [1].

— Frix est une femme belle et courageuse, impres-

1. Voir *Le Royaume de Lankhmar* (Cycle des Épées, tome V).

sionnante par son sang-froid, convint Fafhrd, mais comment la joindre? Elle est d'un autre monde, un monde d'air.

— Pour ma part, je te conseille de chercher Hisvet, dit sarcastiquement au Souricier Sheelba-au-Visage-Aveugle.

Le vide noir sous son capuchon devint encore plus épais si c'est possible. Il faisait allusion à une femme qui avait pris part à l'aventure des rats, où Reetha avait également joué un rôle déterminant.

— Sensationnelle, cette idée, Père, répliqua le Souricier, d'autant plus enclin à préférer Hisvet à toutes les autres femmes, qu'il n'avait jamais joui de ses faveurs, bien qu'il eût été sur le point d'y réussir à plusieurs reprises.

» Mais il y a des chances pour qu'elle soit au fin fond de la terre sous son apparence de rate. Comment m'y prendrais-je? Comment, oui, comment?

Si Sheel et Ning l'avaient pu, ils auraient souri. Néanmoins Sheelba se contenta de dire :

— C'est agaçant de vous voir tous les deux embrumés, comme des héros enduits de fumée.

Lui et Ning, sans se consulter, procédèrent ensemble à une petite mais très délicate sorcellerie. Après avoir résisté avec la plus grande opiniâtreté, la Terre de l'Ombre et sa brume battirent en retraite vers l'est, laissant les Deux dans le même ensoleillement que leurs mentors. Toutefois deux masses invisibles de brume noire restèrent en arrière, pénétrant la chair du Souricier et de Fafhrd et se refermant à jamais autour de leurs cœurs.

Très loin à l'est, la Mort se laissa aller à émettre un bout de juron qui aurait scandalisé les dieux dans leur ciel s'ils l'avaient entendu. Elle jeta un regard furibond à sa carte et à sa langue noire qui raccourcissait. Car la Mort était dans une colère folle. Encore un échec!

Ning et Sheel exécutèrent une autre mini-sorcellerie.

Sans préavis, Fafhrd s'éleva en l'air comme une flèche, devint de plus en plus petit et finit par disparaître hors de la vue.

Sans changer de place, le Souricier rapetissa également jusqu'à moins d'un pied de haut, taille qui lui permettait d'être à la hauteur d'Hisvet, au lit ou ailleurs. Il plongea dans le trou de rat le plus proche.

Aucune de ces péripéties n'était aussi remarquable qu'il y paraît, car Nehwon n'est qu'une bulle montant dans les eaux de l'infini.

Les deux héros passèrent l'un et l'autre un charmant week-end avec la dame de leurs pensées de la semaine.

— Je ne sais pas pourquoi je fais des choses comme ça, dit Hisvet, zézayant légèrement et caressant de façon tout intime le Souricier comme ils étaient couchés côte à côte sur des draps de soie. Ce doit être parce que je te déteste.

— Rencontre agréable et même estimable, confessa Frix à Fafhrd dans une situation similaire. C'est mon péché mignon de m'amuser, de temps à autre, avec les animaux inférieurs. Ce que certains tiendraient pour une faiblesse chez une reine de l'air.

Leur week-end terminé, Fafhrd et le Souricier furent automatiquement ramenés par magie à Lankhmar et se rencontrèrent dans la Rue Pauvre près de l'étroite maison crasseuse d'aspect où demeurait Nattick Doigts-de-Fée. Le Souricier avait retrouvé sa taille normale.

— Tu parais hâlé par le soleil, dit-il à son compère.

— Par l'espace, en réalité, rectifia Fafhrd. Frix habite un pays remarquablement éloigné. Mais toi, mon vieil ami, tu me sembles plus pâle qu'à l'accoutumée.

— Voilà ce que trois jours sous terre font au teint, conclut le Souricier. Viens, allons boire un verre à l'Anguille d'Argent.

Ningauble dans sa grotte près d'Ilthmar et Sheelba

dans sa cabane mobile du Grand Marais Salé sourirent l'un et l'autre, malgré l'absence de tout élément permettant d'adopter cette expression faciale. Ils savaient qu'ils venaient d'augmenter la dette de reconnaissance de leurs protégés.

IV

L'APPÂT

FAFHRD, l'Homme du Nord, rêvait d'un grand amas d'or.

Le Souricier Gris, l'Homme du Sud, encore plus malin conformément à son caractère toujours porté à l'émulation, rêvait d'un monceau de diamants. Il n'avait pas fini d'en éliminer tous ceux à l'eau impure, mais il pressentait que son tas scintillant devait déjà valoir plus que le tas luisant de Fafhrd.

Comment il savait en rêve ce que rêvait Fafhrd était un mystère pour toutes les créatures de Nehwon, sauf peut-être Sheelba-au-Visage-Aveugle et Ningauble-aux-Sept-Yeux, les mentors-sorciers respectifs du Souricier et de Fafhrd. La cause en était peut-être un fond spirituel vaste et noir que les deux avaient en commun.

Ils s'éveillèrent ensemble, Fafhrd un peu plus posément, et se redressèrent sur leur séant.

Au pied de leurs lits, à mi-chemin entre les deux, se trouvait un objet qui retint leur attention. Il avait environ les trente-six kilos, un mètre quarante, de longs cheveux noirs plats dévalant de sa tête, une peau ivoire, une forme aussi exquise qu'une des pièces du jeu d'échecs du Roi des Rois sculptées dans une seule pierre de lune. On lui aurait donné dans les treize ans, mais ses lèvres au sourire froidement imbu de soi-même indiquaient dix-sept printemps, cependant que les yeux-lacs profonds et brillants dataient de la première fonte des eaux bleues de la Période Glaciaire.

Naturellement, elle était nue.

— Elle est à moi! dit le Souricier, toujours prompt à réagir.

— Non, elle est à moi! dit Fafhrd presque en même temps mais concédant par ce *non* initial que le Souricier avait parlé le premier, ou du moins qu'il avait prévu d'être devancé.

— J'appartiens à moi-même et à nul autre, sinon à deux ou trois demi-démons virils, dit la petite adolescente nue, ce qui ne l'empêcha pas de décocher à chacun d'eux une œillade nymphique tout ce qu'il y a de plus lascive.

— Je me bats avec toi pour elle, proposa le Souricier.

— Et moi avec toi, confirma Fafhrd, en tirant avec lenteur Massue Grise de son fourreau posé à côté du lit.

Le Souricier fit glisser sa griffe de chat hors de sa gaine en peau de rat.

Les deux héros se levèrent de leurs lits.

A cet instant, deux personnages apparurent derrière la jeune fille, surgis du néant, selon toute apparence. L'un et l'autre avaient au moins deux mètres soixante-dix de haut. Ils étaient obligés de se courber pour ne pas heurter le plafond. Les toiles d'araignée chatouillaient leurs oreilles pointues. Celui qui se trouvait du côté du Souricier était noir comme du fer battu. Il dégaina vivement son épée qui semblait forgée aussi dans ce matériau.

Au même instant, son compagnon, qui était blanc comme un os, brandit une épée couleur d'argent, probablement de l'acier plaqué d'étain.

Les deux mètres soixante-dix opposés au Souricier se mirent en devoir d'assener sur le sommet de son crâne un coup à le fendre en deux. Le Souricier para en prime et l'arme de son adversaire dévia vers la gauche en crissant. Sur quoi, balançant sa rapière d'un vif mouvement de faucheur dans le sens opposé, le Souricier trancha la tête du démon noir, qui heurta le sol avec un horrible bruit de ferraille.

L'Afrite blanc [1] opposé à Fafhrd s'était fié à une estocade portée de haut en bas. Mais le Nordique, liant son fer à revers dans un moulinet, le transperça, l'épée d'argent manquant d'un cheveu la tempe droite de Fafhrd.

La nymphette frappa le sol avec irritation de son talon nu et s'évanouit dans les airs, ou peut-être dans les limbes.

Le Souricier s'apprêta à essuyer sa lame sur les draps de sa couchette mais constata que c'était inutile. Il haussa les épaules.

— Quelle malchance pour toi, compagnon, dit-il avec une feinte désolation. Maintenant tu ne pourras plus t'esbaudir avec cette délicieuse mignonne en la regardant s'ébattre sur ton tas d'or.

Fafhrd fit un mouvement pour nettoyer Massue Grise sur ses draps à lui, découvrant alors qu'elle aussi était déjà débarrassée de toute trace de sang. Il fronça les sourcils.

— Vraiment malheureux pour toi, ô meilleur des amis, dit-il d'un ton commisération. A présent, tu ne pourras plus la pénétrer à l'instant où, avec l'abandon de la jeunesse, elle se serait étirée sur ton lit de diamants, assez scintillant pour donner à sa chair blanche des teintes opalescentes.

— Au diable ces fariboles artistiques à l'eau de rose, comment as-tu su que je rêvais de diamants? rétorqua le Souricier.

— Comment l'ai-je su? se demanda Fafhrd d'un air surpris.

Finalement, il supposa la question résolue en répliquant :

1. L'Afrite est un djinn, un démon ou un géant monstrueux dans la mythologie arabe. *(N.d.T.)*

— De la même façon, je suppose, que tu savais que je rêvais d'or.

Les deux cadavres exagérément longs choisirent cet instant pour disparaître, emmenant la tête coupée avec eux.

Fafhrd dit gravement :

— Souricier, je commence à croire que des forces surnaturelles ont joué un rôle dans les événements de ce matin.

— Sauf si ce sont des hallucinations, ô grand philosophe, riposta le Souricier avec une certaine irritation.

— Que non pas! corrigea Fafhrd. Vois donc : ils ont laissé leurs armes derrière eux.

— Effectivement, convint le Souricier, jaugeant d'un œil rapace les lames en fer forgé et doublé d'étain gisant sur le plancher. Elles atteindront un prix élevé dans la Cour aux Antiquités.

Le Grand Gong de Lankhmar, aux résonances étouffées par les murs, retentit des douze coups funèbres de midi, l'heure où les fossoyeurs plongent la bêche en terre.

— Un présage a posteriori, conclut Fafhrd. Maintenant, nous connaissons la source de la force suprême. La Terre de l'Ombre, terminus de toutes les funérailles.

— Oui, acquiesça le Souricier. La Mort, ce Prince plein d'acharnement, a fait une nouvelle tentative contre nous.

Fafhrd aspergea son visage d'eau froide prise dans une grande cuvette placée contre le mur.

— Ah, bah, dit-il entre deux éclaboussures. Du moins était-ce un bel appât. En vérité, il n'y a rien comme une jeune fille nubile, possédée ou simplement entrevue toute nue, pour donner de l'appétit au petit déjeuner.

— Oui, certes, répliqua le Souricier, qui ferma les paupières bien serré et se frotta énergiquement la figure avec une pleine paume d'eau-de-vie blanche.

C'était tout à fait le genre de fruit vert propre à attiser tes penchants de satyre pour les toutes jeunes filles en fleur.

Le bruit d'éclaboussures cessa et dans le silence qui suivit Fafhrd questionna d'un ton innocent :

— Les penchants de satyre *de qui*?

V

SOUS LA LOI DES DIEUX

Buvant des boissons fortes un soir à l'Anguille d'Argent, le Souricier Gris et Fafhrd se laissèrent aller à évoquer avec une nostalgie satisfaite, et même voluptueuse, leurs anciennes amies et leurs exploits amoureux. Ils se vantèrent même un peu l'un à l'autre de leurs divertissements érotiques les plus récents (encore qu'il soit toujours imprudent de se vanter de ce genre de chose, notamment à haute voix; on ne sait jamais qui écoute).

— En dépit de son immense talent pour le mal, disait le Souricier, Hisvet [1] reste toujours une enfant. A quoi bon m'étonner? Le mal est naturel aux enfants, c'est un jeu pour eux, ils n'éprouvent aucune honte. Ses seins ne sont pas plus gros que des noix, ou des citrons, ou tout au plus de petites mandarines surmontées d'une noisette — tous les huit.

Fafhrd déclara :

— Frix est l'incarnation même du théâtral. Tu aurais dû la voir ensuite debout sur le rempart ce soir-là, une lueur extasiée dans les yeux, cherchant les étoiles. Nue à part quelques ornements de cuivre et fraîche comme l'aurore à l'instant le plus rose. Elle paraissait prête à prendre son envol, et elle peut le faire, comme tu le sais.

1. Voir *Le Royaume de Lankhmar* (Cycle des Épées, tome V).

Dans la Terre des Dieux, qu'on appelle Godsland, près du Pôle de Vie de Nehwon, dans l'hémisphère sud, aux antipodes de la Terre de l'Ombre qui est la demeure de la Mort, trois dieux assis à la turque en cercle repérèrent les voix de Fafhrd et du Souricier dans le brouhaha de leurs adorateurs tant fidèles que laps et relaps, ce brouhaha qui résonne perpétuellement dans l'oreille des dieux, comme s'ils serraient sur leur tempe un coquillage.

L'un des trois dieux était Issek, que Fafhrd avait naguère servi fidèlement comme acolyte pendant trois mois [1]. Issek avait l'apparence d'un jeune homme frêle aux chevilles et aux poignets rompus, ou plutôt repliés en permanence à angle droit. Durant sa Passion, il avait été soumis au dur supplice du chevalet. Un autre était Kos, révéré par Fafhrd pendant sa jeunesse dans le Désert Froid, un dieu musclé assez trapu, engoncé dans des vêtements de fourrure, avec un visage sévère pour ne pas dire revêche envahi par la barbe.

Le troisième était Mog qui ressemblait à une araignée à quatre pattes avec un visage tout à fait agréable encore qu'imparfaitement humain. Un jour, la jeune femme nommée Ivrian, qui fut le premier amour du Souricier, s'était toquée d'une statuette en jais de Mog; il l'avait volée pour elle et et elle avait décrété, peut-être malicieusement, que Mog et le Souricier avaient la même physionomie.

Or le Souricier Gris passe en général pour être et avoir toujours été complètement athée, mais ce n'est pas vrai. Un peu pour plaire à Ivrian, qu'il gâtait outrageusement, mais un peu aussi parce que sa vanité se trouvait flattée qu'un dieu choisisse de lui ressembler, il feignit pendant plusieurs semaines de croire à Mog dur comme fer.

Donc le Souricier et Fafhrd étaient bien des adorateurs, encore que laps et relaps, et si les trois dieux

1. Voir « Jours maigres dans Lankhmar » in *Épées et brumes* (Cycle des Épées, tome III).

repérèrent leurs voix, c'est d'abord pour cette raison, mais aussi parce qu'ils étaient les zélateurs les plus remarquables qu'aient jamais eus ces dieux et parce qu'ils se vantaient. Car les dieux ont l'oreille fine pour entendre les fortanteries, ou les proclamations de bonheur et d'autosatisfaction, ou les fermes déclarations d'intention de faire ci ou ça, ou les prophéties pleines d'assurance sur ce qui va sûrement se produire, ou tous autres propos impliquant que l'homme a quelque pouvoir sur sa destinée. Et les dieux sont jaloux, facilement irrités, méchants et prompts à se montrer contrariants.

— C'est bien eux... ces salopards prétentieux! grommela Kos en suant sous ses fourrures — car la Terre des Dieux a un climat paradisiaque.

— Ils ne m'ont pas invoqué depuis des années... les ingrats! dit Issek en hochant son menton frêle. Pour ce qu'ils se soucient de nous, nous pourrions aussi bien être morts, en dehors du fait que nous avons nos autres adorateurs. Mais ils ne le savent pas... ils sont sans cœur.

— Ils n'ont même pas juré notre nom en vain, dit Mog. J'estime, messieurs, qu'il est temps de leur faire sentir le déplaisir divin. D'accord?

Entre-temps, par leur échange de confidences sur Frix et Hisvet, le Souricier et Fafhrd avaient éveillé en eux-mêmes certains désirs urgents sans ébranler sérieusement leur nostalgie béate.

— Qu'en penses-tu, Souricier, proposa paresseusement Fafhrd, si nous allions à présent en quête d'aventures? La nuit est jeune.

Son compagnon répliqua superbement :

— Il suffit que nous fassions quelques pas, pour manifester notre disponibilité, et l'aventure viendra à nous. Nous avons aimé tant de femmes, nous avons été adorés par tant d'entre elles que nous en rencontrerons immanquablement deux. Ou même deux fois deux. Elles saisiront au vol nos pensées présentes et accourront. Partons à la chasse aux femmes... en nous offrant comme appât.

— Mettons-nous donc en route, dit Fafhrd qui vida son verre et se leva en titubant.

— Ach, les paillards! grommela Kos, secouant la sueur dégoulinant sur son front — car la Terre des Dieux est douce de température (et tout à fait surpeuplée). Mais comment les punir?

Mog déclara avec un sourire en biais dû à la structure de sa mâchoire qui tenait un peu de l'arachnide :

— Ils semblent avoir choisi leur châtiment.

— La torture par l'espérance! lança Issek avec ardeur, comprenant à demi-mot. Nous réalisons leurs souhaits...

— ... et laissons les jeunes femmes s'occuper du reste, acheva Mog.

— On ne peut pas se fier aux femmes, affirma Kos sombrement.

— Au contraire, mon cher ami, dit Mog, quand un dieu est en forme, il peut sans crainte se fier à ses adorateurs, masculins aussi bien que féminins, pour faire tout le travail. Et maintenant, messieurs, réfléchissons!

Kos gratta avec vigueur l'épaisse broussaille qui lui couvrait la tête, délogeant un pou ou deux.

Par caprice, et peut-être pour mettre quelques obstacles entre eux et les belles qui étaient censées se ruer maintenant vers eux, Fafhrd et le Souricier Gris choisirent de quitter l'Anguille d'Argent par la porte de sa cuisine, chose qu'ils n'avaient encore jamais faite depuis tant d'années qu'ils en étaient clients.

La porte était basse et munie de solides verrous; quand ces derniers furent tirés, elle refusa encore de bouger. Le nouveau cuisinier, qui était sourd-muet, abandonna la panse de veau qu'il était en train de farcir pour venir émettre des gloussements et agiter les bras dans des gestes de protestation ou d'avertissement. Mais le Souricier plaqua deux agols de bronze dans sa paume graisseuse pendant que Fafhrd ouvrait la porte à coups de pied. Ils s'apprêtaient à sortir à grands pas dans le lugubre terrain où se trouvaient les ruines érodées de la maison de rapport où le Souricier avait habité avec Ivrian (et où elle avait brûlé avec Vlana, également chère au cœur de Fafhrd), où se trouvaient aussi les cendres du pavillon d'été en bois de Danius le Duc fou, qu'un jour ils avaient volé et occupé quelque temps : terrain lugubre et de mauvais augure sur lequel, à leur connaissance, personne n'avait jamais rien bâti depuis lors [1].

Mais quand ils eurent courbé la tête et franchi le seuil, ils découvrirent qu'il y avait quand même eu construction (ou qu'ils avaient toujours grandement sous-estimé la profondeur de l'Anguille d'Argent) car, au lieu d'être dans un terrain vague à ciel ouvert, ils se trouvaient dans un couloir éclairé par des torches que tenaient des mains de bronze sur chaque mur.

Nullement impressionnés, ils avancèrent à une allure relevée, passant devant deux portes closes.

— Voilà bien la cité de Lankhmar, observa le Souricier. A peine as-tu le dos tourné qu'on bâtit un nouveau temple secret.

— Bonne ventilation, n'empêche, commenta Fafhrd en constatant l'absence de fumée.

Ils suivirent le couloir qui formait un coude brusque et, au détour de ce coude, s'arrêtèrent net. La chambre à deux niveaux qu'ils avaient devant eux présentait des caractéristiques surprenantes. La partie basse avait un plafond et donnait par ailleurs l'impression d'être enfoncée très profondément sous terre, comme si son plancher n'était pas à huit largeurs de doigt au-dessous de la partie haute mais à quatre-vingts mètres. Elle avait pour mobilier un lit avec un couvre-pieds de soie

1. Voir « Mauvaise rencontre à Lankhmar » in *Épées et démons* (Cycle des Épées, tome I).

violette. Une épaisse cordelière de soie jaune pendait d'un trou dans le plafond bas.

La partie haute de la chambre avait l'aspect du balcon ou du parapet d'une tour haut dressée au-dessus des brouillards et fumées de Lankhmar, car des étoiles étaient visibles dans le mur noir au fond de la pièce et dans le plafond.

Sur le lit, blond argent de la tête aux pieds, la svelte Hisvet était allongée sur le ventre mais redressée sur ses bras tendus. Sa tunique de belle soie, jaune comme le soleil du désert, laissait deviner une paire de petits seins haut placés, mais pendait librement au-dessous de ces seins, sans laisser voir s'il y en avait trois autres paires à l'intérieur.

Cependant, sur le fond (ou le pseudo-fond) de nuit étoilée, avec sa chevelure sombre tressée de fil de cuivre étincelant, Frix se dressait de toute sa taille majestueuse, affectant une allure légère (malgré l'immobilité) dans sa tunique de soie violette comme une aurore de désert avant le point du jour.

Fafhrd s'apprêtait à dire : « Vous savez, nous parlions justement de vous » et le Souricier allait lui marcher sur le pied pour lui apprendre à être si naïf, quand Hisvet s'exclama à l'adresse du second :

— Encore toi!... forcené du poignard! Je t'avais averti de ne pas même *penser* à un autre rendez-vous avec moi avant au moins deux ans.

Quant à Frix, elle déclara à Fafhrd :

— Animal! Je t'avais prévenu que je ne jouais qu'en de *rares* occasions avec un être issu d'une espèce inférieure.

Hisvet tira d'un coup sec la cordelière de soie. Une lourde porte tomba d'en haut devant le visage des deux compagnons et heurta le seuil avec un grand claquement décisif.

Fafhrd porta un doigt à son nez et expliqua mélancoliquement :

— J'ai cru que la porte en avait sectionné le bout. La réception manque un peu de chaleur.

Le Souricier déclara avec vaillance :

— Je suis content qu'elles nous aient congédiés. Franchement, ç'aurait été trop tôt et, par conséquent, ennuyeux. Continuons notre chasse aux femmes!

Ils repartirent dans l'autre sens, longeant les flammes muettes tenues par des mains de bronze, jusqu'à une seconde porte close. Elle s'ouvrit à peine touchée, pour révéler une autre chambre double et, à l'intérieur, leurs amies Reetha et Kreeshkra[1], qu'ils étaient allés chercher près de la Mer des Monstres quelques mois auparavant, jusqu'à ce qu'ils soient pris au piège de la Terre de l'Ombre et réussissent de justesse à en sortir pour retourner à Lankhmar. A gauche, dans une clarté solaire adoucie, sur un lit de bois noir d'un poli parfait, Reetha était couchée toute nue. En vérité, elle n'aurait pu être plus nue car, ainsi que l'observa le Souricier, elle avait gardé l'habitude, inculquée lorsqu'elle avait été l'esclave d'un seigneur vétilleux, de se raser régulièrement tout entière, sourcils compris. Sa tête entièrement lisse, dressée dans une posture mutine, était d'une forme parfaite et le Souricier éprouva un élan de délicieux désir. Elle serrait contre sa poitrine délicate un animal d'apparence très émaciée mais paisible, et le Souricier s'avisa soudain que c'était un chat dépourvu de poils, sauf une vingtaine : les moustaches dont se hérissait son museau.

A droite, dans une pénombre épaisse où dansait la clarté d'un feu de camp, sur un lisse rivage de schiste où Fafhrd reconnut la Mer des Monstres aux gros serpents à barbe blanche qui s'y ébattaient, sa bien-aimée Kreeshkra était assise, encore plus dénudée que Reetha. D'aucuns peut-être l'auraient trouvée inquiétante à voir, réduite à un squelette d'une aristocratique beauté, si les flammes auprès d'elle n'avaient allumé des reflets bleu foncé sur les surfaces gracieusement arrondies de la chair transparente autour de ses ossements racés.

1. Voir *Le Royaume de Lankhmar* (Cycle des Épées, tome V).

— Souricier, pourquoi es-tu venu? s'écria Reetha sur un ton voisin du reproche. Je suis heureuse ici à Eevamarensee, où tous les hommes sont glabres par nature (les animaux familiers aussi) comme je le suis par mon industrie quotidienne. Je t'aime toujours tendrement, mais nous ne pouvons pas vivre ensemble et ne devons donc plus nous revoir. Ici est le pays qui me convient.

De même, la hardie Kreeshkra lança à la tête de Fafhrd :

— Arrière, Homme de Boue! Je t'ai aimé jadis. A présent, je suis redevenue une Goule. Peut-être que dans l'avenir... mais pour le moment, va-t'en!

Il était heureux que Fafhrd et le Souricier n'aient ni l'un ni l'autre franchi le seuil car, à ces mots, cette porte-ci leur claqua également au nez, et cette fois ne se rouvrit pas. Fafhrd s'abstint de la frapper d'un coup de pied.

— Tu sais, Souricier, dit-il d'un ton pensif, il fut un temps où nous nous sommes épris de personnes bien étranges. Mais toujours extrêmement intéressantes, se hâta-t-il d'ajouter.

— Viens, viens, lui enjoignit le Souricier d'un ton rogue. Il y a d'autres poissons dans la mer.

La dernière porte s'ouvrit facilement elle aussi, bien que Fafhrd l'eût poussée avec une certaine hésitation. Rien d'étonnant, néanmoins, n'apparut cette fois à leurs yeux, rien qu'une longue pièce sombre, vide d'êtres vivants et de mobilier, avec une seconde porte à l'autre extrémité. Elle avait pour seule particularité nouvelle son mur de droite, d'où émanait une clarté verte. Ils entrèrent avec un regain d'assurance. Au bout de quelques pas, ils se rendirent compte que le mur lumineux était fait de cristal épais renfermant de l'eau vert pâle, légèrement trouble. Ils y virent deux belles sirènes, nageant avec des ondulations paresseuses, l'une avec de longs cheveux d'or flottant derrière elle et une sorte de robe-fourreau taillée dans un filet de pêche aux larges mailles dorées, l'autre avec de courts cheveux noirs partagés par la saillie d'une crête d'argent dentelée. Elles s'approchèrent suffisamment pour qu'on voie l'entaille de leurs ouïes palpitant sur leur cou à la limite de leurs épaules tombantes, légèrement écailleuses, et plus bas sur leurs corps ces organes discrets qui contredisent l'affirmation, sujet de bien des plaisanteries grossières, qu'un homme est incapable de posséder une femme non bifurquée (encore que n'importe quel couple de serpents amoureux nous indique le contraire). Elles nagèrent plus près encore, leurs yeux rêveurs à présent bien ouverts et scrutateurs, et le Souricier et Fafhrd reconnurent les deux reines de la mer qu'ils avaient enlacées quelques années avant, alors qu'ils faisaient de la plongée sous-marine avec leur sloop *Trésorier Noir* [1].

Ce que virent leurs yeux de poissons grands ouverts ne plut manifestement pas aux sirènes, car elles esquissèrent une grimace et, avec de puissants coups de leurs longues queues en forme de nageoire, s'éloignèrent de la paroi de cristal dans l'eau verdâtre, opacifiée encore par leurs mouvements, et disparurent.

Se tournant vers le Souricier, Fafhrd s'enquit, les sourcils levés :

— Tu avais parlé d'autres poissons dans la mer?

Avec un vif plissement de front, le Souricier poursuivit son chemin. Marchant à sa suite, Fafhrd reprit d'un ton intrigué :

— Tu disais, ami, que ceci pouvait être un temple secret. Alors dans ce cas, où sont ses portiers, ses prêtres et ses fidèles en dehors de nous-mêmes?

— Un musée, plutôt... des scènes de la vie passée. Et un piscarium ou piscatorium [2], lança son compagnon d'un ton sec par-dessus son épaule.

1. Voir « Quand le Roi de la Mer est au loin » in *Épées et brumes* (Cycle des Épées, tome III).

2. Jeu de mots latin résumant toute la saveur de la rencontre : un *piscarium* est littéralement un lieu où l'on trouve des poissons; un *piscatorium*, un lieu où l'on trouve... des pêcheurs. *(N.d.E.)*

— J'ai aussi réfléchi, continua Fafhrd en pressant le pas, que nous avons parcouru trop de chemin pour le terrain derrière l'Anguille d'Argent. Qu'est-ce qu'on *a* construit ici?... ou là?

Le Souricier franchit la porte du fond. Fafhrd n'était pas loin derrière.

Dans la Terre des Dieux, Kos s'exclama d'un ton hargneux :

— Ces coquins ne s'en font pas assez. Oh, un bon coup de foudre!

Mog lui dit vivement :

— Rassure-toi, mon ami, nous les avons mis en déroute. Ils préservent simplement les apparences. Nous allons les harceler par petites doses jusqu'à ce qu'ils implorent notre merci en se traînant à genoux. De la sorte, notre plaisir n'en sera que plus grand.

— Parlez plus bas, vous deux, dit Issek d'une voix aiguë en agitant ses poignets tordus. Je suis en train de dénicher deux autres jeunes femmes!

Ces vives gesticulations, ces injonctions, ces expressions à la fois ravies et crispées, montraient clairement que les trois dieux assis en cercle s'affairaient à quelque chose d'intéressant. Tout autour d'eux, d'autres divinités grandes ou petites, baroques ou classiques, repoussantes ou harmonieuses, se rassemblèrent pour commenter et observer. En effet, la Terre des Dieux est surpeuplée, on s'y entasse comme dans un taudis, et ceci à cause de la soif perverse de l'homme pour la variété. Parmi les dieux qui s'y pressent court le bruit qu'il existe des dieux différents et (horrible pensée!) plus grands, peut-être invisibles, disposant de plus de place à un niveau différent et (ah, malheur!) plus haut et qui (insondable diablerie!) entendent même les pensées, mais rien n'est moins sûr.

Issek s'exclama avec ravissement :

— Voilà, voilà, le décor est planté. Passons à la

recherche des deux tortionnaires suivantes. Kos et Mog, aidez-moi. Faites votre juste part.

Le Souricier Gris et Fafhrd sentirent qu'ils avaient été transportés au mystérieux royaume de Quarmall, où ils avaient vécu une de leurs aventures les plus fantastiques [1]. Car la salle suivante ressemblait à une grotte aménagée en plein roc, transformée en chambre par un laborieux travail de taille. Et derrière une table où s'entassaient des parchemins et des rouleaux, des encriers et des plumes, étaient assises les deux esclaves séduisantes et effrontées qu'ils avaient sauvées des monotones tortures du monde des cavernes : la mince Ivivis, souple comme un serpent, et Friska aux pieds légers et aux agréables rondeurs. Les deux hommes éprouvèrent soulagement et joie d'être revenus à ce qu'ils connaissaient et aimaient.

Puis ils virent que la pièce avait des fenêtres où le soleil luisait subitement (comme si un nuage était passé), qu'elle n'était pas de roc massif mais de pierres de taille ajustées, et que les jeunes femmes portaient non pas la vêture sommaire des esclaves mais des robes riches et sévères, cependant que leurs visages avaient une expression grave et assurée.

Ivivis leva vers le Souricier un regard inquisiteur qui se chargea instantanément de désapprobation.

— Que fais-tu ici, fiction de mon passé servile? C'est vrai, tu m'as sauvée de l'horreur de Quarmall. Ce pour quoi je t'ai payé avec l'amour de mon corps. Qui s'est terminé à Tovilysis quand nous nous sommes séparés. Nous sommes quittes, cher Souricier, oui, par Mog, nous le sommes! (Elle se demanda pourquoi elle avait utilisé ce serment-là.)

De même Friska regarda Fafhrd et dit :

— Voilà qui est valable pour toi aussi, hardi barbare. Tu as tué mon amoureux Hovis, rappelle-toi... comme

1. Voir « Les Seigneurs de Quarmall » in *Épées et sorciers* (Cycle des Épées, tome IV).

le Souricier a tué le Klevis d'Ivivis. Nous ne sommes plus des esclaves simplettes, jouets des hommes, mais la secrétaire subtile et la trésorière en exercice de la Guilde des Femmes Libres de Tovilysis. Nous n'aimerons plus jamais à moins que je ne le veuille... et aujourd'hui je ne veux pas! Et ainsi, par Kos et Issek, à présent, va-t'en! (Elle se demanda elle aussi pourquoi elle invoquait ces divinités-là, pour lesquelles elle n'éprouvait pas la moindre vénération).

Ces rebuffades mortifièrent les deux héros au point qu'ils n'eurent pas le courage de répliquer par des dénégations, plaisanteries ou patientes galanteries. Leur langue collait à leur palais desséché, leur cœur et leurs parties intimes se glacèrent, ils courbèrent plus ou moins l'échine et, d'un pas plutôt rapide, se glissèrent hors de cette chambre par la porte ouverte devant eux... qui donnait sur une vaste salle faite de glace bleutée, ou de roc de même teinte et transparence et tout aussi froid, si bien que les flammes qui dansaient dans la grande cheminée furent les bienvenues. Devant cette cheminée s'étendait un tapis merveilleusement épais et doux d'apparence, entouré de pots d'onguent éparpillés, de petits flacons de parfum (signalés par l'arôme qui s'en dégageait) et d'autres récipients de cosmétiques et instruments. Dans ce tapis à la texture engageante étaient comme ensevelies deux formes humaines couchées, cependant qu'à environ une coudée au-dessus planaient deux masques vivants, minces comme de la soie ou du papier, plus fins même, affectant la forme de visages de femmes mutins et d'une excitante joliesse, l'un mauve rosé, l'autre vert turquoise.

D'aucuns y auraient vu un prodige, mais le Souricier et Fafhrd reconnurent aussitôt Keyaira et Hirriwi, les princesses de givre invisibles auxquelles ils s'étaient unis, chacun avec sa chacune, pour une longue, très longue nuit sur le Quai des Étoiles, le plus haut des pics nord de Nehwon, et ils savaient que les deux joyeuses jeunes femmes étaient étendues sans leurs vêtements devant le feu et s'étaient amusées à s'oindre mutuellement le visage de baumes pigmentés [1].

C'est alors que le masque turquoise s'éleva d'un bond entre Fafhrd et le feu, en sorte que les flammes orangées dessinèrent ses orbites fixes et ses lèvres à l'expression cruelle et amusée maintenant que le masque disait à Fafhrd :

— Dans quel lit puant dors-tu en ce moment comme une souche, butor d'ex-amant, pour que ton âme couinante aille dans un souffle à mi-chemin du bout du monde et vienne bâiller le bec en me regardant? Un jour, escalade à nouveau le Quai des Étoiles et viens m'importuner sous ta forme matérielle. J'y prêterai peut-être attention. Mais aujourd'hui, fantôme, va-t'en!

Le masque mauve parla de même avec dédain au Souricier, déclarant d'un ton aussi cuisant et crépitant que les flammes dévoilées par ses orifices faciaux :

— Retire-toi aussi, spectre entre tous lamentable. Par Khahkht de la Glace Noire et Gara de la Glace Bleue, et même Kos de la Glace Verte, je l'ordonne! Soufflez, vents! Et vous toutes, lumières, éteignez-vous!

Fafhrd et le Souricier furent meurtris encore plus cruellement par ces nouvelles rebuffades. Leurs âmes mêmes se ratatinaient à l'idée qu'en fait c'étaient eux les fantômes et que les masques parlants étaient la réalité tangible. Néanmoins, ils auraient peut-être rassemblé le courage nécessaire pour tenter de relever le défi (encore que ce soit douteux), mais aux derniers ordres de Keyaira ils furent plongés dans le noir total, malmenés par des vents violents, puis précipités dans un espace éclairé. Une porte claquée par une rafale se ferma derrière eux avec fracas.

Ils virent avec un indicible soulagement qu'ils ne se

1. Voir « Le Quai des Étoiles » in *Épées et sorciers* (Le Cycle des Épées, tome IV).

retrouvaient pas face à une nouvelle paire de jeunes femmes (ce qui aurait été intolérable) mais dans une autre portion de couloir éclairée par des torches aux flammes claires plantées dans des appliques de bronze en forme de serres de rapaces refermées, de tentacules enroulés et de pinces de crabes étreignant leurs prises. Heureux de ce répit, ils respirèrent à pleins poumons.

Puis Fafhrd fronça les sourcils d'un air de profonde préoccupation et dit :

— Écoute-moi, Souricier, il y a de la magie à l'œuvre dans tout ceci. Ou bien la main d'un dieu.

Le Souricier commenta amèrement :

— Si c'est un dieu, il a la main bien maladroite, à voir la façon dont il nous fait congédier.

Les réflexions de Fafhrd prirent un cours nouveau, ainsi qu'en témoigna le changement des sillons sur son front.

— Souricier, je n'ai jamais couiné, protesta-t-il. Hirriwi a dit que je couinais.

— Simple façon de parler, je suppose, répliqua son compagnon d'un ton consolant. Mais, par les dieux! comme je me sentirais malheureux si je n'étais plus un homme et si *ceci* n'était plus qu'un manche à balai.

Il désigna son épée à son côté et hocha la tête en regardant la Massue Grise de Fafhrd suspendue dans son fourreau.

— Peut-être que nous rêvons... commença Fafhrd, d'une voix dubitative.

— Eh bien, si nous rêvons, poursuivons notre rêve, dit le Souricier qui, passant le bras autour des épaules de son ami, l'entraîna avec lui le long du couloir. Mais malgré ces paroles pleines d'entrain, les deux hommes sentaient qu'ils s'empêtraient un peu plus à chaque instant dans les lacs du cauchemar qui les emportait malgré eux toujours plus loin.

Ils prirent un tournant. Pendant quelques mètres, la paroi de droite se mua en rangée de minces piliers sombres, espacés irrégulièrement, entre lesquels ils pouvaient voir d'autres minces colonnes sombres éparpillées et au second plan un autel où tombait un éclairage tamisé, révélant l'ample silhouette d'une femme nue étendue qui en occupait toute la longueur et, à côté d'elle, une prêtresse en tunique pourpre, un poignard dégainé dans une main et un grand calice d'argent dans l'autre, qui récitait une litanie.

Fafhrd chuchota :

— Souricier! La victime offerte en sacrifice est la courtisane Lessnya [1], avec qui j'ai été en relation quelquefois quand j'étais acolyte d'Issek, il y a des années [2].

— Tandis que l'autre est Ilala, prêtresse de la déesse du même nom, avec qui j'ai eu parfois commerce quand j'étais lieutenant de Pulg l'Extorqueur, chuchota en retour le Souricier.

Fafhrd protesta :

— Mais il est *impossible* que nous soyons déjà arrivés au temple d'Ilala, quoi que cela en ait tout l'air. La moitié de Lankhmar le sépare de l'Anguille.

Et le Souricier se remémora ce qu'il avait entendu raconter sur les passages secrets de Lankhmar qui reliaient des points les uns aux autres par des voies plus courtes que le plus court chemin à la surface.

Ilala se tourna vers eux dans sa robe pourpre et, ayant haussé les sourcils, dit :

— Silence, là-bas! Vous commettez un sacrilège en assistant au rite le plus sacré de la grande déesse de tout le féminin. Intrus impies, partez!

Cependant Lessnya se souleva sur un coude et les regarda d'un air altier. Puis elle se recoucha et contempla le plafond tandis qu'Ilala plongeait son poignard au creux de son calice et, avec ce poignard, faisait choir des gouttelettes de vin (ou de tout autre

1. Voir « Des serres dans la nuit » in *Épées et mort* (Le Cycle des Épées, tome II).

2. Voir « Jours maigres dans Lankhmar » in *Épées et brumes* (Le Cycle des Épées, tome III).

liquide contenu par le calice) sur la forme nue de Lessnya, maniant la lame comme un goupillon. Elle l'aspergea par trois fois, sur la poitrine, les reins et les genoux, puis recommença à marmotter sa litanie, reprise en écho par Lessnya (à moins que celle-ci ne ronflât) et le Souricier et Fafhrd s'éloignèrent sur la pointe des pieds dans le couloir éclairé par les torches.

Mais ils n'eurent guère le temps de méditer sur les géométries bizarres et les pratiques religieuses plus bizarres encore de leur voyage de cauchemar car le mur de gauche s'ouvrait sur une salle sombre, vaste, décorée de façon fabuleuse, où ils reconnurent le bureau officiel du Grand-Maître de la Guilde des Voleurs dans la Maison des Voleurs, qu'une fois de plus la moitié de la cité de Lankhmar séparait du Temple d'Ilala. Le premier plan était bondé de silhouettes qui leur tournaient le dos, agenouillées dans une posture de pieuse supplication vers une table d'ébène au plateau épais, devant une belle femme rousse couverte de joyaux, dressée de toute sa taille dans une attitude souveraine, et, un peu plus loin, une seconde femme tirée à quatre épingles dans sa tenue de soubrette noire ornée de blanc au col et aux manchettes.

— C'est Ivlis dans sa beauté de naguère, Ivlis pour qui j'avais volé les doigtiers érubescents d'Ohmphal, chuchota le Souricier avec stupeur. Et elle a encore un peu plus de pierreries [1].

— Et celle-là est Freg, sa servante, qui apparemment n'a pas vieilli, ajouta Fafhrd tout bas d'un ton rauque empreint d'un émerveillement rêveur.

— Mais que fait-elle ici dans la Maison des Voleurs? insista le Souricier dans un chuchotement fiévreux. Alors que les femmes y sont interdites et méprisées! Comme si elle était grand-maître de la Guilde... grande-

1. Voir « La Maison des voleurs » in *Épées et mort* (Le Cycle des Épées, tome II).

maîtresse... déesse... vénérée... La Guilde des Voleurs est-elle sens dessus dessous... tout Nehwon à l'envers?

Ivlis abaissa son regard sur eux par-dessus les têtes de ses fidèles agenouillés. Ses yeux verts se rétrécirent. Elle porta d'un geste négligent ses doigts à ses lèvres, puis les balança par deux fois dans un mouvement latéral, indiquant au Souricier qu'il devait poursuivre son chemin en silence dans cette direction et ne pas revenir.

Avec un lent sourire dépourvu d'affection, Freg fit exactement le même geste à l'intention de Fafhrd, mais avec un détachement encore plus grand, comme si elle fredonnait un refrain. Les deux hommes obéirent tout en continuant à regarder derrière eux, en sorte que c'est avec une surprise totale, presque un sursaut de peur, qu'ils se retrouvèrent dans une pièce aux boiseries rares embellies de sculptures compliquées, munie de portes au fond et sur les côtés, avec, sur le seuil de la plus proche du Souricier, une jeune fille à peine nubile aux yeux pervers, drapée dans un peignoir vert en éponge épaisse, aux cheveux noirs humides, et sur le seuil de la porte voisine de Fafhrd deux sveltes blondes au sourire d'une gaieté équivoque, revêtues des robes et capuchons noirs des nonnes de Lankhmar. En plein cauchemar, ils se rendirent compte que c'était là ce même pavillon d'été du Duc Danius, hanté par leurs premières et plus sincères amours, sacrilègement ressuscité de l'état de cendres où l'avait réduit le sorcier Sheelba et blasphématoirement regarni de toutes les babioles que le magicien Ningauble en avait extirpées par sa magie et dispersées aux quatre vents; et que ces trois belles de nuit étaient Ivmiss Ovartamortès, nièce de Karstak du même nom, à l'époque suzerain de Lankhmar, et Fralek et Fro, jumelles parfaites dont le père était le duc fou de mort, trois belles de l'obscurité vers qui ils s'étaient follement tournés après avoir perdu dans la Terre de l'Ombre jusqu'aux fantômes de celles qu'ils aimaient [1]. Fafhrd se disait frénétiquement : « Fralek et Fro, Freg, Friska et Frix, qu'est donc ce charme en Fr qui est sur moi ? » Tandis que de même le cerveau du Souricier énumérait : « Ivlis, Ivmiss, Ivivis (*deux* Iv, et il y a même un Iv dans Hisvet), qui sont ces fillettes de l'Iv... ? »

(Près du Pôle de Vie, les dieux Mog, Issek et Kos s'affairaient de leur mieux, se lançant les noms d'autres femmes qu'ils découvraient tour à tour et qui leur serviraient à tourmenter leurs fidèles infidèles. La foule des dieux spectateurs était devenue dense.)

Puis le Souricier s'avisa en frissonnant qu'il n'avait pas compté dans sa liste de conquêtes des Iv la plus marquante de toutes, la belle Ivrian, à jamais perdue dans le domaine de la Mort. Et de même Fafhrd trembla. Et les belles de nuit qui les encadraient boudèrent et leur firent la moue, et ils furent proprement catapultés au milieu d'une tente de soie lie-de-vin, où l'on apercevait par-delà ses plis immobiles les horizons noirs et plats de la Terre de l'Ombre.

Vlana la sculpturale au visage ardoisé dit à Fafhrd après lui avoir craché en pleine figure :

— Je t'avais averti que je le ferais si tu revenais.

Mais la belle Ivrian se contenta de toiser le Souricier sans un mot ou un signe de reconnaissance [2].

Puis ils se retrouvèrent dans le couloir éclairé par des torches, marchant à une vive allure qu'ils n'avaient pas choisie librement, et le Souricier envia à Fafhrd le crachat de la mort qui coulait lentement sur sa joue. Des femmes passaient près d'eux à une vitesse d'éclair, sans leur prêter attention, Mara du temps de la jeu-

1. Voir « Le Prix de l'oubli », in *Épées et mort* (Le Cycle des épées, tome II).
2. Voir « Mauvaise rencontre à Lankhmar » in *Épées et démons* (Cycle des Épées, tome I).

nesse de Fafhrd [1], Atya qui révérait Tyaa [2], Hrenlet aux yeux de vache [3], Ahura de Séleucie [4], et encore beaucoup d'autres, tant et si bien qu'ils éprouvaient le désespoir total qui naît d'être repoussé non pas par une ou quelques bien-aimées mais par toutes. C'était injuste à en mourir.

Puis, dans le flot pressé, une séquence s'attarda : Alyx la Crocheteuse de Serrures [5] revêtue des robes écarlates et portant la tiare d'or couverte de rubis de l'archiprêtre d'une religion orientale, et, agenouillée devant elle, costumée en chantre, Lys Noir, le fruit vert qui tenait compagnie au Souricier au temps de ses activités coupables [6], psalmodiant : « Papa, la rage païenne, le déclin civilisé » et l'archiprêtresse travestie prononçant : « Tous les hommes sont des ennemis »...

Fafhrd et le Souricier étaient à deux doigts de se laisser tomber à genoux pour prier tous les dieux qui pouvaient exister de suspendre leur supplice. Mais finalement ils ne s'y résolurent pas et se retrouvèrent soudain dans la Rue Pauvre près de l'endroit où elle croise la Rue des Métiers, en train de s'engouffrer sous un porche ne payant pas de mine à la suite de deux femmes, qui de dos offraient un aspect familier tentateur, puis d'escalader après elles une étroite volée de marches qui montait si haut d'un seul jet que son gauchissement éclatait aux yeux.

Dans la Terre des Dieux, Mog se rejeta en arrière, soufflant et disant :

— Là! Toutes y ont passé!

1. Voir « Les Femmes des Neiges » in *Épées et démons* (Le Cycle des Épées, tome I).
2. Voir « Des serres dans la nuit » in *Épées et mort* (Le Cycle des Épées, tome II).
3. Voi *Le Royaume de Lankhmar* (Cycle des Épées, tome V).
4. Voir « Le Jeu de l'initié » in *Épées et brumes* (Le Cycle des Épées, tome III).
5. Voir « Les Deux voleurs de Lankhmar » in *Épées et sorciers* (Cycle des Épées, tome IV).
6. Voir « Jours maigres dans Lankhmar » in *Épées et brumes* (Cycle des Épées, tome III).

Cependant Issek s'étirait de même (autant que le permettaient ses chevilles et poignets à jamais courbés), en observant :

— Seigneur! les gens ne se rendent pas compte du travail que nous accomplissons, nous les dieux; quel dur labeur que d'observer les moineaux!

Mais Kos, toujours préoccupé par sa tâche au point d'oublier la crampe qui poignait ses courtes cuisses râblées à force d'être resté si longtemps assis en tailleur, Kos s'exclama :

— Attendez! Il y en a une autre paire : tenez, une certaine Nemia l'Obscure, une certaine Yeux d'Ogo, femmes de moralité relâchée et, par-dessus le marché, receleuses de marchandises volées... oh, c'est abominable [1]!

Issek eut un rire las et dit :

— Laisse donc maintenant, cher Kos. J'ai éliminé ces deux-là dès le début. Ce sont les pires ennemies de nos hommes, elles les ont dépouillés d'un précieux butin de joyaux, comme presque tous les dieux d'ici peuvent te le dire. Plutôt que d'aller à leur recherche (et d'essuyer naturellement une rebuffade, dans le meilleur des cas), nos gaillards préféreraient rôtir en enfer.

Tandis que Mog bâillait et ajoutait :

— Ne sais-tu donc jamais t'arrêter, cher Kos?

Le petit dieu fourré haussa alors les épaules et abandonna, jurant quand il voulut déplier les jambes.

Pendant ce temps, les Yeux d'Ogo et Nemia l'Obscure étaient parvenues en haut de l'interminable escalier et elles entrèrent d'un pas lourd dans leur piaule, non sans lui jeter un coup d'œil dégoûté. (C'était effectivement un logement qui avait connu des jours meilleurs, crasseux et même puant, les deux plus habiles voleuses de Lankhmar étaient tombées dans la débine, comme cela arrive même aux plus doués

1. Voir « Les Deux voleurs de Lankhmar » in *Épées et sorciers* (Cycle des Épées, tome IV).

des voleurs et des receleurs au cours d'une longue carrière.)

Nemia se retourna et dit :

— Regarde ce que le chat vient d'apporter.

Les temps difficiles avaient radicalement remis à plat ses courbes voluptueuses. Sa camarade, les Yeux d'Ogo, ressemblait encore quelque peu à un enfant, mais un très vieil enfant maltraité.

— Ah, s'exclama-t-elle avec lassitude, vous avez l'air pitoyables, vous deux, comme si vous veniez d'échapper à la mort et que vous le regrettiez. Soyez bons pour vous-mêmes... lancez-vous dans l'escalier et rompez-vous le cou.

Comme Fafhrd et le Souricier ne bronchaient pas et ne se départaient pas de leur mine abattue, elle eut un rire bref, se laissa choir dans un fauteuil défoncé, allongea une jambe vers le Souricier et déclara :

— Eh bien, si tu ne t'en vas pas, rends-toi utile. Enlève mes sandales et lave-moi les pieds.

Nemia, quant à elle, s'était assise devant une table de toilette boiteuse et, tout en s'examinant dans le miroir cassé, tendit un instrument aux dents manquantes dans la direction de Fafhrd, en disant :

— Peigne mes cheveux, barbare. Attention aux emmêlures et aux nœuds.

Fafhrd et le Souricier (ce dernier préparant et apportant l'eau chaude) s'exécutèrent d'un air grave et avec le plus grand soin.

Après un laps de temps assez long (et plusieurs autres services domestiques rendus — ou pénitences serviles accomplies), les deux femmes furent incapables de contenir plus longtemps un sourire. La détresse, *après* avoir été réconfortée, aime la compagnie.

— Cela suffit pour le moment, dit les Yeux au Souricier.

— Viens, installe-toi confortablement, ordonna de même Nemia à Fafhrd, ajoutant : Tout à l'heure, les hommes, vous préparerez le dîner et vous irez chercher du vin.

Au bout d'un moment, le Souricier s'exclama :

— Par Mog, voilà qui va mieux.

Fafhrd acquiesça :

— Par Issek, oui. Que Kos emporte toutes les aventures de revenants.

Les trois dieux, qui se reposaient de leurs travaux en paradis, entendirent leurs noms jurés en vain et n'en furent pas peu satisfaits.

VI

PRIS AU PIÈGE DANS LA MER DES ÉTOILES

FAFHRD le barbare cultivé et son fidèle compagnon le Souricier Gris, citadin de naissance mais instruit par un magicien dans les contrées sauvages, s'étaient avancés sur leur bateau-léopard *Coureur Noir* dans la Mer Extérieure, le long de la Côte quarmallienne ou occidentale du continent de Lankhmar, plus loin au sud qu'ils n'avaient jamais navigué, eux ou aucun autre honnête marin de leur connaissance.

Ils s'étaient laissé entraîner par deux de ces esprits qu'on appelle miroitants, une variété de feux follets que les hommes croient être des guides conduisant infailliblement à des gisements de métaux précieux (si seulement vous avez la patience d'un maître chasseur et son habileté pour suivre leur piste) et qu'ils appellent aussi mouches à trésor, papillons d'argent et scarabées d'or. Ces deux-là se paraient d'une couleur rose cuivré dans la journée et d'un reflet noir argenté la nuit, promettant par ces teintes un trésor d'or vert et de cet or blanc qui est encore plus précieux parce que plus massif. Étant perpétuellement en mouvement, ils ressemblaient surtout à de petits draps en fils de la Vierge. Ils papillonnaient sans arrêt autour du mât, s'élançant en avant, se laissant dériver en arrière. Parfois ils étaient presque invisibles, brumes de chaleur à peine discernables dans le feu du soleil quasi vertical, apparitions ténues miroitant au cœur de la nuit, faciles à confondre avec les reflets de la clarté projetée sur la mer et la voile par la Chasseresse Blanche, car la lune était maintenant presque en son plein. Parfois ils se déplaçaient avec leur vivacité légendaire, parfois ils s'alanguissaient et se traînaient, mais ils allaient toujours de l'avant. Alors ils semblaient tristes (mélancoliques, disait Fafhrd, dont c'était l'une des humeurs favorites). D'autres fois, à l'oreille, ils paraissaient devenir bruyants de joie, emplissant l'air autour du bateau-léopard de faibles et doux gazouillis, à mi-chemin du bruissement du vent et de la parole, et de longs ronronnements extatiques.

D'après les calculs du Souricier Gris et de Fafhrd, le *Coureur Noir* avait laissé derrière lui le continent de Lankhmar à bâbord et l'hypothétique continent occidental loin, très loin, à tribord pour filer cap au sud dans le Grand Océan Équatorial (quelquefois appelé, mais pourquoi donc? la Mer des Étoiles) qui ceinture Nehwon et passe pour être absolument terrible et complètement infranchissable aux yeux des Lankhmariens aussi bien que des Orientaux qui, dans leur navigation, serrent de près les côtes sud des continents du nord, si bien qu'on s'attendrait à ce que les marins les plus hardis aient viré de bord avant d'arriver là où ils étaient.

Mais, voyez-vous, ce n'était pas seulement l'espoir de grandes richesses, ni même principalement leur grand courage, pour tout dire, qui poussait Fafhrd et le Souricier à naviguer malgré des périls inconnus et d'horribles légendes de monstres broyeurs de navires, de courants plus rapides que la tempête et de tourbillons cratériformes engloutissant d'un seul coup les plus gros vaisseaux, aspirant même des îles aventureuses. Ils avaient une raison dont ils parlaient rarement entre eux et seulement avec circonspection, à voix basse, après de longs silences pendant les longs quarts silencieux de la nuit. Voici cette raison : à l'instant de plonger au plus noir du sommeil, ou, le jour, en s'éveillant lentement d'une sieste à l'ombre de la voile, ils voyaient brièvement les esprits miroitants sous la forme de belles jeunes femmes sveltes et translucides aussi semblables que des sœurs jumelles ou des reflets dans un miroir, avec un tendre visage et de grandes ailes chatoyantes. De belles chevelures pareilles à des nuages d'or ou d'argent, des yeux à l'expression lointaine et pourtant débordants d'intelligence et de malice, des corps incroyablement minces mais pas trop pour faire l'amour, pourvu qu'elles deviennent assez substantielles, ce que semblaient promettre leurs sourires et leurs regards. Et les deux aventuriers éprouvaient pour ces femmes-miroitements une attirance dépassant tout ce qu'ils avaient jamais ressenti pour une mortelle, de sorte qu'ils n'étaient pas plus capables de virer de bord que des hommes ensorcelés ou des épileptiques en pleine crise.

Ce matin-là, tandis que leurs furoles à trésor les entraînaient à leur suite, pareilles à des arcs-en-ciel dans le soleil, le Souricier et Fafhrd étaient perdus chacun dans ses rêves secrets de jeunes femmes et d'or, et aucun d'eux ne remarqua droit devant les changements subtils de la surface de l'océan, qui passa de l'état ridé au demi-lisse avec de curieuses longues petites lignes d'écume courant vers l'est. Subitement, les scarabées d'or filèrent vers l'est et, l'instant d'après, quelque chose saisit la quille du bateau-léopard et le fit virer vent arrière en plein vers l'est avec un bond semblable à celui de l'animal dont sa catégorie de navires tirait son nom. Le haut mât faillit se rompre, les deux héros furent à deux doigts de s'aplatir sur le pont et, quand ils furent revenus de leur surprise, le *Coureur Noir* filait cap à l'est, les deux esprits miroitants volaient en avant à coups d'ailes triomphants, et les deux navigateurs surent qu'ils se trouvaient pris dans l'étreinte du Grand Courant Équatorial de l'Est et que ce courant n'était pas une pure invention.

Oubliant momentanément leurs éventuelles bonnes fortunes aériennes, ils se mirent en devoir de virer cap au nord pour s'en sortir, Fafhrd pesant sur la barre tandis que le Souricier établissait l'unique grand-voile, mais à cet instant un vent de noroît les frappa en poupe avec la force d'une tempête, enfonçant presque le *Coureur Noir* sous l'eau par sa poussée oblique par rapport au courant. Ce vent n'était pas une simple rafale, il augmenta régulièrement jusqu'à atteindre la force de l'ouragan, de sorte qu'il aurait infailliblement arraché leur voile avant qu'ils puissent la ferler si le courant au-dessous ne les avait emportés vers l'est presque aussi vite que le vent les harcelait au-dessus.

Puis ils virent, à une lieue au sud, trois trombes marines se dirigeant de compagnie vers l'est, colonnes d'eau grises à mi-chemin du ciel et de la terre, allant à une vitesse au moins trois fois supérieure à celle du *Coureur Noir*, preuve que le courant était encore plus rapide là-bas. Comme les deux navigateurs, toujours sous le coup de la stupeur, acceptaient par nécessité leur fâcheuse situation, impuissants devant la double étreinte de l'eau et de l'air qui poursuivaient leur course furieuse comme si leur bateau était scellé à la mer par le gel, le Souricier Gris s'écria :

— O Fafhrd, maintenant je suis prêt à admettre cette rêverie métaphysique selon laquelle l'univers entier est de l'eau et que dans cette eau notre monde est une simple bulle chassée par le vent.

De sa place où il agrippait la barre à se blanchir les articulations, Fafhrd répliqua :

— D'accord, avec ces trombes et cette écume qui vole, on a l'impression en ce moment qu'il y a de l'eau partout. Cependant je ne peux pas croire cette fantaisie philosophique, alors que n'importe quel imbécile est à même de constater que le soleil et la lune sont des orbes massifs comme Nehwon à des milliers de lieues en l'air — qui, à propos, doit être bien léger là-haut.

» Mais, mon garçon, l'heure n'est pas aux sophismes. Je vais attacher la barre et, pendant ce calme étrange (dû aux vitesses presque égales du courant et du vent, comme si l'air était absorbé par-devant et étouffé par-derrière), prenons trois ris dans la voile et parons tout.

Pendant qu'ils s'activaient, les trois trombes qui étaient devant eux disparurent dans le lointain, pour être remplacées par cinq autres arrivant rapidement en groupe par-derrière, un peu plus près cette fois car, durant ce temps, le *Coureur Noir* était entraîné graduellement mais irrésistiblement vers le sud. Presque au-dessus de leurs têtes, le soleil de midi brûlait au maximum de son ardeur, car le vent de tempête qui soufflait quasiment en ouragan n'apportait avec lui ni nuages ni air opaque — un prodige sans précédent de mémoire de Souricier ou même de Fafhrd, qui avait beaucoup navigué. Après plusieurs vaines tentatives pour gouverner cap au nord et sortir du monstrueux courant avec un seul résultat : le vent de tempête arrière sauta méchamment d'un quart ou deux vers le nord, les poussant encore plus au sud, les deux hommes renoncèrent, avouant leur totale incapacité à influer pour le présent sur la route du bateau-léopard.

— A ce rythme, déclara Fafhrd, nous traversons le Grand Océan Équatorial en un mois ou deux. Une chance que nous soyons bien approvisionnés.

Le Souricier répliqua d'un ton dolent :

— Si le *Coureur* reste entier une journée au milieu de ces trombes et à cette allure, je serais bien étonné.

— C'est un bon bateau, dit Fafhrd allégrement. Pense donc, Petit Pessimiste, aux continents du sud que personne ne connaît! Nous serons les premiers à les visiter!

— S'ils existent. Et si les planches du bateau restent ensemble. Des continents?... Je donnerais mon âme pour une petite île.

— Les premiers à atteindre le pôle sud de Nehwon! continua à rêver Fafhrd. Les premiers à escalader le Quai des Étoiles du sud! Les premiers à piller les trésors du sud! Les premiers à découvrir quelle terre se trouve aux antipodes de la Terre de l'Ombre, royaume de la Mort! Les premiers...

Le Souricier se retira sans bruit du côté de la voile réduite opposé à celui où était Fafhrd et gagna précautionneusement la proue, où il se plaqua au sol avec lassitude et s'allongea dans un étroit triangle d'ombre. Il était étourdi par le vent, les embruns, la fatigue, le soleil mordant et aussi la vitesse. Il observa d'un regard atone les esprits miroitants d'un rose cuivré qui maintenaient leur position avec une régularité remarquable pour eux — à hauteur de mât et à une longueur de navire sur l'avant.

Au bout d'un moment, il s'endormit et rêva qu'un des esprits s'était détaché de l'autre pour descendre planer au-dessus de lui comme un long spectre rose, puis était devenu dans ses bras une jeune femme aux yeux verts, au visage étroit, à l'expression tendre, qui défaisait ses vêtements avec des doigts graciles frais comme du lait déposé dans un puits, si proche qu'il baissa la tête pour la regarder de près et vit les boutons de ses seins délicats pareils à des dés de cuivre astiqués de frais s'enfoncer dans les poils noirs frisés de sa propre poitrine. Et elle disait tout bas d'une voix douce, la tête penchée en avant, les lèvres et la langue effleurant l'oreille du Souricier : « Continue, continue. C'est le seul moyen d'atteindre à la Vie, à l'immortalité, au Paradis. » Et il répliquait : « Oui, mon très cher amour. »

Il s'éveilla à l'appel de Fafhrd, avec la vision fugitive mais nette et presque aveuglante d'un visage de femme étroit et beau, mais totalement différent de la douce jeune femme de son rêve. Un visage impérieux, anguleux, pétillant de vie, tout en lumière d'or rouge, l'iris de ses grands yeux vermillon.

Ils se redressa pesamment. Son justaucorps était délacé jusqu'à la taille et dégagé de ses épaules.

— Souricier, dit Fafhrd d'une voix haletante, quand je t'ai aperçu il y a un instant, tu étais tout enveloppé de feu!

Abaissant un regard hébété, le Souricier vit deux

filets de fumée jumeaux s'élever de sa poitrine embroussaillée à l'endroit où s'étaient appuyés les bouts de sein de son rêve. Et comme il contemplait ces filets gris, ils se dissipèrent. Il sentit une odeur de poils grillés.

Il secoua la tête, cligna des paupières et se mit debout.

— Quelle curieuse illusion, dit-il à Fafhrd. Le soleil a dû te taper dans l'œil. Dis donc, regarde là-bas!

Les cinq trombes marines s'étaient considérablement éloignées, mais deux groupes de trois et quatre trombes respectivement rattrapaient rapidement le *Coureur Noir*, les quatre dernières assez distantes, les trois premières si terriblement proches qu'ils distinguaient nettement leur structure : des colonnes d'eau grise bouillonnante, épaisses de presque une longueur de bateau et trois fois hautes comme le mât, se terminant chacune brusquement au sommet.

Et dans le lointain ils apercevaient maintenant d'autres groupes de trombes qui accouraient et, bien plus indistincte et lointaine mais plus rapide que toutes les autres, une géante solitaire qui paraissait avoir des lieues d'épaisseur. A la proue, les deux follets miroitants avançaient toujours en tête.

— C'est vraiment étrange, commenta Fafhrd.

— Emploie-t-on le terme « compagnie » pour des trombes? s'enquit le Souricier. Ou « bande »? « Masse »? « Cascade »? Ou... oui!... « rempart »! Un « rempart de trombes »!

Le jour s'écoula, puis la moitié de la nuit, et leur fantastique course vers le sud continua, et le *Coureur Noir* continua aussi à tenir le coup. La mer était lisse, parcourue de longues lames de houle basse que survolaient de fines et pâles lignes d'écume. Le vent soufflait pour le moins en ouragan, mais le Grand Courant Équatorial allait maintenant aussi vite.

Au-dessus de leurs têtes, presque à la pomme du mât, la pleine lune brillait, entourée tout juste d'une poignée d'étoiles. Sa clarté de Chasseresse Blanche révélait que la surface unie de la mer lancée au galop était ponctuée, à proximité et au loin, de remparts de trombes courant en majestueuses théories et cependant avec une formidable célérité, comme si elles bénéficiaient de la force du courant bien plus que le *Coureur Noir*. A hauteur du mât et à une longueur de navire en avant, les deux follets miroitants volaient toujours telles des flammes de dentelle d'argent dans l'obscurité. Presque silencieusement.

— Fafhrd, dit très bas le Souricier, comme s'il répugnait à rompre le charme spectral du clair de lune argenté, ce soir, je vois nettement que Nehwon est une énorme bulle montant à travers les eaux de l'éternité, avec des continents et des îles flottant à l'intérieur.

— Oui, et ils se déplacent, les continents, et se cognent les uns dans les autres, rétorqua Fafhrd aussi bas encore qu'avec un peu d'humeur. A condition toutefois qu'ils flottent. Ce dont je doute fortement.

— Ils se déplacent en bon ordre, selon une harmonie préétablie, répliqua le Souricier. Quant à la flottabilité, pense au Pays-qui-Coule.

— Mais alors, où seraient le soleil et la lune, les étoiles et les neuf planètes? objecta Fafhrd. Pêle-mêle au milieu de la bulle? C'est absolument impossible... et ridicule.

— J'en viens aux étoiles, dit le Souricier. Elles flottent toutes selon une harmonie préétablie encore plus stricte sur le Grand Océan Équatorial qui, nous l'avons vu ce jour et ce soir, boucle en une journée sa course vive autour de Nehwon, à en juger par ses effets — sur les trombes marines évidemment, pas sur le *Coureur Noir*. Sinon, je te le demande, pourquoi l'appelle-t-on la Mer des Étoiles?

Fafhrd cilla, momentanément impressionné malgré lui. Puis il sourit.

— Mais si cet océan fourmille d'étoiles, s'insurgea-t-il, comment se fait-il que nous ne les apercevions pas autour de notre bateau? Explique-moi cela, ô Sage!

Le Souricier lui rendit son sourire, fort calmement.
— Elles sont toutes à l'intérieur des trombes marines, dit-il, lesquelles sont des tubes d'eau grise tournés vers le ciel... c'est-à-dire, naturellement, les antipodes. Lève les yeux, hardi compagnon de mon cœur, vers la voûte céleste et le haut des cieux. Tu regardes ce même Grand Océan Équatorial sur lequel nous sommes embarqués, mais tu en vois la partie située à l'opposé du *Coureur Noir*, de l'autre côté de Nehwon. Tu regardes vers le *bas* (ou le *haut*, peu importe) par les tubes des trombes marines de là-bas, si bien que tu aperçois l'étoile qui est au fond de chacune.
— Je regarde la pleine lune aussi, riposta Fafhrd. N'essaie pas de me dire qu'*elle* est au fond d'une trombe!
— Mais si, répliqua avec douceur le Souricier. Rappelle-toi la trombe gigantesque, pareille à une mesa et filant comme le vent, que nous avons aperçue très loin au sud à midi? C'était la trombe lunaire, pour inventer un terme. Et maintenant elle nous a gagnés de vitesse pour atteindre le ciel, en une demi-journée.
— Que je sois grillé en guise de sardine! s'exclama Fafhrd d'un ton senti.
Puis il s'efforça de clarifier ses idées.
— Et ces gens de l'autre côté du Nehwon, *là-haut*, ils voient une étoile au fond de chacune des trombes qui nous entourent maintenant ici?
— Bien sûr que non, dit le Souricier avec patience. Le soleil empêche ces gens de distinguer leurs scintillements. Il fait *jour* là-haut, tu comprends. (Il désigna la pénombre près de la lune.) Là-haut, comprends-tu, ils baignent dans la clarté de midi, ils sont noyés dans la lumière du soleil, qui se trouve présentement quelque part près de nous mais caché à nos yeux par les parois épaisses de sa trombe solaire, pour forger un terme analogue à « trombe lunaire ».
— Oh, c'est monstrueux! s'exclama Fafhrd. Car s'il fait jour là-haut, petit sot, pourquoi ne le voyons-nous pas d'ici? Pourquoi ne voyons-nous pas là-haut les

terres de Nehwon inondées de lumière avec la mer bleu vif autour? Explique-moi donc ça!

— Parce qu'il existe des lumières de deux sortes, dit le Souricier avec une sérénité quasi céleste. Apparemment les mêmes selon l'expérience qu'on peut en faire sur place et cependant tout à fait différentes. Primo, il y a la lumière *directe*, comme celle que nous recevons présentement de la lune et des étoiles de là-haut. Secundo, il y a la lumière *réfléchie* qui ne peut parcourir de très longues distances et en aucun cas retraverser, même d'un faible rayon, l'espace central de Nehwon pour nous atteindre ici.

— Souricier, dit Fafhrd d'une voix douce mais avec une grande assurance, tu n'inventes pas seulement des mots, tu inventes cette histoire... au fur et à mesure, sous l'inspiration du moment.

— Inventer les Lois de la Nature? dit le Souricier d'un ton interrogatif chargé d'une certaine horreur. Ce serait bien plus grave que le plus noir blasphème.

— Alors, au nom de tous les dieux réunis, se récria Fafhrd d'une voix tonnante, comment le soleil se trouverait-il dans une trombe marine sans la réduire aussitôt en vapeur dans une formidable explosion? Dis-le-moi immédiatement.

— Il y a des choses que l'homme n'est pas censé savoir, déclara le Souricier pompeusement.

Puis, passant vivement au ton familier:

— Ou plutôt, puisque je ne suis nullement superstitieux, il y a des choses qui ne se sont pas encore laissé appréhender par notre philosophie. Une omission à laquelle, dans le cas présent, je vais remédier aussitôt. Il existe, tu comprends, deux sortes d'*énergie*: l'une pure chaleur, l'autre lumière absolument pure, incapable de faire bouillir même une infime goutte d'eau; c'est la lumière directe dont je t'ai déjà parlé, et qui se change presque totalement en chaleur partout où elle se pose, et ce fait à son tour nous explique pourquoi la lumière réfléchie est incapable d'accomplir le long voyage de retour à travers Nehwon. Là, t'ai-je répondu?

— Oh, zut, zut, zut, dit faiblement Fafhrd.

Puis, parvenant à se ressaisir pour la dernière fois, ne serait-ce qu'avec l'énergie du désespoir, il questionna d'un ton quelque peu sardonique :

— D'accord, d'accord, mais où est donc ce soleil flottant dont tu ne cesses de parler, blotti dans sa trombe marine aux parois indestructibles?

— Regarde là-bas, dit le Souricier en désignant le plein sud, droit par le travers à tribord.

Sur l'étendue grise de la mer argentée par la lune et piquetée de trombes hautaines filant à toute allure, presque à la limite à peine distincte du lointain horizon, Fafhrd vit une gigantesque trombe marine isolée grosse comme une île, plus haute que la plus haute des mesas, courant cap à l'est au moins aussi vite que les autres, avec l'implacabilité massive d'un djaggernat de l'Empereur des Pays d'Orient. Les cheveux se hérissèrent sur la nuque de Fafhrd; assailli par la peur et l'étonnement, il ne prononça pas un mot, se bornant à contempler intensément l'horrible chose qui fonçait de toute son immensité.

Au bout d'un instant, il commença à ressentir aussi une grande lassitude. Il regarda vers l'avant, à quelque hauteur, la dentelle d'argent claquant au vent des deux follets miroitants, réconforté par leur proximité et leur stabilité comme s'ils étaient les drapeaux du *Coureur Noir*. Lentement, il se baissa au point de se coucher sur le ventre sur les planches étroites et soigneusement aboutées du pont, la tête vers la proue, le menton appuyé sur ses mains, observant toujours les esprits nocturnes.

— Tu sais comme parfois des groupes d'étoiles s'éteignent mystérieusement par les nuits les plus claires de Nehwon? reprit le Souricier d'une voix légère et rêveuse.

— Cela arrive, effectivement, acquiesça Fafhrd, quelque peu ensommeillé.

— Cela doit se produire parce que leurs parois de trombe sont courbées, par une forte bourrasque peut-être, suffisamment pour masquer leur clarté, pour l'empêcher de sortir.

— Si tu le dis, marmonna Fafhrd.

Après un colossal silence, le Souricier demanda sur le même ton :

— N'est-il pas vraiment extraordinaire de penser qu'au cœur de chacune de ces obscures trombes marines égaillées là-bas en haute mer brûle (sans la moindre chaleur) un joyau d'éblouissante, d'absolument pure lumière diamantine?

Fafhrd parvint à exhaler ce qui pouvait passer pour un gros soupir d'acquiescement.

Après une autre longue pause, le Souricier dit d'une voix pensive, comme pour mettre de l'ordre dans ses idées :

— C'est facile à présent, n'est-ce pas, de voir que les trombes marines petites et grandes doivent être toutes des tubes? Car si par quelque étrange hasard elles étaient une masse compacte d'eau, elles auraient asséché les océans et rempli les cieux avec les nuages les plus épais, non, avec la mer! Tu vois ce que je veux dire?

Mais Fafhrd s'était endormi. Dans son sommeil, il rêva et dans son rêve il s'était mis sur le dos et l'une des furoles miroitantes s'était séparée de l'autre, était descendue à tire-d'aile et voletait juste au-dessus de lui : longue silhouette élancée aux cheveux noirs, au teint d'une pâleur lunaire, revêtue d'une dentelle noire de toute beauté parsemée d'argent qui soulignait sa nudité d'ensorcelante façon. Elle le contemplait d'un regard tendre et appréciateur, avec des yeux qui auraient été violets s'il avait fait plus clair. Il lui sourit. Elle secoua légèrement la tête, son expression devint grave et elle descendit s'allonger contre lui de la tête aux talons, ses doigts fantomatiques s'affairèrent sur la grande boucle de bronze de son lourd ceinturon tandis que, sa joue fraîche comme la nuit pressée contre la joue enfiévrée de Fafhrd, elle chuchotait à la fois très bas et distinctement contre son oreille, chaque mot un symbole élégamment tracé avec l'encre la plus noire sur un papier d'une blancheur de lune : « Retourne, retourne, mon bien-aimé, retourne à la Terre de l'Ombre et à la Mort, car c'est le seul moyen de demeurer en vie. Fie-toi seulement à la lune. Oublie toutes les prophéties autres que la mienne et maintenant dirige-toi vers le nord, droit, tout droit au nord. »

Dans son rêve, Fafhrd répliqua : « Je n'arrive pas à gouverner au nord, j'ai essayé. Aime-moi, ma bien-aimée », et elle répondit d'une voix voilée : « C'est bien possible, mon amour. Recherche la Mort pour lui échapper. Méfie-toi de toute jeunesse flamboyante et des femmes écarlates. Prends garde au soleil. Fais confiance à la lune. Guette le signe qu'elle t'enverra. »

A cet instant, le rêve de Fafhrd lui fut arraché et il se réveilla tout engourdi aux appels impératifs du Souricier, dans la vision fugitive et glaçante d'un visage étroit, à l'expression indiciblement mélancolique, d'une couleur indigo pâle et avec des yeux comme des trous noirs. Ceci au-dessus d'une silhouette de spectre, au teint assorti, le tout disparaissant avec la rapidité de la pensée comme au milieu d'un battement d'ailes noires.

Et le Souricier le secouait par les épaules en criant :

— Réveille-toi, réveille-toi! Parle-moi, mon vieux!

Fafhrd se passa le dos de la main sur la figure et marmonna :

— Qu'est-ce qui se passe?

Accroupi près de lui, le Souricier raconta vivement d'une voix un peu essoufflée :

— Les esprits miroitants se sont mis à s'agiter et ont commencé à jouer autour du mât comme des feux Saint-Elme. Il y en a un qui a bourdonné autour de moi avec un bruit aigu de guêpe et, quand j'ai réussi à le mettre en fuite, j'ai vu que l'autre te flairait des pieds à la taille et à la tête, puis te caressait le cou. Ta peau est devenue blanc argent, blanche comme la mort, et pendant ce temps le feu Saint-Elme s'était fait ton linceul lumineux. J'ai eu très peur pour toi et je l'ai chassé.

Les yeux troublés de Fafhrd s'éclaircirent un peu pendant que le Souricier parlait et, quand ce dernier eut fini, il hocha la tête et déclara d'un air entendu :

— C'est probablement exact. Elle m'a beaucoup parlé de la mort et à la fin elle lui ressemblait, la pauvre sibylle.

— Qui a parlé? demanda le Souricier. Quelle sibylle?

— La jeune femme miroitante, évidemment, lui dit Fafhrd. Tu sais bien ce que je veux dire.

Il se leva. Son ceinturon commença à glisser. Il considéra avec des yeux écarquillés la boucle défaite, puis la rattrapa et en rajusta vivement les deux parties.

— Fafhrd, je ne sais pas de quoi tu parles, protesta le Souricier, le visage soudain fermé. Une jeune femme? Quelle jeune femme? Étais-tu sous l'empire d'un mirage? Le manque d'exercice érotique t'a-t-il altéré l'esprit? Es-tu devenu un lunatique rendu fou par la lune?

A ce stade, Fafhrd dut parler avec toute son autorité et son astuce pour faire avouer au Souricier qu'il n'était pas vraiment surpris d'apprendre que les esprits miroitants étaient des femmes avec une forte dose de surnaturel, dans la mesure où une dose de quoi que ce soit a le pouvoir d'affecter dans certaines limites l'essence féminine de ces êtres.

Le Souricier finit par le reconnaître, bien que son esprit n'eût pas comme Fafhrd la franchise de celui qui émerge du sommeil et eût tendance à se perdre dans des rêveries sur sa bulle-cosmos. Toutefois, cédant aux paroles pressantes de Fafhrd, il avoua même son aventure avec la jeune femme miroitante rouge de soleil aux yeux vermillon, quand il avait eu l'air de prendre feu et, sur les instances de Fafhrd, il répéta les termes exacts qu'elle avait employés dans son rêve.

— Ton amie rouge a parlé de Vie et t'a poussé à mettre cap au sud vers l'immortalité et le paradis, résuma pensivement Fafhrd, tandis que ma sombre bien-aimée parlait de Mort et de retour au nord vers la Terre de l'Ombre, Lankhmar et le Désert Froid.

Puis, avec une excitation rapidement grandissante et une profonde stupeur devant sa propre perspicacité :

— Souricier, j'ai compris! Il y a deux paires différentes de jeunes femmes miroitantes! Celles du jour (tu as parlé à l'une d'elles) sont les enfants du soleil et les messagères de la légendaire Terre des Dieux au Pôle de Vie du Nehwon. Tandis que les filles de la nuit, qui les remplacent du crépuscule à l'aube, sont les favorites de la lune, les filles de la Chasseresse Blanche, et doivent fidélité et obéissance à la Terre de l'Ombre, qui se trouve de l'autre côté du monde à l'opposé du Pôle de Vie.

— Fafhrd, dit le Souricier émergeant de profondes réflexions, imagines-tu avec quelle précision doivent être calculés la hauteur et le diamètre de chaque tube de trombe marine pour que l'étoile qui est au fond soit visible de partout dans l'autre moitié de Nehwon (là-haut, quand il y fait nuit) mais de nulle part dans notre moitié d'ici? ce qui explique pourquoi, soit dit en passant, les étoiles sont à leur maximum de brillance au zénith, et pourquoi tu vois chacune en son entier, pas seulement une lentille ou un ménisque biconvexe. Cela semble démontrer qu'une divinité a dû...

A ce stade, l'impact des paroles de Fafhrd se fit enfin sentir et il déclara d'un accent moins rêveur :

» Deux séries différentes de jeunes femmes? Quatre femmes en tout? Fafhrd, je crois que tu compliques inutilement les choses. Par le Cimeterre d'Ildritch...

— Il y a deux séries de jumelles, décréta péremptoirement Fafhrd. Cela au moins est sûr, même si le reste est mensonge. Et note bien ceci, Petit Homme : tes femmes solaires nous veulent du mal quoiqu'elles aient l'air de promettre du bien, car comment atteindre l'immortalité et le paradis sinon en mourant? Comment parvenir à la Terre des Dieux, sinon en périssant? Parfois le soleil, pure lumière ou non, est néfaste, brûlant et mortel. Par contre mes femmes lunaires, avec leur air de nous vouloir du mal, n'ont que de bonnes intentions, elles sont à la fois fraîches et plaisantes comme la lune. Elle m'a dit en rêve : « Retourne vers la Mort », ce qui paraît sinistre. Mais toi et moi nous avons vécu avec la Mort pendant une dizaine d'années et n'en avons pas gardé de dommages permanents, exactement comme elle l'a dit : « ... car c'est le seul moyen de rester en vie. Cherche la Mort pour lui échapper! » Au nord donc nous allons gouverner immédiatement!... comme elle l'a indiqué. Car si nous continuons cap au sud, nous enfonçant de plus en plus dans le royaume torride du soleil (« Prends garde au soleil », a-t-elle dit!), nous mourrons sûrement, trahis par tes femmes de feu déloyales et trompeuses. Rappelle-toi, son simple contact a fait fumer ta poitrine. Tandis que mon amie a dit : « Méfie-toi de toute jeunesse flamboyante et des femmes écarlates », ce qui confirme mon hypothèse.

— Je ne suis absolument pas d'accord, riposta le Souricier. En ce qui me concerne, j'aime le soleil, je l'ai toujours aimé. Sa chaleur pénétrante est le meilleur des remèdes. C'est toi qui aimes l'hiver et l'ombre humide, sauvage du Désert Froid! Mon amie était tout amabilité et rose vif de vie tandis que la tienne tenait des discours sinistres, livide comme un cadavre, tu l'as dit toi-même. Prendre ses propos pour la vérité vraie? Non, pas moi. D'ailleurs, par le Cimeterre d'Ildritch, pour en revenir là, l'explication la plus simple est toujours la meilleure aussi bien que la plus élégante. Il n'y a que *deux* furoles miroitantes, celle avec qui je me suis entretenu en rêve et celle à qui tu as parlé, pas quatre s'agitant à en donner le tournis et se relayant par équipes à l'aube et au crépuscule pour notre confusion. Les deux jeunes femmes, seulement deux! se ressemblent dans leur apparence extérieure, cuivre le jour, argent la nuit, mais intérieurement la mienne est un ange, la tienne une walkyrie redoutable. Comme l'a révélé un rêve, ton guide le plus sûr.

— Maintenant tu ergotes, dit Fafhrd d'un ton excédé, et par-dessus le marché tu me donnes mal à la tête avec des mots ahurissants. Une chose est claire pour moi : préparons-nous maintenant et préparons le *Coureur Noir* à mettre cap au nord, comme ma pauvre belle amie lunaire me l'a fortement conseillé plus d'une fois.

— Mais, Fafhrd, protesta le Souricier, nous avons essayé trente-six fois hier de gouverner cap au nord et nous avons échoué à chaque tentative. Qu'est-ce qui te fait croire, espèce de grand dadais...

Fafhrd l'interrompit :

— « Ne te fie qu'à la lune », a-t-elle dit. « Guette le signe qu'elle t'enverra. » Pour le moment donc, attendons et guettons. Regarde la mer et le ciel, idiot, et tu seras confondu.

Le Souricier le fut, en vérité. Pendant qu'ils discutaient, attentifs seulement aux coups d'estoc et de taille, parades et ripostes de leur duel verbal, la surface unie des eaux véloces de la Mer des Étoiles s'était transformée : non plus lisse et brillante, mais mate et couverte d'ondulations. De grandes vibrations la parcouraient, faisant frémir le bateau-léopard. Les filets d'écume argentée par le clair de lune couraient sur elle en rangs moins ordonnés ; l'ouragan même, s'il restait égal en intensité, devenait instable, soufflant tantôt chaud tantôt froid sur leur cou. Il y avait enfin dans le ciel des nuages, arrivant rapidement à la fois du nord-ouest et de l'est et montant vers la lune. La nature entière semblait se crisper d'appréhension, comme en attente de quelque événement sinistre et imminent, annonçant la guerre dans le ciel. Les deux furoles miroitantes argentées paraissaient partager cette angoisse, car elles se mirent à voleter de-ci de-là de façon très irrégulière, leur dentelle claquant au vent, émettant des piaulements aigus et des sifflements de frayeur dans le silence anormal, pour finalement se séparer, l'une planant avec agitation au sud-est au-dessus de la proue, l'autre près de la poupe au nord-ouest.

Les nuages qui grossissaient rapidement avaient masqué la plupart des étoiles et montaient presque jusqu'à la lune. Le vent continuait à souffler, à la même vitesse exactement que celle du courant. Le *Coureur Noir* restait à sa place, comme sur la crête d'une vague gigantesque. Pendant un instant, la mer sembla figée. Le silence était absolu.

Le Souricier regarda en l'air à la verticale et proféra du fond de la gorge un petit cri aigu, à demi étouffé, qui glaça le sang de son compagnon. Après avoir surmonté ce choc, Fafhrd leva aussi les yeux, et à cet instant précis tout devint très noir. Les nuages voraces avaient fait disparaître la lune.

— Pourquoi as-tu crié comme ça? questionna-t-il avec humeur.

Le Souricier répliqua péniblement, car ses dents claquaient :

— Juste avant que les nuages se referment sur elle, *la lune a bougé.*

— Comment pouvais-tu t'en rendre compte, petit imbécile, puisque les nuages bougeaient? Ce qui donne toujours à la lune l'air de remuer.

— Je ne sais pas mais, aussi sûr que je me tiens ici de pied ferme, je l'ai vu! *La lune s'est mise à bouger.*

— Ma foi, si la lune est dans une trombe marine, comme tu le prétends, elle est soumise à tous les caprices du vent et des vagues. Qu'y a-t-il donc d'étrange à glacer le sang dans le fait qu'elle bouge? Le ton affolé de Fafhrd démentait le contenu raisonnable de sa question.

— Je ne sais pas, répéta le Souricier d'une curieuse petite voix tendue, ses dents claquant toujours, *mais cela ne m'a pas plu.*

La furole miroitante qui se trouvait à l'arrière siffla trois fois. Sa luminescence de dentelle argentée faisait ressortir nettement ses tourbillons nerveux sur le fond de nuit noire, comme celle de sa sœur à la proue.

— C'est le signe! s'écria Fafhrd d'une voix rauque. Pare à virer!

Et il jeta tout son poids sur la barre, la poussant à tribord et poussant du même coup le gouvernail à bâbord, pour mettre cap au nord. Le *Coureur Noir* réagit avec la plus grande mollesse, mais s'arracha néanmoins à l'étreinte du courant et du vent pour virer d'un quart ou deux vers le nord, pas plus.

Un long trait de foudre horizontal fendit le ciel et éclaira la mer grise jusqu'à la ligne d'horizon, où ils virent *deux* trombes géantes, l'une filant au sud, l'autre accourant de l'ouest. Le tonnerre retentit avec le fracas d'armées ou d'armadas se rassemblant en quelque Harmaguédon [1] tout résonnant de bruits d'armes.

Puis il n'y eut plus qu'éclairs de chaleur et chaos dans la nuit, hautes lames déferlantes et vents luttant comme des géants dont la tête toucherait les cieux. Autour du bateau, les furoles miroitantes se battaient aussi, tantôt à deux, tantôt semblant au moins quatre quand elles tournaient l'une autour de l'autre et plongeaient pour s'attaquer. La mer figée était lacérée, projetée en grands lambeaux vers le ciel, tandis que s'ouvraient des gouffres qui paraissaient se creuser jusqu'au fond vaseux et noir, inconnu des humains. Les éclairs et les coups de tonnerre assourdissants se firent presque continus, éclairant tout le paysage. Et, à travers tout cela, le *Coureur Noir* parvint à subsister, copeau de bois dans le chaos, Fafhrd et le Souricier réalisant des prodiges d'habileté manœuvrière.

Et voici que du sud-ouest survint la seconde trombe marine, telle une montagne en marche, chassant

1. *Armageddon* (dans ce texte et dans les Bibles anglo-saxonnes), *Harmaguédon* (dans la Bible traduite par Louis Segond), c'est le nom du lieu où — dans l'Apocalypse de saint Jean (XVI-16) — les « esprits de démons rassemblèrent les rois pour le combat du grand jour du Dieu tout-puissant » — terme qui est devenu synonyme de « lutte apocalyptique ». Il est pris ici dans son premier sens : lieu où va se livrer la bataille finale entre les forces du bien et du mal. *(N.d.T.)*

devant elle de grandes lames qui aidèrent puissamment Fafhrd à maintenir sa direction, les poussant vers le nord, encore le nord, toujours le nord. Au sud cependant la première trombe géante se retourna ou parut se retourner, et les deux trombes (la lunaire et la solaire?) se battirent.

Puis tout à coup ce fut comme si le *Coureur Noir* avait heurté un mur. Fafhrd et le Souricier furent projetés sur le pont, se relevèrent en se démenant comme des fous et découvrirent à leur stupeur que le bateau-léopard flottait dans des eaux calmes, cependant qu'au loin les éclairs et le tonnerre se déchaînaient, presque inaudibles et invisibles à leurs oreilles assourdies et à leurs yeux à demi aveuglés. Il n'y avait ni étoiles ni lune, seulement la nuit noire. Il n'y avait pas de furoles miroitantes. Leur voile était réduite en lanières, ils le virent à la clarté lointaine des éclairs. Sous sa main, Fafhrd sentit du jeu dans la barre, comme si l'ensemble du gouvernail avait fatigué jusqu'au point de rupture et survécu seulement par miracle.

Le Souricier dit :

— Il donne un peu de la bande vers tribord arrière, tu ne trouves pas? Il prend l'eau, je suppose. Peut-être que quelque chose s'est déplacé dans la cale. Mettons la pompe en route. Ensuite nous hisserons une voile neuve.

Ils s'attaquèrent à la tâche et travaillèrent sans mot dire pendant quelques heures, comme ils l'avaient fait si souvent autrefois, pansant les plaies du bateau-léopard et parant tout à neuf, à la clarté des deux lanternes suspendues au mât par Fafhrd et brûlant la plus pure huile de léviathan — l'orage avait entièrement disparu avec ses éclairs et les nuages noirs formaient un couvercle pesant.

Comme, en fait, le plafond de nuages sur tout Nehwon cette nuit-là (et ce jour-là de l'autre côté). Au cours des mois et des années qui suivirent, des bruits se propagèrent concernant la Grande Obscurité (comme on en vint généralement à l'appeler) qui avait enveloppé tout Nehwon pendant quelques heures, au point qu'on n'avait jamais su avec certitude si oui ou non la lune avait accompli cette fois-là le prodige de faire à moitié le tour du monde pour se battre avec le soleil avant de revenir à sa place attitrée; toutefois d'inquiétantes rumeurs, éparses mais persistantes, mentionnèrent un épouvantable voyage de ce genre entrevu par des déchirures temporaires dans la calotte de nuages, certains disant même que le soleil aussi s'était brièvement déplacé pour guerroyer avec elle.

Après un long laps de temps, comme ils se reposaient un moment de leurs travaux, Fafhrd dit à mi-voix :

— On se sent bien solitaire sans les furoles miroitantes, tu ne trouves pas?

Le Souricier répliqua :

— D'accord. Je me demande si elles nous auraient conduits à un trésor, ou même si elles en avaient l'intention? Où nous auraient conduits ta furole ou la mienne? Auraient-elles seulement conduit l'un de nous quelque part?

— Je continue à croire dur comme fer qu'il y avait quatre furoles, déclara Fafhrd. Si bien que deux de ces jumelles, les unes ou les autres, nous auraient menés quelque part ensemble sans nous séparer.

— Non, il n'y avait que deux furoles, affirma le Souricier, et elles cherchaient à nous entraîner dans des directions très différentes, aux antipodes, loin l'un de l'autre.

Et comme Fafhrd ne répliquait rien, il ajouta au bout d'un instant :

— Une partie de moi regrette de n'être pas allé avec ma belle amie de flamme voir ce que c'est que de vivre dans un paradis baigné par la splendeur du soleil.

Fafhrd dit :

— Une partie de moi regrette de n'avoir pas suivi ma belle mélancolique pour vivre dans la lune pâle, et passer par exemple les mois d'été dans la Terre de l'Ombre.

Puis, après un silence :

— Mais l'homme, je crois, n'est pas fait pour le paradis, que ce soit un paradis de chaleur ou de fraîcheur. Non, jamais, jamais, jamais, jamais.

— Jamais partagé une seule fois un grand lit, conclut le Souricier.

Pendant qu'ils parlaient, le jour était venu. Les nuages s'étaient tous levés. La voile neuve luisait. Les lampes à huile de léviathan donnaient une clarté falote, un rayonnement presque invisible sur le ciel blanchissant. Puis, au plus loin que pouvait porter le regard en direction du nord, les deux aventuriers distinguèrent la masse d'un grand aurochs couchant, amer facilement reconnaissable signalant le cap le plus méridional des Pays d'Orient.

— Nous avons fait le tour du continent de Lankhmar en un jour et une nuit, dit le Souricier.

Une brise s'éleva du sud, ébranlant l'air tranquille. Ils commencèrent à remonter vers le nord la longue Mer de l'Orient.

VII

LE MONSTRÈME DE GLACE

— SOURICIER Gris, je suis las de ces petites escarmouches avec la Mort, déclara Fafhrd le Nordique en levant son hanap bosselé couleur de plomb et absorbant avec modération une gorgée de jus de raisin doux fermenté additionné d'eau-de-vie âpre.

— Tu en veux une grande? ironisa son compagnon en buvant de même.

Fafhrd médita cette réplique, tandis que son regard faisait lentement mais sans s'arrêter le tour complet de la taverne, dont l'enseigne était un poisson de forme serpentine en argent terni.

— Peut-être, dit-il.

— La soirée manque d'animation, convint l'autre.

Effectivement, l'intérieur de l'Anguille d'Argent avait la tête d'une taverne au teint aussi plombé que ses hanaps. L'heure était à mi-chemin entre minuit et l'aube, l'éclairage faible sans être fuligineux, l'air humide mais pas froid, les autres buveurs semblables à des statues rêveuses, le tavernier, son videur et ses serveurs figés dans des grimaces de mécontentement hargneux, comme si le Temps lui-même s'était arrêté.

Au dehors, la cité de Lankhmar était silencieuse comme une nécropole, alors qu'au-delà le monde de Nehwon se trouvait en paix — en état de non-guerre, plutôt — depuis une année entière. Même les Mingols des vastes Steppes n'effectuaient plus de raids dans le sud sur leurs robustes petits chevaux.

Tout cela cependant ne sentait pas le calme, mais un malaise indéfini, une fébrilité qui ne s'était pas encore traduite par le moindre mouvement, comme si elle devait préluder à une atroce fulguration de foudre froide pétrifiant jusqu'au plus petit signe de vie.

Cette atmosphère affectait les sentiments et les pensées du grand barbare en tunique brune et de son petit ami vêtu de gris.

— Morne en vérité, dit Fafhrd. Je soupire après quelque grande entreprise!

— Voilà bien les rêves d'une jeunesse naïve. Est-ce pour cette raison que tu as rasé ta barbe? pour te mettre à l'unisson de tes rêves? Des deux côtés, je ne vois que mensonges à visage découvert, dit le Souricier, faisant les demandes et les réponses.

— Pourquoi as-tu laissé pousser la tienne ces trois derniers jours? rétorqua Fafhrd.

— Je laisse simplement reposer la peau de ma figure en vue d'une épilation totale. Et tu as perdu du poids. Une fièvre nostalgique de jeunesse?

— Non pas, ni maladie ni souci. Ces temps-ci, tu es plus léger, toi aussi. Nous passons de la luxuriante musculature de la jeune maturité à une structure plus souple, plus solide, plus résistante, adaptée aux grandes épreuves et aventures de l'âge mûr.

— Nous en avons eu notre comptant, déclara le Souricier. Trois fois le tour de Nehwon au bas mot.

Fafhrd eut un hochement de tête morose.

— Nous n'avons jamais réellement vécu. Nous n'avons pas possédé de terres. Nous n'avons pas dirigé des hommes.

— Fafhrd, tu as l'ivresse triste! dit en riant le Souricier. Voudrais-tu être fermier? As-tu oublié qu'un capitaine est prisonnier de son rôle de chef? Tiens, bois pour te dégriser, ou tout au moins pour t'égayer.

Le Nordique laissa deux pichets remplir son hanap,

mais ne changea pas d'humeur. Une expression malheureuse dans son regard fixe, il poursuivit :

— Nous n'avons ni foyer ni épouse.

— Fafhrd, tu as besoin d'une belle fille!

— Qui a parlé de filles? protesta l'autre. Je veux parler de femmes. J'ai eu la belle Kreeshkra, mais elle est retournée à ses chers vampires. Tandis que ta favorite Reetha préfère la terre glabre d'Eevamarensee [1].

Le Souricier s'écria *sotto voce* :

— J'ai eu aussi l'impérieuse, l'insolente Hisvet, et toi sa reine-esclave, Frix la courageuse, la passionnée.

Fafhrd reprit :

— Jadis, voilà longtemps, il y a eu Friska et Ivivis, esclaves de Quarmall puis femmes libres à Tovilysis [2]. Avant elles, il y a eu Keyaira et Hirriwi, les princesses invisibles aimées le temps d'une longue très longue nuit, filles du terrible Oomforator et parentes de Faroomfar le meurtrier [3]. Longtemps avant toutes celles-là, dans la Terre de la Jeunesse, il y a eu la belle Ivrian et la svelte Vlana [4]. Mais c'étaient des jeunes filles, ces ravissantes médiatrices (ou ces actrices, ou ces belles mystérieuses) et maintenant elles demeurent avec la Mort dans la Terre de l'Ombre. Aussi ne suis-je plus qu'une moitié d'homme. Il me faut une compagne. Et à toi de même, peut-être.

— Fafhrd, tu es fou! Tu rêves tout haut d'aventures extraordinaires à travers le vaste monde, puis tu te répands en discours sur ce qui les rendait impossibles : épouse, foyer, écuyers, devoirs. Une morne soirée sans femme ni bagarre et ton cerveau ramollit. Je le répète, tu es fou.

Fafhrd inspecta de nouveau la taverne et ses habitués engourdis.

1. Voir *Le Royaume de Lankhmar* (Cycle des Épées, tome V).
2. Voir « Les Seigneurs de Quarmall », in *Épées et sorciers* (Cycle des Épées, tome IV).
3. Voir « Le Quai des Étoiles », in *Épées et sorciers*.
4. Voir *Épées et démons* (Cycle des Épées, tome I).

— Elle reste morne, hein, comme nulle narine n'avait frémi, nulle oreille remué depuis mon dernier coup d'œil, remarqua-t-il. Et cependant c'est un calme auquel je ne me fie pas. J'ai une sensation de froid glacial. Souricier...

Celui-ci avait le regard fixé derrière lui. Avec un bruit infime presque nul, deux minces personnes venaient d'entrer à l'Anguille d'Argent et s'étaient immobilisées pour examiner la salle près des rideaux en macles de fer alourdies de plomb qui empêchaient le brouillard de pénétrer et pouvaient arrêter les coups d'épée. L'une était grande, élancée et longue de jambes comme un homme, avec des yeux bleus, des joues maigres, une bouche large, un justaucorps et un pantalon bleu sous un long manteau gris. L'autre était sèche, nerveuse et souple comme un chat, avec des yeux verts, des traits ramassés, des lèvres serrées épaisses et courtes, et des vêtements semblables à part les couleurs rouille et brun. Elles n'étaient ni jeunes ni à l'aube de l'âge mûr. Leurs fronts lisses et sans rides, leurs yeux tranquilles, la courbe régulière de leurs mâchoires et la longue chevelure épousant la forme de leurs joues, ici d'or argenté, là noire avec des touches marron foncé (çà et là pailletée d'or, ou tressée de fils d'or), proclamaient leur condition féminine.

Cette dernière qualité mit fin à la catalepsie nocturne engourdissant la poussive assemblée; une demi-douzaine d'hommes convergea en chancelant vers les arrivantes, susurrant des invites et étirant des rires gutturaux. Les deux femmes s'avancèrent comme pour précipiter la rencontre, le regard fixé droit devant elles.

Alors, sans temps d'arrêt, sans collision, sans autre indice que le sursaut d'un homme — comme si on lui avait marché sur le pied — et le petit cri d'un autre — comme si ses courtes côtes avaient rencontré un coude solide —, les deux femmes se trouvèrent au-delà des six lourdauds. On aurait dit qu'elles avaient simplement passé à travers eux, de même qu'un homme traverse un rideau de fumée sans autre manifestation qu'un froncement de narines. Derrière elles, la fumée dédaignée fuma et s'agita un peu.

Maintenant il y avait sur le chemin le Souricier Gris et Fafhrd, qui s'étaient levés avec ensemble, effleurant le pommeau de leurs épées.

— Mesdames..., commença le Souricier.

— Prendrez-vous du vin...? continua Fafhrd.

— Additionné d'alcool pour combattre le froid de la nuit? acheva le Souricier en esquissant un salut, tandis que Fafhrd indiquait courtoisement la table à quatre places d'où ils venaient de se lever.

La femme élancée s'arrêta et les toisa sans hâte.

— Nous le pourrions..., dit la plus petite d'une voix pareille à un ronronnement de chat.

— A condition que vous laissiez l'île de Givre payer les verres, conclut la plus grande d'une voix vive et rapide comme l'eau qui sort en courant des neiges fondantes.

Aux mots « Ile de Givre », les visages des deux hommes se firent pensifs et émerveillés, comme si dans un autre univers quelqu'un avait dit Atlantis, Eldorado ou Ultima Thulé. Néanmoins, ils acquiescèrent d'un signe de tête et offrirent des sièges aux jeunes femmes.

— L'Ile de Givre, répéta Fafhrd en rassemblant ses souvenirs tandis que le Souricier s'affairait aux hanaps et aux pichets. Quand j'étais enfant dans le Désert Froid, puis dans les années de piraterie de mon adolescence, j'ai entendu parler d'elle et de la ville du Havre Salé. Selon la légende, c'est vers elle que sont tournées les Griffes, ces étroites péninsules rocheuses à l'extrême pointe nord-ouest du Nehwon.

— La légende dit vrai, pour une fois, répliqua d'une voix basse mais nette la femme aux cheveux d'or vert vêtue de bleu et de gris. L'Ile de Givre existe aujourd'hui. Le Havre Salé aussi.

— Allons, dit avec un sourire le Souricier en lui présentant cérémonieusement son hanap, on raconte que l'Ile de Givre n'est pas plus réelle que Simorgya.

— Et Simorgya est irréelle? demanda-t-elle en prenant le hanap.

— Non, reconnut-il avec l'expression un peu surprise de l'homme à qui revient un souvenir. Je l'ai vue un jour à bord d'un très petit bateau alors qu'elle surgissait brièvement des profondeurs de la Mer Extérieure [1]. Mon ami, plus aventureux — il désigna Fafhrd d'un signe de tête —, a foulé ses schistes humides pendant un court laps de temps pour voir des fous danser avec des poissons-diables ayant l'aspect de manteaux de fourrure noire agités de contorsions [2].

— Au nord de Simorgya, à l'ouest des Griffes, dit avec autorité la femme vêtue de rouille et de brun, qui avait des cheveux noirs éclairés de scintillements de bronze foncé et d'or.

Sa main droite tenant fermement en l'air son hanap plein à ras bord à la hauteur où elle venait de le recevoir, elle plongea la main gauche sous la table, la plaqua d'un geste vif sur les arabesques tracées par les taches circulaires sur le plateau de chêne, puis la releva brusquement, laissant voir quatre petits ronds qui luisaient d'une pâle clarté comme des lunes.

— Vous avez accepté que l'Ile de Givre paie.

Avec des hochements de tête contenus mais courtois, le Souricier et Fafhrd prirent chacun une des pièces et l'étudièrent attentivement.

— Par les tétins de Titchubi, murmura le premier, ce n'est ni un *sou marqué* ni un *chien noir* [3].

— De l'argent de l'Ile de Givre? questionna Fafhrd à mi-voix, levant les yeux et haussant les sourcils de la face de la pièce à celle de la grande femme.

Le regard de celle-ci plongea droit dans le sien. Il y avait l'esquisse d'un sourire aux commissures de ses longues lèvres, au creux de ses joues. Elle répondit avec

1. Voir « Le Pays qui coule » in *Épées et mort* (Cycle des Épées, tome II).
2. *Poisson-diable* est le nom usuel des *raies géantes*. (*N.d.T.*).
3. En français dans le texte.

une sincérité qui se teinta toutefois d'un accent moqueur :

— Qui ne ternit jamais.

Il dit :

— L'avers porte un énorme monstre marin surgissant des profondeurs comme une formidable menace.

Elle répliqua :

— Seulement une grande baleine soufflant après une plongée vers les hauts fonds.

Le Souricier dit à l'autre femme :

— Le revers représente un rocher en forme de navire d'une lieue de côté qui surplombe des lames courant sur des kilomètres.

Elle répliqua :

— Seulement un iceberg qui atteint à peine la moitié de cette taille.

Fafhrd reprit :

— Eh bien, buvons ce qu'a payé cette brillante monnaie étrangère. Je suis Fafhrd et lui le Souricier Gris.

La grande femme répliqua :

— Et moi Afreyt, et ma compagne Cif.

Ils burent longuement et posèrent leurs hanaps, Afreyt faisant toquer sèchement par deux fois le gobelet d'étain sur le chêne.

— Et maintenant au fait, dit-elle laconiquement, avec l'ombre d'un froncement de sourcils à l'adresse de Fafhrd (on pouvait même se demander si froncement il y avait eu) comme il tendait la main vers les pichets de vin. Nous parlons avec la voix de l'Ile de Givre...

— ... et dispensons sa monnaie d'or, ajouta Cif, des paillettes jaunes scintillant dans ses yeux verts.

Puis, froidement :

— L'Ile de Givre est sous le coup d'une terrible menace.

Afreyt baissa la voix pour demander :

— Avez-vous jamais entendu parler des Mingols Marins? — et, comme Fafhrd acquiesçait d'un hochement de tête, elle reporta son regard vers le Souricier, disant :

— La plupart des gens du Sud doutent même de leur existence, considérant chaque Mingol comme un balourd quand il n'est plus à cheval, que ce soit sur terre ou sur mer.

— Pas moi, répondit-il. J'ai navigué avec des marins mingols. Il y en avait un, vieux à présent, qui s'appelait Ourph...[1]

— Et j'ai rencontré des pirates mingols, déclara Fafhrd. Leurs bateaux sont peu nombreux, chacun d'eux redoutable. Des rats d'eau aux dents en forme de flèche... des Mingols Marins comme vous dites.

— C'est bien, approuva Cif à l'intention de l'un et de l'autre. Alors il y a des chances que vous me croyiez quand je vous dirai qu'en réponse à l'affreuse prophétie, « Qui s'empare de la couronne de Nehwon en fera l'entière conquête »...

— Par « couronne », entendez les côtes du pôle nord, précisa Afreyt.

— ... et encouragés au maximum par le Magicien des Glaces Khahkht, dont le nom même ressemble à une toux glacée...

— Peut-être l'être le plus maléfique qui ait jamais existé, compléta Afreyt, dont les yeux avaient l'éclat d'une lune de saphir lançant son rayonnement glacé par deux meurtrières étroites disposées en travers.

— ... les Mingols se sont embarqués pour harceler les côtes nord de Nehwon dans deux grandes flottes, l'une suivant la course du soleil, l'autre, celle des Mingols Senestres, allant dans l'autre sens...

— Au lieu de « quelques navires redoutables », pensez « armadas », précisa Afreyt, qui continuait à regarder surtout Fafhrd (de même que Cif s'adressait de préférence au Souricier), puis elle reprit :

— ... jusqu'à ce que les Dextres et les Senestres

1. Voir « Jours maigres dans Lankhmar » et « La Mer est leur maîtresse » in *Épées et brumes* (Cycle des Épées, tome III).

fassent leur jonction à l'Ile de Givre, l'envahissent et se déploient en direction du sud pour mettre le monde à sac !

— Triste perspective, commenta Fafhrd en reposant le pichet d'eau-de vie dont il avait corsé le vin qu'il venait de servir à la ronde.

— A tout le moins un peu animée, intervint le Souricier. Les Mingols sont des violeurs infatigables.

Cif se pencha en avant, le menton haut. Ses yeux verts flamboyaient.

— Donc l'Ile de Givre est le champ de bataille choisi. Choisi par le Destin, par Khahkht le froid et par les Dieux. L'endroit où arrêter la horde des Steppes transformée en écumeuse de mers.

Sans bouger, Afreyt grandit sur son siège, son regard bleu alla comme un éclair de Fafhrd à son compagnon :

— L'Ile de Givre s'arme, donc, mobilise ses hommes et engage des mercenaires. Cette dernière tâche nous incombe à moi et à Cif. Nous avons besoin de deux héros, capables de recruter chacun douze hommes comme lui-même et de les amener à l'Ile de Givre d'ici trois courtes lunes. Vous êtes ces deux-là !

— Vous insinuez qu'il existe un autre homme tel que moi dans Nehwon, et même une douzaine ? demanda le Souricier d'un ton incrédule.

— C'est une tâche coûteuse, à tout le moins, observa judicieusement Fafhrd.

Les biceps de Cif se gonflèrent légèrement sous l'étoffe ajustée quand elle sortit de dessous la table deux bourses pleines à craquer, aussi grosses que des oranges, et les plaça devant les deux hommes. Elles émirent des petits bruits sourds et des tintements vite étouffés, sons extrêmement satisfaisants à l'oreille.

— Voilà vos fonds !

Les yeux du Souricier se dilatèrent, mais il ne toucha pas encore son sac pansu.

— L'Ile de Givre doit avoir grandement besoin de

héros. Et les héroïnes? Si je puis me permettre cette suggestion.

— La question a été réglée, dit Cif d'un ton ferme.

Le médius de Fafhrd effleura son sac et s'écarta.

Afreyt dit :

— Buvons.

Au moment où les hanaps se levaient, voici qu'alentour se mirent à résonner comme d'infimes tintements de clochettes de fées; un menu courant d'air glacé passa, venant de la porte; et l'air lui-même devint très faiblement translucide, un petit peu opalin et irisant toutes choses visibles, et ces prodiges s'intensifièrent à toute vitesse en quelques bonds d'incroyables tigres et devinrent une explosion assourdissante, stupéfiante, de cloches grosses comme des coupoles de temple et épaisses comme des remparts, un vent polaire sifflant et rugissant à rompre les tympans qui fit disparaître en un rien de temps toute la chaleur et voler à l'horizontale les draperies de fer lestées de plomb de la porte, et balaya les personnes présentes dans la salle de l'Anguille d'Argent, apportant du même coup un brouillard givrant épais comme du lait, à travers lequel on put entendre Cif crier : « C'est le souffle glacial de Khahkht! » et Afreyt : « Il a retrouvé notre piste! » avant que tout fasse naufrage dans un vacarme infernal.

Fafhrd et le Souricier se cramponnèrent chacun d'une main à la bourse pleine et de l'autre à la table, heureux qu'elle soit vissée au sol pour empêcher qu'on l'utilise dans les rixes.

La tornade et le tumulte s'apaisèrent, le brouillard se dissipa, pas tout à fait aussi vite qu'il était venu. Les deux compagnons desserrèrent les doigts, essuyèrent les cristaux de glace accrochés à leurs sourcils et à leurs yeux, allumèrent des lampes et regardèrent autour d'eux.

La salle offrait le spectacle d'une scène de carnage sans épanchement de sang, d'abord silencieuse comme la mort, puis peu à peu peuplée de gémissements d'effroi, de cris de souffrance et d'étonnement. Ils examinèrent la longue salle, d'abord de leur place à table, puis debout. Leurs sveltes commensales ne se trouvaient pas parmi les victimes qui se ressaisissaient lentement.

Le Souricier attaqua, d'un ton quelque peu détaché :

— Sommes-nous ce que nous cherchions à être? Ou avons-nous bu une drogue qui...

Il s'interrompit. Fafhrd avait ramassé sa petite bourse rebondie et se dirigeait vers la porte.

— Où vas-tu? cria le Souricier.

Fafhrd s'arrêta et se retourna. Il répliqua sans sourire :

— Au nord des Trollsteps pour engager mes douze berserks. Nul doute que tu trouveras ta douzaine de voleurs-bretteurs sous un climat plus doux. Dans trois lunes moins trois jours, retrouvons-nous en mer à mi-chemin entre Simorgya et l'Ile de Givre. D'ici là, adieu.

Le Souricier le regarda sortir, haussa les épaules et finit par découvrir un hanap et le cruchon d'eau-de-vie renversé mais intact, couvert de gelée par la rafale magique. Il restait une appréciable et plaisante gorgée d'alcool. Il tâta un instant sa bourse, puis tirailla le cordon qui la fermait pour en défaire le nœud serré. A l'intérieur, le cuir avait un faible reflet ambré.

— Une orange d'or en vérité, dit-il gaiement, sans se soucier des silhouettes balbutiantes, rampantes, parfois boitillantes, autour de lui, et sortit l'une des pièces jaunes de son étui.

Au revers, un volcan fumant, peut-être couvert de neige; à l'avers, une grande falaise surgie de la mer et faite d'une matière qui n'était apparemment ni de la glace ni du rocher. Comme c'était drôle! Il regarda de nouveau vers la porte aux rideaux de fer. Quel monumental imbécile fallait-il être pour prendre au sérieux une tâche pratiquement impossible imposée par des femmes qui ont disparu depuis, vraisemblablement mortes ou au mieux ensorcelées sans recours! Ou d'accepter un rendez-vous à une date lointaine dans un océan inexploré entre un pays englouti et un autre fabuleux, la géographie de Fafhrd étant encore plus optimiste qu'il n'était coutumier à sa nature hautement imaginative.

Mais que dire des rares délices, non, des séries d'extases et de félicités, qu'une telle quantité d'or peut procurer? Quelle chance que ce métal soit l'esclave indifférent de l'homme qui le détient!

Il remit la pièce dans la bourse, renferma l'or et son miroitement en tirant sur le lacet, se leva d'un mouvement décidé, puis tourna la tête pour regarder la table où, près du bord, reposaient toujours paisiblement les quatre pièces d'argent.

Pendant qu'il les contemplait, la main douteuse d'un gros serveur coincé sous la table par le coup de blizzard se dressa et les happa.

Le Souricier haussa une fois de plus les épaules et se dirigea vers la sortie d'une allure tranquille et non sans panache, sifflant entre ses dents une marche mingole.

Dans une sphère une fois et demie haute comme un homme, un être vieux et décharné s'affairait. Sur la paroi intérieure de la sphère était dessinée une carte du monde de Nehwon, les mers avec les bleus les plus obscurs, les terres avec les verts et les bruns les plus ténébreux, le tout luisant obscurément comme du métal bleui, verdi et bruni, créant l'illusion que la sphère était une bulle géante montant éternellement dans une masse infinie d'eaux boueuses et huileuses, comme certains philosophes du Lankhmar l'affirment péremptoirement. Au Sud des Pays d'Orient était même représentée, dans le Grand Océan Équatorial, une trombe d'eau épaisse d'une largeur de main et haute de trois doigts, comme celle qui, selon ces mêmes philosophes, cache le soleil à la moitié de Nehwon sur laquelle il flotte, bien qu'il y eût à cet endroit non pas un disque solaire aveuglant visible au fond du cratère liquide mais seulement une clarté blême, suffisante pour éclairer l'intérieur de la sphère.

Là où une tunique vague et légère ne les masquait pas, les quatre longs membres toujours en mouvement de la vieille créature apparaissaient couverts de courts poils raides, noirs, grisonnants ou recouverts d'une pellicule de glace, tandis que Son visage étroit avait l'aspect déplaisant d'une face d'araignée. Et voici que l'Être relevait Ses lèvres de cuir et avançait nerveusement des doigts aux ongles démesurés vers une zone de la carte où une minuscule tache noire, luisant au sud d'une masse bleue et au milieu d'une masse brune, indiquait la Cité de Lankhmar, sur la côte sud de la Mer Intérieure. Est-ce Son haleine qui était de givre, ou Sa volonté fit-elle naître la traînée blanche qui s'étendit sur la tache noire? Quoi qu'il en soit, la vapeur se dissipa.

L'Être marmonna d'une voix aiguë en mingolien :

— Elles ont disparu, les garces. Khahkht voit mourir la moindre mouche, et envoie Son souffle desséchant où Il veut. Les Mingols ravagent, le monde oublie d'être prudent et sage. Les ribaudes trifouillent, les héros cafouillent. Et à présent il est temps, temps de commencer à construire le monstrème de glace.

Il ouvrit la porte d'une trappe circulaire dans les Régions du Pôle Sud et Se laissa descendre le long d'un fil mince.

Trois lunes moins trois jours plus tard, le Souricier était absolument écœuré, las à mourir et glacé jusqu'aux os. Ses pieds et ses orteils souffraient terriblement du froid à l'intérieur de ses belles bottes fourrées, qui se soulevaient et s'abaissaient lentement sous la plante de ses pieds au rythme du pont gelé qui émergeait et plongeait avec la longue houle basse. Il se tenait près du mât court, à la vergue plus grande que la bôme, d'où pendaient les festons figés de la voile qui avait été carguée sans serrer. On entrevoyait la proue et la poupe basses et le bout de la grand'vergue; au-delà, la vue était complètement bouchée par une brume de cristaux de glace infiniment ténus, pareille à un cirrus descendu du Quai des Étoiles, laissant filtrer une obscure clarté gris perle d'une invisible lune bosselée, presque en son plein encore. L'absence de vent et le silence général, totalement inhabituels, faisaient paraître le froid plus mordant.

Cependant le silence n'était pas complet. Il y avait un faible clapotis, peut-être même le craquement à peine perceptible d'une pellicule de glace infiniment mince, quand la coque subissait l'élan de la houle. Il y avait les petits grincements dans la membrure et le gréement de l'*Épave*. Et au-dessous ou au-delà de ces bruits, des sons plus ténus encore vibraient dans les franges de l'inaudible. Le Souricier, instinctivement, tendait l'oreille sans arrêt pour les capter. Il ne tenait nullement à être surpris par une flottille mingole, ni même par un seul vaisseau. L'*Épave* est un moyen de transport, pas un navire de guerre, se répétait-il maintes et maintes fois. Très bizarres, certains de ces bruits réels ou imaginés qui émanaient du brouillard glacial, éclatements de masses de glace à des lieues de là, battements et éclaboussures de puissantes rames à une distance encore plus grande, hurlements plaintifs au loin, grondements menaçants plus loin encore, et comme un rire de démons au-delà de l'horizon de Nehwon. Il songea aux êtres volants invisibles qui avaient troublé l'air enneigé à mi-pente du Quai des Étoiles quand Fafhrd et lui-même avaient entrepris l'ascension de cette cime, la plus haute de Nehwon.

Le froid rompit cette chaîne de réflexions. Le Souricier mourait d'envie de taper des pieds, de battre ses flancs de ses bras croisés ou mieux : de se réchauffer en prenant un grand coup de colère, mais il se retint avec un brin de perversité, peut-être pour que le soulagement final soit plus grand, et entreprit d'analyser sa lassitude nauséeuse.

Tout d'abord, il avait fallu trouver, amener à ses vues et diriger douze voleurs-bretteurs, espèce des plus rares. Et les former! A la moitié d'entre eux il avait fallu enseigner l'art de manier la fronde, et à deux (Mog lui vienne en aide!) celui de manier l'épée. Et le choix comme caporaux des deux plus aptes, Pshawri et Mikkidu, qui pour l'instant étaient confortablement endormis en bas avec leur double équipe, le diable les emporte!

Concurremment, il y avait eu la recherche du Vieil Ourph et le recrutement de son équipe de quatre Mingols. Un risque calculé, ça. Des marins mingols combattraient-ils les leurs avec ardeur en cas de besoin? Cette engeance était bien connue pour sa traîtrise. Toutefois, il est toujours bon d'avoir quelques éléments ennemis de son côté, pour mieux le comprendre. Et par eux il pouvait même comprendre pourquoi les Mingols se lançaient dans les expéditions navales.

Concurremment avec *cela*, la sélection, la location, le calfatage et l'approvisionnement de l'*Épave* pour son voyage.

Puis les études nécessaires! A commencer par les heures passées sur d'antiques cartes marines subtilisées dans la bibliothèque de la Guilde des Voyageurs Stellaires et Navigateurs de Lankhmar, la mise à jour de ses connaissances en matière de vent, vagues et corps célestes. Et la responsabilité!! envers dix-sept hommes, pas un de moins, sans un Fafhrd qui l'eût épaulé, remplacé pendant son sommeil... les amariner, soigner leur scorbut, fouiller l'eau avec une gaffe pour les récupérer quand ils tombaient par-dessus bord (il avait failli perdre ainsi cet empoté de Mikkidu dès le premier jour de mer), les maintenir en belle humeur mais aussi à leur place, les punir quand il fallait. (Réflexion faite, cette dernière tâche était parfois un plaisir en même temps qu'un devoir. Comme Pshawri avait piaulé bizarrement quand il avait été astucieusement bâtonné avec le fourreau de Griffe de Chat! et il ne tarderait pas à recommencer, par Mog!)

Enfin la périlleuse navigation depuis une lune presque entière!!! Départ de Lankhmar cap au nord-ouest dans la Mer Intérieure. Franchissement d'une passe traîtresse dans le Mur Rideau (où Fafhrd avait, un jour, cherché des reines-marines à sequins) pour aboutir dans la Mer Extérieure. Puis un grand bord tiré au nord à toute vitesse avec le vent bâbord amures jusqu'à la vue des remparts noirs de No-Ombrulsk, à la même latitude que Simorgya l'engloutie. Puis il avait piqué droit à l'ouest, loin de toute terre et presque bout au vent d'ouest qui soufflait légèrement sur tribord. Après quatre jours de cette lassante bordée au plus près serré, ils étaient arrivés à ce coin anonyme d'océan agité qui était toute la tombe de Simorgya, d'après les calculs opérés chacun de son côté par le Souricier et Ourph, l'un travaillant d'après ses cartes volées, l'autre comptant des nœuds sur ces ficelles graisseuses que les Mingols utilisent pour calculer. Puis un autre long bord tiré à toute allure au nord pendant deux jour (où l'air et la mer refroidirent très rapidement) pour arriver d'après leurs estimations à mi-chemin de la latitude des Griffes. Et maintenant deux jours passés à se maintenir mélancoliquement au même endroit pour attendre Fafhrd, tandis que le froid augmentait régulièrement jusqu'à ce que le ciel clair, ce minuit, soit envahi par un brouillard de glace où l'Épave était désormais encalminée. Deux jours à se demander si Fafhrd réussirait à atteindre cet endroit ou même seulement viendrait. Deux jours à en avoir par-dessus la tête et à s'irriter de sa douzaine de soldats-voleurs affolés et récalcitrants, qui ronflaient tous bien au chaud en bas, Mog les cravache! Deux jours à se demander *pourquoi*, au nom de Mog, il avait dépensé tous ses doublons de l'Ile de Givre sauf quatre pour faire ce voyage démentiel, pour s'écraser lui-même sous une charge accablante, au lieu de les dépenser en vin et en femmes, en livres rares et objets d'art, pour du pain et des jeux à lui seul destinés.

Et finalement, en super-dernier lieu, le soupçon peu à peu transformé en certitude que Fafhrd n'était jamais parti de Lankhmar!!!! qu'il était sorti de l'Anguille d'Argent avec cette allure noble, cette fierté exaspérante, son sac d'or à la main... et avait commencé instantanément à le dépenser pour ces mêmes délices que le Souricier (inspiré par l'exemple trompeur de Fafhrd) s'était refusées.

Au comble de l'exaspération, le Souricier saisit la mailloche à tampon suspendue au mât par un crochet et frappa le gong du bateau assez fort pour fracasser le bronze glacé. Sans mentir, il fut un peu surpris que le pont givré de l'*Épave* ne se couvre pas d'une averse d'échardes de métal glacé aux arêtes coupantes. Là-dessus, il se remit à le frapper à coups redoublés, au point que le gong se balançait comme une enseigne de taverne prise dans un ouragan, et en même temps le Souricier sautait sur place, ajoutant à l'alerte générale le martèlement sonore de ses pieds difficiles à réchauffer.

Le panneau de l'écoutille avant fut rabattu et Pshawri en jaillit comme un diable de sa boîte pour se précipiter vers le Souricier et se planter devant lui, roulant des yeux affolés. Le premier caporal fut suivi dans un flot pressé par Mikkidu et les autres soldats, la plupart à demi nus. Après eux, et d'une allure beaucoup plus paisible, arrivèrent Gavs et un autre marin mingol, qui n'étaient pas de quart, attachant leurs capuchons noirs bien serrés sous leurs mentons jaunes, tandis qu'Ourph venait se placer comme une ombre derrière son capitaine, mais les deux autres Mingols prirent leur poste comme ils le devaient à la barre et à la proue. Le Souricier fut considérablement étonné. Ainsi ses coups de fourreau avaient produit des résultats!

Frappant à coups réguliers le creux de sa paume droite avec la mailloche du gong, le Souricier observa :

— Eh bien, mes petits voleurs (effectivement tous les voleurs avaient au minimum une épaisseur de doigt de moins en hauteur que le Souricier Gris), il me semble que vous avez manqué *de peu* une correction.

Son visage arborait un sourire à faire frémir tandis qu'il jaugeait avec gourmandise les vastes portions de chair nue exposées à l'air glacé. Il poursuivit :

— Mais maintenant nous devons veiller à ce que vous ayez chaud, une nécessité pour les matelots dans ce climat, dont chacun de vous doit faire son affaire personnelle sous peine de recevoir le fouet, je vous l'apprendrai.

Son sourire devint encore plus odieux.

— Pour éviter une attaque nocturne par éperonnage, *aux rames* !

Les douze dépenaillés passèrent en trombe devant lui pour décrocher du râtelier placé entre le grand-mât et le mât d'artimon les longues rames fines, en engager les manches dans les dix dames de nage correspondantes, et se tenir prêts, tournés vers la proue, les pieds calés contre les cabillots, les manches des rames contre la poitrine, les pelles en suspens dans le brouillard au-delà du bordage. L'équipe de Pshawri était postée à tribord, celle de Mikkidu à bâbord, tandis que les deux caporaux surveillaient l'avant et l'arrière.

Après un coup d'œil rapide à Pshawri, pour s'assurer que chacun était à sa place, le Souricier cria :

— Épaviers ! Un, deux, trois.. nagez ! et frappa le gong, qu'il immobilisa et étouffa en retenant le bord dans sa main droite. Les dix rameurs plongèrent les pelles dans l'eau salée invisible et poussèrent avec vigueur vers l'avant sur les tolets.

— Ramenez ! grommela lentement le Souricier, puis il frappa de nouveau le gong.

Le bateau commença à avancer et le chuintement de la houle se changea en léger clapotis contre la coque.

— Et maintenant, s'exclama-t-il, souquez ferme, grotesques coupe-bourses mal fagotés ! Maître Mikkidu ! Remplacez-moi au gong ! Monsieur Pshawri, faites-les nager plus régulièrement !

Et tout en tendant la mailloche du gong au second

caporal tout haletant, il se tourna vivement vers l'énigmatique visage ridé d'Ourph et chuchota :

— Envoie en bas Trenchi et Gib chercher les hardes chaudes et les apporter sur le pont.

Puis il s'autorisa un soupir, satisfait dans l'ensemble et pourtant perversement agacé que Pshawri ne lui ait pas fourni l'occasion de lui administrer une correction. Bah, on ne peut pas tout avoir. Bizarre de se dire qu'un monte-en-l'air de Lankhmar, un mécontent de la Guilde des Voleurs, s'était transformé en marin-soldat plein de promesses. Et au fond assez normal : il n'y a pas grande différence entre escalader des murailles et grimper dans le gréement.

Comme il avait plus chaud, il songea à Fafhrd avec plus de tolérance. A la vérité, le Nordique ne lui avait pas encore fait faux bond; c'était l'*Épave*, plutôt, qui était arrivé en avance au rendez-vous. Maintenant l'échéance était proche. Son expression s'assombrit comme il se laissait aller à l'idée froidement réaliste (mais qui aime cette réalité-là?) que ce serait un vrai miracle si Fafhrd et lui se retrouvaient dans ce désert liquide, pour ne rien dire du brouillard glacé. Toutefois, Fafhrd était un homme de ressource.

Le bateau redevint silencieux à part la plongée et l'égouttement des avirons, le tintement du gong et les petits bruits aux moments où Pshawri prenait brièvement la place d'un rameur pendant que celui-ci endossait en hâte les vêtements apportés par les Mingols. Le Souricier tourna son attention vers cette partie de son esprit qui guettait les sons les plus étouffés par la brume. Presque aussitôt il regarda d'un air interrogateur le vieil Ourph. Le petit Mingol leva et rabaissa lentement les bras. Le Souricier tendit l'oreille et hocha la tête. Puis le battement d'ailes qui se rapprochait devint vraiment audible. Quelque chose heurta le gréement givré au-dessus de leurs têtes et une forme blanche plongea. Le Souricier dressa le bras droit pour l'écarter et sentit son poignet et son avant-bras fermement agrippés par quelque chose qui les souleva et les tordit. Après un instant de terreur oppressée, où sa main gauche se tendit vers son poignard, il se ravisa et l'allongea vers son bras droit, touchant les serres cornées plaquées comme des fers autour de son poignet, et trouva roulé autour d'une patte écailleuse un petit parchemin, dont il coupa les liens d'attache avec l'ongle aiguisé de son pouce. Sur quoi le grand faucon blanc lâcha son poignet pour se percher sur la courte barre ronde à laquelle était suspendu le gong du bateau.

Alors, à la flamme d'une chandelle de graisse qu'un matelot mingol avait allumée au brasero, le Souricier lut de la haute écriture de Fafhrd calligraphiée en toutes petites lettres :

« Ohé, Petit Homme, car il y a peu de chance qu'un autre vaisseau soit à proximité dans ce désert ondoyant.

« Allume un signal rouge et j'arriverai. »

F.

Puis en lettres plus noires mais plus mal formées faisant penser à une subite réflexion après coup :

« Feignons de nous attaquer quand nous nous rencontrerons pour entraîner nos équipages. D'accord ? »

La flamme blanche, qui brûlait droite et claire dans l'air immobile, montra le sourire ravi du Souricier, puis l'expression de fureur incrédule qui s'y superposa quand il lut le post-scriptum. Les Nordiques étaient une race folle de batailles, et Fafhrd était le plus fou de tous.

— Gib, va me chercher une plume et de l'encre de seiche, ordonna-t-il. Monsieur Pshawri, emportez des braises et un signal rouge en haut du mât et allumez-le là-haut. Vite ! mais si vous mettez le feu à l'*Épave*, je vous cloue à coups de marteau sur le pont en flammes !

Quelques instants plus tard, tandis que le petit cambrioleur acrobate recruté par le Souricier montait avec sûreté dans les haubans, bien qu'encombré en plus d'une gaffe, son capitaine retourna le menu morceau de parchemin, l'aplatit contre le mât et inscrivit d'une écriture nette sur l'envers, à la lumière de la chandelle que Gib tenait en même temps que l'encrier de corne :

« Bienvenue à toi, le Fou ! J'en allumerai un à chaque coup de cloche [1]. Je *ne suis pas* d'accord. Mon équipage à moi est déjà entraîné. »

S.

Il secoua le billet pour le sécher, puis l'enroula étroitement avec précaution autour de la patte du faucon aux yeux étincelants, juste au-dessus des serres, et ajusta bien le fil d'attache. Comme ses doigts s'écartaient, l'oiseau se mit à battre frénétiquement des ailes avec un cri aigu et prit son essor dans la brume sans en avoir reçu l'ordre. Fafhrd avait au moins entraîné ses messagers aviens.

Une lueur rouge, d'un éclat étonnamment vif, surgit de la brume à la tête du mât et s'éleva mystérieusement à dix bonnes coudées au-dessus. Puis le Souricier vit que, pour plus de sécurité — la sienne propre et celle du navire —, le petit caporal avait fixé le signal à l'extrémité de la gaffe et l'avait soulevé en l'air, accroissant d'une lieue lankhmarienne au moins la distance à laquelle on pouvait l'apercevoir. Une idée intelligente, le Souricier dut l'admettre, presque un trait de génie. Il ordonna à Mikkidu d'inverser la route de l'*Épave* à titre d'exercice, les rameurs de tribord attaquant l'eau en arrière afin d'amener le bateau de leur côté. Il se dirigea vers la proue, car il voulait s'assurer que le Mingol posté là, bien emmitouflé, scrutait consciencieusement la brume droit devant lui, puis il retourna à la poupe où Ourph se tenait à côté de son barreur, l'un

1. C'est-à-dire toutes les demi-heures. On « pique la cloche » sur un bateau pour marquer l'heure. *(N.d.T.)*

et l'autre également revêtus d'habits épais pour se protéger du froid.

Ensuite, comme le signal continuait à brûler et que le calme relatif des coups de rame était redevenu régulier, les oreilles du Souricier se remirent d'elles-mêmes à sonder attentivement la brume pour y détecter des sons insolites, et il dit tout bas à Ourph sans le regarder :

— Explique-moi maintenant, l'Ancien, ce que tu penses réellement de tes compatriotes, ces nomades inlassables, et pourquoi ils délaissent les chevaux pour les navires.

— Ils se précipitent comme des lemmings au-devant de la mort... qui frappera les autres, répliqua pensivement le vieil homme d'une voix croassante. Ils galopent sur les vagues à la place des steppes caillouteuses. Anéantir les villes, voilà leur principal désir, que ce soit sur terre ou sur mer. Ils fuient peut-être les gens du Peuple de la Hache.

— J'ai entendu parler de ceux-là, dit le Souricier d'un ton perplexe. Crois-tu qu'ils s'allieraient avec les êtres ailés invisibles du Quai des Étoiles qui parcourent les airs glacés au-dessus du monde?

— Je ne sais pas. Ils suivent les sorciers de leurs clans là où ceux-ci les mènent.

Le signal rouge s'éteignit. Pshawri descendit du mât avec une certaine désinvolture et fit son rapport à son redoutable capitaine, qui le renvoya à ses occupations d'un coup d'œil foudroyant terminé par surprise en clignement de paupière complice, avec l'ordre d'allumer un autre signal au prochain coup de cloche. Puis, se tournant de nouveau vers Ourph, le Souricier dit à voix basse :

— A propos de sorciers, as-tu entendu parler de Khahkht?

L'ancien attendit cinq battements de cœur, puis croassa :

— Khahkht est Khahkht. Ce n'est pas un sorcier de tribu, ça c'est sûr. Il demeure à l'extrême nord à l'intérieur d'une coupole, certains disent un globe flottant, en glace absolument noire, d'où il observe les moindres actions des hommes, lançant des maléfices chaque fois qu'Il le peut, par exemple quand les étoiles forment une bonne configuration — mieux vaudrait dire une mauvaise — et que tous les Dieux sont endormis. Les Mingols redoutent Khahkht et pourtant... chaque fois qu'ils atteignent une grande année climatérique, ces centaures se tournent vers Lui, ils Le supplient de précéder leurs plus grandes, leurs plus sanglantes chevauchées. La glace est Sa résidence favorite et Son outil, un souffle glacé est le signe le plus certain de Sa présence avec le reflet.

— Le reflet? questionna le Souricier avec un certain malaise.

— La lumière du soleil ou de la lune reflétée par la glace, répliqua le Mingol. La clarté de la glace.

Un éclair d'un blanc tamisé fit pâlir un instant la nacre obscure de la brume et le Souricier entendit un bruit de rames — une nage plus puissante et plus lente que celle des avirons de l'*Épave* — qui devint rapidement plus fort. Le visage du Souricier s'illumina de joie. Il scruta les alentours avec hésitation. Le doigt tendu d'Ourph pointa droit devant. Le Souricier hocha la tête et, plaçant haut sa voix pour qu'elle porte loin, il cria vers l'avant :

— Fafhrd! Ohé!

Il y eut un bref silence, rompu seulement par le battement des avirons de l'*Epave* et des rames qui se rapprochaient, puis de la brume jaillit une voix à faire bondir le cœur de joie malgré le contenu inquiétant des paroles prononcées :

— Ohé, petit homme! Bienvenue à toi, Souricier, dans ces eaux déconcertantes! Et maintenant... en garde!

Le sourire joyeux du Souricier se décomposa. Fafhrd envisageait-il sérieusement de mettre à exécution *dans la brume* sa folle suggestion d'une bataille navale simulée? Il tourna un regard interrogateur vibrant d'inquiétude vers Ourph, qui haussa les épaules à une hauteur énorme pour quelqu'un d'aussi petit.

Un reflet blanc plus accentué illumina momentanément la brume vers l'avant. Sans s'attarder une seconde à réfléchir, le Souricier cria ses ordres :

— Bâbordais ! A souquer l'eau ! Vite ! Tribordais, poussez ferme !

Négligeant le Mingol qui en avait la charge, il se jeta sur la barre et l'amena à tribord afin que le gouvernail de l'*Épave* appuie la manœuvre des avirons de bâbord pour faire virer le bateau.

Il avait été bien inspiré de réagir si vite. De la brume surgit sur l'avant, à faible hauteur, un bout-dehors épais, scintillant et pointu qui aurait éperonné l'étrave de l'*Épave* et l'aurait coupée en deux. L'Éperon érafla le flanc de l'*Épave* dans un crissement hoquetant tandis que le petit bateau virait sec sur bâbord en réponse à la nage forcenée de ses soldats-voleurs.

Et voici que, suivant son éperon, la proue blanche acérée du navire de Fafhrd fendit la brume emplie de clarté diffuse. Cette proue était incroyablement haute, grande comme une maison et annonçant un navire en proportion, au point que les hommes de l'*Épave* durent lever la tête pour la voir et que même le Souricier cria de peur et de surprise. Heureusement, elle se trouvait à des mètres à tribord tandis que l'*Épave* continuait à virer sur bâbord, sinon le petit bateau aurait été écrasé.

Du brouillard droit devant émergea quelque chose de plat qui avançait latéralement. A un mètre au-dessus du pont, la chose frappa le mât qui manqua se rompre, mais la chose plate se brisa la première et laissa choir avec fracas aux pieds du Souricier un objet qui lui fit écarquiller les yeux : la grande pelle incrustée de glace et une partie du manche d'un aviron qui avait deux fois les dimensions de ceux de l'*Épave*, et ressemblait à s'y méprendre à l'ongle d'un géant mort.

Le deuxième aviron rata le mât, mais frappa Pshawri d'un coup oblique qui le fit tomber de tout son long.

Les suivants passèrent de plus en plus loin de l'*Épave*. Du haut de la gigantesque masse scintillante qui disparaissait déjà dans le brouillard tomba un cri puissant :

— Oh, lâche! Fuir quand on est défié au combat! Oh, rusé poltron! Mais remets-toi en garde! Je te rattraperai, petit, malgré tes esquives!

Ces clameurs démentes furent suivies d'un rire également insensé — un rire que le Souricier avait déjà entendu dans la bouche de Fafhrd aux instants critiques d'une bataille, plus fou encore, démoniaque même, mais celui-là était aussi sonore que si une douzaine de Fafhrd le proféraient à l'unisson. Avait-il entraîné ses berserks à lui faire écho?

Une main se crispa comme une serre sur le coude du Souricier. Ourph désignait le gros morceau d'aviron brisé sur le pont :

— Ce n'est que de la glace. (La voix du vieux Mingol frémissait de crainte superstitieuse.) De la glace forgée dans la forge froide de Khahkht.

Il lâcha le Souricier, se baissa vivement, prit la chose dans ses mains gantées de noir largement écartées, comme si c'était un serpent blessé au venin mortel, et d'une brusque poussée le précipita par-dessus bord.

Derrière lui, Mikkidu avait soulevé les épaules et la tête ensanglantée de Pshawri. Mais à présent il regardait son capitaine par-dessus son camarade inanimé. Dans ses yeux affolés se lisait une question muette.

Le Souricier durcit son expression.

— Ramez toujours, flemmards, commanda-t-il d'une voix mesurée. Souquez ferme. Mikkidu, désigne des gens pour s'occuper de Pshawri, frappe le gong pour rythmer la nage. Au rythme le plus vif! Ourph, arme ton équipage. Fais remonter vos flèches et vos arcs de corne, et pour mes soldats leurs frondes et leurs munitions. Des balles de plomb, pas des cailloux. Gavs, veille à l'arrière, Trenchi à la proue. Vite, tous!

L'air farouche et menaçant, le Gris ruminait des pensées qui lui faisaient horreur. Un millier d'années auparavant, à l'Anguille d'Argent, Fafhrd avait annoncé qu'il engagerait douze berserks, des forcenés dans la bataille. Mais son meilleur ami, désormais possédé du démon, avait-il mesuré alors quel degré dans le délire atteindraient ses douze déments, avait-il songé que leur folie serait contagieuse, et qu'elle le contaminerait?

Au-dessus de la brume de glace, les étoiles scintillaient comme des chandelles de givre, obscurcies seulement par leur rivale, la lune basse luisant au sud-ouest, où le front d'une tempête approchant au loin roulait devant lui l'épais tapis de cristaux de glace en suspension dans l'air.

Rasant la surface d'un blanc de perle, visible jusqu'à l'horizon sauf au sud-ouest, le faucon messager lâché par le Souricier filait vers l'est à tire-d'aile. Aussi loin que portait la vue, aucun autre être vivant ne partageait sa solitude sous l'immense calotte des cieux, mais l'oiseau vira soudain comme s'il était attaqué, puis battit désespérément des ailes avant de s'arrêter au milieu des airs, en gigotant comme s'il avait été saisi et immobilisé. Mais on ne voyait rien dans l'air transparent autour de l'oiseau qui se débattait.

Le morceau de parchemin autour de sa patte se déroula comme par magie, demeura à plat en l'air pendant un instant, puis s'enroula de nouveau autour de la patte écailleuse. Le faucon blanc libéré s'élança éperdument vers l'est, décrivant des zigzags comme pour échapper à une poursuite et volant au ras de la plaine blanche comme s'il était prêt à y plonger à tout moment.

Dans l'air vide, à l'endroit où l'oiseau avait été relâché, résonna une voix :

— Il y a moult grand profit et bien plus encore dans cette association d'Oomforafor du Quai des Étoiles et de Khahkht de la Glace Noire, si ma ruse porte fruit, et elle en portera! Chères sœurs diaboliques, pleurez! vos amants qui vous ont souillées sont désormais des hommes morts, même s'ils respirent et marchent encore quelque temps. La vengeance différée, savourée et repoussée, est plus douce que la revanche immédiate. Et plus douce que tout quand ceux que vous haïssez sont contraints de s'entretuer alors qu'ils s'aiment. Car si mes messages ne provoquent pas cette malédiction, mon nom n'est pas Faroomfar! Et maintenant, vole à la vitesse du son, mon plat destrier des airs, mon invisible tapis magique!

L'étrange brume demeurait épaisse et d'un froid mordant, mais le vêtement de Fafhrd, en fourrure de faon des neiges retournée, était confortable. La main dans son gantelet de fauconnier posée sur la figure de proue basse — un serpent des neiges qui siffle —, il regardait avec satisfaction, de sa place à la proue du *Faucon de mer*, ses rameurs qui souquaient toujours avec autant d'ardeur que lorsqu'il l'avait ordonné en apercevant le signal rouge du Souricier à la pomme du mât. C'étaient des gaillards sur qui l'on pouvait compter pour autant qu'ils étaient maintenus au travail et châtiés chaque fois qu'il le fallait. Neuf d'entre eux étaient aussi grands que lui et trois plus grands, ses caporaux Skullick et Mannimark et le sergent Skor, ces deux derniers invisibles dans la brume où Skor rythmait la nage à l'arrière. Chacun des gradés avait sous ses ordres directs une équipe de trois hommes.

Et le *Faucon de mer* était une galère à voiles des plus sûres; un peu plus longue et de largeur moindre que le bateau du Souricier (ce que Fafhrd ne pouvait savoir, car il n'avait jamais vu l'*Épave)*, avec un mât beaucoup plus grand, gréée à l'avant et à l'arrière.

Néanmoins, il fronça légèrement les sourcils. Pelly aurait dû être de retour si le Souricier lui avait envoyé une réponse, et le petit homme gris ne perdait jamais une occasion de s'exprimer, avec sa langue ou sa plume. Il était temps d'aller voir ce qui se passait à la pomme du mât, car le Souricier avait peut-être allumé un autre signal et Skullick pouvait être plongé dans un rêve éveillé pendant son quart. Mais comme il arrivait près du mât, un fantôme de sept pieds de haut surgit à l'improviste, revêtu de fourrure de loutre grise retournée.

— Alors, Skullick? dit sèchement Fafhrd, levant le nez pour compenser le demi-empan qu'il avait de moins que l'autre. Pourquoi as-tu quitté ton poste? Allons, parle, canaille!

Et sans autre avertissement, il frappa son premier caporal d'un coup balancé de près en plein plexus qui l'expédia un pas en arrière et (contre toute logique) le priva de la majeure partie du souffle dont il avait besoin pour parler.

— Il fait aussi froid... que dans le ventre d'une sorcière... là-haut..., répliqua Skullick avec difficulté. Et ma relève... est en retard.

— Désormais tu attendras ta relève à ton poste de vigie jusqu'à ce que l'Enfer gèle, et sans rouspétance encore. Mais tu es relevé.

Et Fafhrd le frappa de nouveau au même point crucial.

— A présent, va donner à boire aux rameurs, quatre mesures d'eau pour une d'usquebac, et si tu avales plus de deux gorgées d'usquebac, je le saurai!

Il tourna brusquement les talons, arriva au mât en deux enjambées et y monta d'un mouvement rythmé en s'aidant des goupilles des colliers de bronze, dépassant la grand'vergue sur laquelle était proprement ferlée la voile, puis la corne, jusqu'à ce que ses mains gantées agrippent la courte barre horizontale du nid de corbeau [1]. Il effectua un rétablissement et s'émerveilla de voir la brume laisser place sans transition à l'air voûté d'étoiles, comme si une pellicule mince, impalpable mais résistante, plaquait les particules de glace au plus près de l'océan. Quand il se retrouva sur la barre et se redressa, il était enfoncé à partir de la taille dans une brume si épaisse qu'il voyait à peine ses pieds. Le haut du mât et lui filaient sur une mer nacrée, propulsés avec vigueur par les rameurs invisibles au-dessous

1. Ou nid-de-pie : hune de vigie (*N.d.T.*).

d'eux. Les étoiles lui disaient que le *Faucon de mer* continuait sa route cap à l'ouest. Son sens de l'orientation l'avait bien guidé dans le brouillard d'en-bas. Parfait!

De plus, ce propre à rien de Skullick avait dit vrai. La température était aussi froide que les parties intimes d'une démone, mais merveilleusement revigorante. Il remarqua le vent nouveau qui balayait le brouillard au sud-ouest, et au nord le point où il avait repéré le signal du Souricier sur la ligne d'horizon. La grosse lune bosselée l'effleurait presque à présent, mais elle brillait encore de tout son éclat. Si le Souricier avait allumé un autre feu, celui-ci devrait se trouver plus haut, puisque la route de Fafhrd allait amener les deux bateaux à se rejoindre. Il scruta l'ouest attentivement pour s'assurer qu'aucune autre étincelle rouge n'était noyée par le puissant clair de lune de Nehwon.

Il vit un point noir silhouetté sur le brillant orbe nacré asymétrique. Tandis qu'il l'observait, le point grossit rapidement, se gonfla d'ailes et, dans un grand battement blanc, se posa sur le poignet ganté de Fafhrd et lui imprima une secousse en l'agrippant de ses deux serres.

— Tu es tout hérissé, Pelly. Qui t'a effrayé? demanda-t-il en rompant les fils et en ôtant de sa patte le fragment de parchemin. Il reconnut le début de son propre billet, retourna le parchemin et, à la lumière blanche de la lune, lut celui du Souricier.

« Bienvenue à toi, le Fou! J'en allumerai un à chaque coup de cloche. Je *ne suis pas* d'accord. Mon équipage à moi est déjà entraîné. »

S.

« Pas d'attaque pour rire, lâche qui as été mon ami, mais une vraie, en règle. Je veux rien de moins que ta destruction, chien. A mort! »

Fafhrd lut la salutation et la première phrase avec une grande joie et un grand soulagement. Les deux autres phrases lui firent froncer les sourcils, car elles le déconcertaient. Mais avec l'atroce post-scriptum, sa figure s'allongea et son expression refléta une profonde épouvante et une extrême détresse. Il réexamina fiévreusement l'écriture et reconnut indubitablement la main du Souricier, le post-scriptum étant légèrement gribouillé parce qu'écrit plus vite. Quelque chose qui lui avait échappé tarabusta son esprit un bref instant, puis plongea dans l'oubli. Il froissa le parchemin et l'enfouit au creux de son escarcelle.

Il dit pour lui-même, de la voix basse, atone, d'un homme en plein cauchemar :

— Je ne peux pas le croire et ne peux pourtant pas le nier. Je sais quand le Souricier plaisante et quand il parle sérieusement. Il doit y avoir une folie prompte à frapper dans ces mers polaires, peut-être déchaînées par ce sorcier qu'Afreyt a appelé... le Magicien des Glaces... Lui... Khahkht. Et pourtant... pourtant... je dois parer le *Faucon de mer* en vue d'une guerre totale, si profondément que cela me navre. Un homme doit être prêt à *tous* les événements, même s'ils lui glacent et déchirent le cœur.

Il jeta un dernier coup d'œil à l'ouest. Le front de tempête de suroît était maintenant proche, balayant devant lui les cristaux de glace. Sur un arc de cercle, la brume blanche avait laissé place à l'océan noir. Il en monta une fugitive lueur blanche qui fit murmurer à Fafhrd :

— Reflet de glace.

Puis, plus proche encore, à une dizaine de portées de flèche à peine, toujours dans la brume mais très près de sa lisière attaquée par le vent, une rougeur flamboya, puis s'éteignit.

Fafhrd s'enfonça vivement dans le brouillard le long du mât main sur main, ses bottes touchant à peine les goupilles des colliers de bronze.

A l'intérieur de la sphère vide et ornementée qui lui servait de carte, Il cessa ses mouvements rapides, Il Se tint raide et droit, détourné du disque solaire équatorial entouré de son mur liquide, et psalmodia d'une voix ressemblant au grincement des banquises qui se heurtent :

— Attention, vous les plus petits des atomes qui, dans les mers givrées, bouillonnez et gelez. Écoutez-moi, esprits du froid, et faites aussitôt ce qui est dit. Bateaux s'abordent, héros s'accordent ; mort est cadeau de l'un à l'autre. Monstrème, veille bien sûr, dans le froid obscur, patrouilleur des œuvres mingoles contre chaque cité, foyer ou clocher. Si à la ruse de l'Invisible ils échappent, fais de toi-même un fatal usage. Que les vaisseaux éclatent en brindilles ! Que les os humains s'éparpillent ! Que la chair en sang, le noir des ossements giclent ! Chaque brindille, chaque esquille ! Œuvre des ténèbres appelle les ténèbres... donc, jusqu'à ce que tout soit fini, que le soleil s'éteigne !

Alors, avec une rapidité reptilienne, Il Se retourna et plaqua un couvercle de fer noirci sur le disque solaire luisant doucement dans son mur, ce qui plongea la cavité sphérique dans l'obscurité totale où Il gloussa d'une voix grinçante :

— ... Et les Vampires effacèrent le soleil des Cieux, à ce qu'on dit ! Les Vampires, vraiment !... toujours à se vanter. Khahkht ne se vante pas, Il agit !

Au pied du mât de l'*Épave,* le Souricier Gris saisit Pshawri à la gorge, mais s'abstint de le secouer. Sous le bandage sanguinolent qui lui encerclait la tête, les pupilles cernées de blanc de son premier caporal le regardaient bien en face dans un visage livide.

— Un petit brin de guerre a-t-il suffi à faire une fente assez grande pour que toute ta cervelle s'écoule ? s'exclama le Souricier. *Pourquoi as-tu allumé ce feu ?* Et indiqué ainsi notre position à l'ennemi ?

Pshawri grimaça de douleur, mais continua à soutenir fermement le regard furibond de son capitaine.

— Vous l'avez commandé... et n'avez pas donné de contrordre, déclara-t-il avec ténacité.

Le Souricier explosa en bafouillant, mais dut reconnaître que Pshawri avait dit vrai. L'imbécile avait fait preuve d'obéissance, à défaut de jugement. Les soldats et leur fidélité aveugle au devoir! Surtout à un ordre verbal! Vraiment curieux de se dire que son dévoué crétin était hier un maître-voleur, enfant de la traîtrise, des mensonges et de l'égoïsme à courte vue. Le Souricier dut aussi reconnaître qu'il aurait pu révoquer son ordre, en tenant compte de la logique et de la stupidité, et surtout qu'il aurait pu s'inquiéter des intentions de cet abruti quand il avait grimpé au mât une seconde fois. Pshawri, visiblement, souffrait encore de son coup sur la tête, le pauvre diable, et avait au moins réagi assez vite en jetant à la mer la gaffe et le signal quand le Souricier le lui avait crié d'en bas.

— Très bien, dit-il d'un ton rogue en le relâchant. La prochaine fois, tâche de réfléchir, si tu en as le temps, et tu l'avais! Demande à Ourph un boujaron de cognac blanc [1]. Ensuite, va à l'avant veiller avec Gavs, je double les vigies à la poupe et à la proue.

Là-dessus, le Souricier entreprit lui aussi de percer le brouillard immobile avec ses yeux et ses oreilles, tout en s'interrogeant avec chagrin et inquiétude sur la folie de Fafhrd et l'énorme et redoutable vaisseau qu'il avait construit, acheté, réquisitionné ou peut-être bien arraché à Ningauble ou à un autre sorcier. Ou à plusieurs sorciers? Il paraissait assez gros et fantastique, assurément, peut-être le castel de plusieurs archimages! Ce pouvait être par exemple un ponton-prison de No-Ombrulsk reconverti. Ou, hypothèse plus épouvantable encore, suggérée par Ourph à propos du fragment de rame disparu, le sorcier en question ne serait-il pas Khahkht? et n'existerait-il pas un lien entre ce magicien et la folie de Fafhrd?

1. Soit 1/16 de litre. Mesure de fer-blanc dans laquelle on distribuait aux marins leur ration d'eau ou d'alcool (*N.d.T.*).

L'*Épave* glissait toujours comme un fantôme, les rameurs donnant juste une impulsion suffisante pour qu'elle continue à avancer. Le Souricier avait ordonné le rythme de nage le plus lent pour ménager leurs forces.

— Trois cloches [1], dit Ourph à mi-voix.

L'aube approche, songea le Souricier.

Pshawri ne devait pas être depuis bien longtemps à l'avant quand son cri retentit :

— Mer dégagée devant! Et du vent!

La brume s'amincit en effilochures dissociées et projetées vers l'avant par les tourbillons d'air glacé. La lune bossue était décidément couchée à l'horizon ouest, mais renvoyait encore une incroyable clarté blanche tandis qu'au sud quelques étoiles apparaissaient çà et là dans le ciel. Bizarre, songea le Souricier, car l'aube imminente aurait déjà dû les faire disparaître. Il se tourna vers l'est et retint à peine une exclamation de surprise. Au-dessus du banc de brume basse éclairé par la lune, la voûte céleste était plus sombre que jamais, la nuit était sans étoiles, et plus loin à l'est, sur le banc de brume, s'étendait une langue d'ombre plus noire qu'aucune nuit ne peut l'être, comme si un soleil noir se levait en projetant des rayons d'une obscurité puissante et pénétrante comme la lumière, pas une non-lumière mais une contre-lumière. Et de cette langue d'ombre qui allait grossissant, il eut l'impression qu'arrivait en même temps un froid plus intense et d'une autre nature que l'aigre suroît qui cinglait par-derrière son oreille droite.

— Bateau à bâbord! cria Pshawri.

Le Souricier rabaissa aussitôt son regard et aperçut le navire étranger, qui émergeait du mur de brume à trois portées d'arc environ, illuminé par l'aveuglante clarté lunaire, et se dirigeait droit sur l'*Épave*. Tout

1. Sur un bateau, on « pique l'heure » en donnant un certain nombre de coups de cloche. Trois coups correspondent à 1 h 30, 5 h 30 ou 9 h 30. Ou plutôt on « piquait l'heure » avant l'apparition des horloges électriques (*N.d.T.*).

d'abord il crut revenu le léviathan de glace de Fafhrd, puis il vit que le bâtiment était petit comme le sien, plus étroit peut-être. Ses pensées zigzaguèrent éperdument. Ce fou de Fafhrd commandait-il une flotte? Était-ce un vaisseau de guerre des Mingols Marins? Ou encore un autre pirate? Ou un bâtiment de l'Ile de Givre? Il se força à réfléchir plus calmement.

Son cœur battit deux fois. Puis :

— A envoyer la toile, tous mes Mingols! ordonna-t-il. Les rameurs impairs! Rangez vos longs outils au râtelier, et armez-vous! Pshawri! Commande-les!

Et il saisit la barre que le timonier lâchait.

A bord du *Faucon de mer,* Fafhrd vit la coque de l'*Épave,* basse sur l'eau, avec ses mâts courts et les longues vergues obliques du grand mât et de l'artimon silhouettés en noir sur la lune difforme, d'un blanc spectral, immergée à l'ouest. Au même moment, il comprit enfin ce qui l'avait chiffonné quand il se trouvait à la pomme du mât. Il déganta vivement sa main droite, la plongea dans son escarcelle, en ressortit le morceau de parchemin et, cette fois, relut son propre message, et vit au-dessous le post-scriptum accablant qu'il savait n'avoir pas écrit. Visiblement, les deux post-scriptums, tracés dans un griffonnage trompeur, étaient d'habiles contrefaçons, faites en l'air dans le royaume des oiseaux.

Il sentit le vent et ordonna :

— Skor! Prends ta bordée! Prépare-toi à hisser la toile!

En même temps, il tira du carquois qui était à portée de sa main sur le pont une de ses flèches bien-aimées, y attacha le billet par des fils avec une hâte maîtrisée, sortit prestement son grand arc de son étui et le banda puis, avec une brève prière à Kos, le tendit au maximum de la force de ses muscles et décocha sa chère flèche haut dans le ciel noir vers la lune et le deux-mâts noir.

A bord de l'*Épave,* le Souricier fut parcouru d'un frisson supplémentaire qui grandit pendant qu'il regardait ses Mingols batailler tenacement avec les cordages et les garcettes gelées dans le vent froid en train de forcer, et son appréhension culmina avec le *clac* d'une flèche qui se planta presque à la verticale dans le pont à moins d'une coudée de son pied. Ainsi la petite galère à voiles (il avait identifié le bâtiment) annonçait qu'elle allait attaquer! Mais la distance était encore si grande qu'il ne connaissait dans Nehwon qu'un seul archer capable de tirer ce coup miraculeux. Sans lâcher la barre, il se pencha et trancha les liens du parchemin clair enroulé derrière la tête de la flèche, et lut (ou plutôt relut) les deux billets, le sien avec le post-scriptum diabolique qu'il voyait pour la première fois. Au moment même où il achevait sa lecture, les caractères devinrent illisibles à cause des rayons noirs de l'antisoleil qui triomphaient des rayons de lune et commençaient à obscurcir cet orbe. Néanmoins, il fit la même conclusion que Fafhrd et de brûlantes larmes de joie jaillirent de ses orbites gelées à l'idée qu'en dépit des extraordinaires tours de force en matière d'encre et de voix réalisés cette nuit son ami était sain d'esprit et loyal.

Il y eut un craquement sec prolongé quand les voiles furent libérées de leurs dernières garcettes et que le vent les gonfla, brisant leurs plis et festons gelés. Le Souricier pesa sur la barre, dirigeant l'*Épave* au plus près de ce qui était maintenant un coup de vent fraîchissant. En même temps, il commanda sèchement :

— Mikkidu! Allume trois signaux, deux rouges, un blanc!

A bord du *Faucon de mer*, Fafhrd vit flamboyer le bienheureux triple signal dans l'obscurité surnaturelle qui s'amassait, à l'instant où sa voilure réduite par des ris ballonnait, et il barra son bateau pour aller au lof. Il ordonna :

— Mannimark! Réponds à ces feux par les mêmes. Skullick, abruti! Fais poser les arcs à ta bordée. Là-bas à l'ouest, ce sont des amis!

Puis il dit à Skor à côté de lui :

— Prends la barre. Le bateau de mon ami navigue cap au sud, au plus près serré comme nous. Rejoins-le. Amène-nous bord à bord.

Sur l'*Épave,* le Souricier donnait des instructions semblables à Ourph. Il se sentait réconforté par les signaux de Fafhrd, bien qu'il n'ait pas eu besoin de leur témoignage. A présent, il brûlait d'envie de bavarder avec le Géant. Ce qui ne tarderait pas. L'étendue d'eau noire entre les bateaux se rétrécissait rapidement. Il perdit un moment à se demander si c'était le hasard ou bien quelque déesse qui avait écarté de son cœur la flèche de son compagnon. Il pensa à Cif.

A bord des deux bateaux, presque à l'unisson, Pshawri et Mannimark s'exclamèrent avec terreur :

— Navire sur l'arrière!

Du banc de brume de plus en plus noir et déchiqueté, faisant route avec une rapidité surnaturelle dans le lit du vent selon un cap qui l'amènerait à les broyer, un bâtiment monstrueux de dimension et d'aspect avait surgi en silence. Il serait probablement resté invisible jusqu'à la collision si les fantastiques rayons du soleil noir levant qui le frappaient sur bâbord n'y avaient engendré un horrible reflet blême, non pas une lumière blanche normale mais une répugnante lueur incolore, cadavérique à donner la chair de poule, blafarde comme ventre de poisson, crayeuse comme crapaud cavernicole. Et si la substance qui formait miroir avait la moindre texture, c'était celle de la corne grise, cannelée et ridée, des ongles de cadavres.

Clarté d'enfer lépreuse qui laissait voir que le bâtiment démoniaque était trois fois plus haut sur l'eau qu'aucun navire normal. Sa proue et ses flancs démesurés étaient rugueux et dentelés, comme s'il avait été coulé entièrement en glace dans quelque moule primitif titanesque issu de l'Age du Chaos, ou encore taillé grossièrement à la hache par un djinn en forme de navire dans un iceberg géant détaché d'un immense glacier. Il était propulsé par des rangs superposés de longues rames galopant comme des pattes d'insecte ou des membres de myriapode, encore que grosses comme des vergues ou des mâts articulés, qui le projetaient à un train d'enfer sur la noire immensité océane. Et du haut de son pont élevé, comme lancés par des balistes, catapultes et mangonneaux monstrueux, de gros blocs de glace s'abattirent autour de l'*Épave* et du *Faucon de mer* en soulevant des volcans d'eau noire. Tandis que de la tête déchiquetée de son mât de misaine, blême, massif et tordu comme un pin mort depuis longtemps frappé par la foudre, jaillissaient deux rayons du noir le plus noir, semblables à ceux d'un antisoleil mais plus intenses, qui frappèrent à la poitrine le Souricier Gris et Fafhrd d'un malaise glacial qui s'enfonça profondément, répandant en eux vertige et apathie.

Néanmoins, l'un et l'autre parvinrent à lancer des ordres impératifs et les deux bateaux s'écartèrent en un rien de temps l'un de l'autre et de la mortelle montagne à rames qui fonçait entre eux. L'*Épave* n'avait eu qu'à lofer un peu plus pour serrer le vent au plus près vite et sans à-coup. Mais le *Faucon de mer* devait forcément empanner. Sa voile frémit un instant, puis se gonfla subitement de l'autre côté avec un fracas de tonnerre, mais la robuste toile d'Ool-Krut ne se fendit pas. Les deux bateaux s'enfuirent cap au nord devant la bourrasque.

Derrière eux, le fantastique vaisseau-montagne ralentit et vira avec une célérité surnaturelle, propulsé par ses étranges avirons semblables à des pattes d'araignée, et se lança dans une monstrueuse poursuite, en faisant force de ses rames gigantesques. Aucun mot ne fut prononcé, aucun signe donné par les poursuivis, presque comme si leur indifférence pouvait annihiler le menaçant enchevêtrement de fantomatique blancheur maléfique, un frisson collectif parcourut néanmoins les matelots et les capitaines de la galère à voiles et du deux-mâts à longue vergue.

Alors commença une phase d'épreuve et de tension,

un Règne de Terreur, une Nuit Éternelle, comme aucun parmi eux n'en avait jamais vécu. D'abord, il y eut l'obscurité qui grandit à mesure que l'antisoleil montait dans les cieux noirs. Même la flamme des chandelles en bas et les feux du maître-coq à l'abri du vent bleuirent et agonisèrent. Cependant la pustuleuse luminescence blanche qui les poursuivait avait cette qualité : sa clarté n'éclairait pas la cible mais l'assombrissait comme si elle portait en elle l'essence de la contre-lumière, comme si elle existait uniquement pour montrer l'horreur du vaisseau-montagne. Bien que celui-ci fût aussi réel que la mort et se rapprochât de plus en plus, cette clarté mystérieuse semblait parfois à Fafhrd et au Souricier très proche des lueurs qui fulgurent sur la paroi intérieure des paupières closes dans l'obscurité totale.

Ensuite, il y avait le froid qui était partie intégrante de l'anticlarté solaire et faisait irruption avec elle, qui s'engouffrait dans les moindres recoins du *Faucon de mer* et de l'*Épave*, obligeant les hommes à se blottir et à trépigner tour à tour, et aussi à absorber des boissons et des nourritures chauffées lentement et difficilement sur les flammes affaiblies — un froid capable de paralyser aussi bien l'esprit que le corps, puis de tuer.

Avec cela, il y avait le colossal silence qui tomba avec l'ombre et le froid surnaturels, rendant presque inaudibles les craquements perpétuels du gréement et de la membrure, étouffant le charivari des hommes qui se démenaient et se battaient les flancs pour lutter contre le froid, transformant toutes les paroles en chuchotements et changeant le tumulte même de la formidable bourrasque qui les chassait vers le nord en un grondement assourdi de coquillage appliqué à jamais contre une oreille mourante.

Il y avait aussi ce grand vent de tempête assourdi et incompréhensiblement violent, projetant de l'écume glacée par-dessus la poupe, assez meurtrier pour obliger les hommes à lutter et à le surveiller sans cesse (crochant les prises supposées solides avec des doigts et des pouces pareils à des étaux de fer) — le vent de tempête fort comme un ouragan qui les chassait toujours plus avant vers le nord à une allure sans précédent. Aucun d'eux n'avait jamais fui devant un vent pareil, même lors du premier voyage du Souricier, de Fafhrd et d'Ourph dans la Mer Extérieure. Ils auraient tous depuis longtemps pris la cape, à sec de toile, avec une bonne ancre flottante, s'il n'y avait pas eu la menace du vaisseau-montagne derrière eux.

Enfin, il y avait ce monstrueux bâtiment, navire de mort ou de glace, qui gagnait irrésistiblement sur eux, forçant toujours plus sur ses rames en pattes d'insecte. De temps à autre, un bloc de glace déchiqueté s'écrasait près d'eux dans la mer obscure. De temps à autre, un rayon noir picotait le cœur de l'un des héros. Harcèlements sarcastiques, rien de plus. Le plus effroyable avec le vaisseau monstrueux, c'est qu'il ne faisait rien (sinon raccourcir la distance qui le séparait des fuyards). Le vaisseau monstrueux voulait lancer le grappin et aborder, on l'aurait juré.

Chacun sur son bateau, Fafhrd et le Souricier luttaient contre la lassitude et le froid; une folle envie de dormir; par moments, d'étranges paniques. Une fois, Fafhrd eut l'impression que d'invisibles êtres volants se battaient au-dessus de sa tête, comme dans quelque fabuleuse extension aérienne de la guerre qui se livrait entre le bateau du Souricier, le sien et l'énorme navire de glace. Une fois, le Souricier crut voir les voiles noires de deux grandes escadres. Chaque capitaine encourageait ses hommes et les maintenait bien en vie.

Parfois, le *Faucon de mer* et l'*Épave* naviguaient loin l'un de l'autre dans leur fuite parallèle cap au nord, complètement hors de portée pour le regard et la voix. Parfois, ils voguaient assez près pour s'entrevoir. Et, une fois, si près que leurs capitaines purent échanger quelques mots.

Fafhrd s'époumonait en détachant ses phrases (des murmures aux oreilles du Souricier) :

— Ho, Petit Homme! Tu as entendu les volants du Quai des Étoiles? Nos princesses de la montagne... qui se battaient avec Faroomfar?

Le Souricier hurla en réponse :

— Mes oreilles sont gelées. As-tu aperçu... d'autres navires ennemis... à part le monstrème?

— Le monstrème? Qu'est-ce que c'est?

— Cette calamité derrière. J'ai formé le mot par analogie... avec birème... quadrirème. Monstrème! propulsé par des monstres.

— Un monstrème en pleine tempête. Horrifiante pensée!

Il se tourna vers l'arrière pour le regarder.

— Un monstrème dans la mousson... serait plus horrifiant encore.

— Ne perdons pas notre salive. Quand atteindrons-nous l'Ile de Givre?

— J'avais oublié que nous avions une destination. A quelle heure, à ton avis?

— Au premier coup piqué du second quart de la soirée. Au coucher du soleil.

— Il fera peut-être plus clair... quand ce soleil noir se couchera.

— Cela devrait. Au diable cette obscurité surréelle!

— Au diable cette blancheur irréelle à l'arrière! Qu'est-ce qu'elle veut?

— Coller sa glace à nous, je gage. Puis tuer par le froid, ou nous prendre à l'abordage.

— Bien vu, je dois en convenir. Ils devraient te prendre à leur service.

Leurs dialogues à tue-tête ne s'éternisèrent pas, la joie ayant bientôt fait place à la fatigue. Et ils devaient veiller sur leurs hommes. D'ailleurs, c'était trop dangereux, des bateaux si rapprochés.

Suivit une période fastidieuse et cauchemardesque. Ils continuaient cap au nord, et l'horizon nord continuait d'être inaltérablement noir; enfin, Fafhrd remarqua une lueur rouge sombre. Pendant un long moment, il n'en crut pas ses yeux, diagnostiqua une fièvre dans son crâne gelé. Il réalisa que le mince visage d'Afreyt surgissait de temps en temps dans ses pensées. A côté de lui, Skor demanda :

— Capitaine, n'y a-t-il pas un feu lointain, droit devant? Notre soleil perdu va-t-il se lever au nord?

Alors Fafhrd crut enfin à la lueur rouge.

A bord de l'*Épave*, le Souricier, rongé par les poisons de l'épuisement et à peine conscient, entendit Fafhrd murmurer :

— Ohé, Souricier. Regarde devant. Qu'est-ce que tu vois?

Il reconstitua le rugissement affaibli par le silence noir et la tempête et vit que le *Faucon de mer* s'était de nouveau rapproché. Il apercevait les reflets des boucliers fixés le long de son flanc, tandis qu'à l'arrière le monstrème les talonnait, haut comme une falaise opalescente mangée par la lèpre. Puis il regarda droit devant.

Au bout d'un instant :

— Une lumière rouge, dit-il d'une voix oppressée, puis il se força à crier ces mêmes mots sous le vent, ajoutant :

— Dis-moi ce que c'est. Ensuite laisse-moi dormir.

— L'Ile de Givre, je pense, répliqua Fafhrd pardessus l'espace qui les séparait.

— Sont-ils en train de la brûler? demanda le Souricier.

La réponse vint faiblement, avec des sonorités étranges :

— Tu te rappelles... sur les pièces d'or... un volcan?

Le Souricier fit répéter ce hurlement à son compagnon. Alors seulement, il fut sûr d'avoir bien entendu. Et il appela sèchement :

— Monsieur Pshawri!

Quand celui-ci se présenta en boitant, la main portée à sa tête bandée, il ordonna :

— Plonge le seau par-dessus bord et remonte-le. Je veux un échantillon des vagues. Vite, répugnant éclopé!

Un peu plus tard, les sourcils de Pshawri se haussèrent quand son capitaine prit le seau dégoulinant, le souleva jusqu'à ses lèvres et l'inclina, puis le rendit au caporal, mâcha entre ses dents l'échantillon qu'il avait en bouche, grimaça et cracha sous le vent.

Le liquide était bien moins glacé que le Souricier ne s'y attendait, presque tiède, et plus salé que l'eau de la Mer des Monstres, qui se trouve juste à l'ouest des Montagnes Desséchées masquant la Terre de l'Ombre. L'espace d'un instant d'affolement, il se demanda s'ils n'avaient pas été transportés par magie sur ce vaste lac mort. Ce qui aurait bien cadré avec le monstrème. Il songea à Cif.

Il y eut un choc. Le pont s'inclina et ne se redressa pas. Pshawri lâcha le seau et hurla.

Le monstrème s'était inséré entre les deux bateaux plus petits et s'était instantanément collé à eux avec sa figure de proue (vivante ou morte?) de monstre marin taillé dans la glace ou né d'elle, ses mâchoires béantes entre leurs mâts, tandis que du haut pont qui les surplombait cascadait le rire de Fafhrd, monstrueusement multiplié.

Le monstrème se contractait visiblement.

L'obscurité disparut d'un coup. A l'horizon ouest, le vrai soleil surgit, éclairant de sa chaude lumière la baie où ils se trouvaient et faisant miroiter une infinité de reflets dorés sur la grande falaise blanche cristalline à tribord, drapée dans une eau jaillissante qui cascadait en mille torrents et ruisseaux. A environ une lieue de là se dressait une montagne conique et sur ses flancs dévalait un flot écarlate aveuglant, tandis que de son sommet déchiqueté des flammes d'un vermillon éclatant montaient au zénith, leur fumée noire emportée au nord-est par le vent.

La désignant de son bras tendu, Fafhrd cria :

— Regarde, Souricier, la lueur rouge.

Droit devant, plus près que la falaise et se rapprochant sans cesse, il y avait une ville ou un petit bourg non fortifié, aux constructions peu élevées nichées au pied d'aimables collines, avec en front de mer un long quai bas où étaient amarrés quelques bateaux et où des gens formaient un petit groupe silencieux. A l'ouest, fermant la baie, s'élevaient d'autres falaises, la plus proche de roc noir et nu, les autres drapées de neige.

Tourné vers la ville, Fafhrd dit :

— Le Havre Salé.

Examinant la colline blanche et le pic en feu avec leurs scintillements, ruissellements et vapeurs, le Souricier se souvint des deux dessins sur ses pièces d'or, toutes dépensées. Ce qui lui remit en mémoire les quatre pièces d'argent qu'il n'avait pu dépenser parce qu'elles avaient été subtilisées sur sa table à l'Anguille par le serveur que la tempête avait malmené, et les deux dessins qu'elles portaient sur leurs avers et revers : un iceberg et un monstre. Il se retourna.

Le monstrème avait disparu. Ou plutôt ses derniers fragments fondaient et sombraient sans bruit ni secousses dans les eaux tranquilles de la baie où s'élevait seulement un peu de vapeur.

A demi refoulé par le pouvoir d'autrui, à demi ramené par sa propre magie du haut du monstrème (où Il avait contemplé d'un regard de triomphe, dans Son esprit obsédé par le mal, la masse confuse de terribles formes glacées qui occupait les ponts inférieurs) dans Son étroite sphère noire, Khahkht jura d'une voix d'abord semblable à celle de Fafhrd mais qui, en cours de route, redevint un croassement :

— Maudits soient au plus profond de l'Enfer les dieux étranges de l'Ile de Givre ! Pour eux viendra le jour du malheur ! Que désormais je vais préparer en dormant confortablement...

Il ôta prestement le couvercle sur le soleil enfermé dans sa muraille d'eau et prononça une formule magique qui fit tourner la sphère et amena le soleil tout en haut, le Grand Désert Subéquatorial tout en bas. Il attira brièvement le premier jusqu'à ce qu'il en sente la brûlure, se blottit dans le second et ferma les yeux en murmurant :

— ... car même Khahkht a froid.

Cependant, sur le haut Quai des Étoiles, le Grand Oomforafor écoutait le récit de la défaite, ou plutôt de la déconvenue et de la nouvelle traîtrise de ses filles chéries, tel que le lui relatait son fils furieux et dépenaillé, le Prince Faroomfar, refoulé à peu près dans les mêmes conditions que Khahkht.

Comme le Souricier se tournait de nouveau vers la haute falaise blanche, il se rendit compte qu'elle devait être entièrement constituée de sel (d'où le nom du port) et que les eaux volcaniques brûlantes coulant sur sa pente la dissolvaient, ce qui expliquait la tiédeur et la salinité de l'océan aux alentours et la fonte rapide du monstrème de glace. Ce monstrème fait en entier de glace magique, à la fois plus forte et plus faible que la glace ordinaire, de même que la magie est à la fois plus forte et plus faible que la vie.

Regardant avec un soulagement émerveillé le long quai dont leurs bateaux se rapprochaient sans désemparer, Fafhrd et le Souricier virent deux sveltes silhouettes de taille différente légèrement à l'écart des autres membres du comité d'accueil, ce qui, ajouté à leur maintien altier et à leur vêture à la fois riche et discrète, gris-bleu pour l'une, couleur de rouille pour l'autre, signalait des personnages occupant un rang élevé dans les conseils de l'Ile de Givre.

VIII

L'ILE DE GIVRE

FAFHRD et le Souricier Gris surveillèrent l'embossage du *Faucon de mer* et de l'*Épave* par des grelins d'avant et d'arrière capelés sur de gros bollards de bois, puis sautèrent avec agilité à terre, indiciblement las mais sachant qu'en tant que capitaines ils ne devaient pas le montrer. Ils se dirigèrent l'un vers l'autre, s'embrassèrent, puis se retournèrent vers le groupe d'hommes de l'Ile de Givre qui avaient assisté à leur arrivée dramatique, debout le long du quai où leurs bateaux éprouvés par la tempête et incrustés de sel étaient à présent amarrés.

Derrière l'attroupement s'éparpillaient les maisons du port du Havre Salé, petites, trapues, rasant la terre, comme il convenait dans ce climat on ne peut plus septentrional, peintes en bleu et vert délavés et un violet tirant sur le gris, sauf celles du voisinage immédiat, qui paraissaient assez sordides avec leurs tons rouge vif et jaune lépreux.

Au-delà du Havre Salé, le pays ondulait, gris-vert de mousse et de bruyère, jusqu'au front gris-blanc d'un vaste glacier dont la vieille glace allait jusqu'aux pentes abruptes d'un volcan en éruption, encore que les reflets rouges de sa lave et les volutes noires de sa fumée traversée de flammes eussent apparemment diminué depuis qu'ils les avaient aperçues du haut de leurs bateaux.

Au premier rang de la foule se trouvaient des hommes grands, massifs de carrure, taciturnes d'expression, en bottes, blouse et pantalon de pêcheur. La plupart portaient des bâtons à deux pointes, armes formidables qui apparemment n'avaient pas de secrets pour eux. Ils examinaient d'un regard curieux mais serein les Deux et leurs bateaux, l'*Epave* du Souricier, bateau marchand aux larges baux, quelque peu lourd d'aspect, avec son petit équipage de Mingols et son équipe de voleurs disciplinés (une rareté!), le *Faucon de mer* de Fafhrd, galère plus fine, avec son contingent de berserks disciplinés (si toutefois cela peut se concevoir). Sur le quai, à côté des bollards auxquels ces bateaux étaient amarrés, il y avait Skor, le lieutenant de Fafhrd, et celui du Souricier, Pshawri, ainsi que deux autres membres de l'équipage.

Le silence et le calme de la foule étonnaient et commençaient même à vexer Fafhrd et le Souricier. Ils avaient parcouru une distance colossale et survécu aux dangers presque inimaginables d'un ouragan noir pour sauver l'Ile de Givre d'une grande invasion de Mingols Marins devenus fous et décidés à conquérir le monde, et voici qu'aucune joie ne se manifestait nulle part et qu'ils ne voyaient que des regards froidement évaluateurs. On aurait pu espérer des acclamations, des danses et l'équivalent boréal des jeunes filles lançant des fleurs! A la vérité, les deux marmites de soupe de poisson fumante suspendues à une palanche que portait l'un des pêcheurs semblaient témoigner d'une prévoyante hospitalité, mais on ne leur avait encore rien offert!

A ce moment, l'arôme alléchant des marmites parvint aux narines des hommes d'équipage alignés sur les deux bateaux dans diverses postures d'extrême lassitude et d'accablement (ils étaient presque aussi épuisés que leurs capitaines et n'avaient pas de raison de le dissimuler); leurs yeux s'illuminèrent lentement, leurs mâchoires se mirent à remuer mécaniquement. Derrière eux, le port abrité, où le soleil dansant venait de succéder au ciel noir, était rempli de petits bateaux qui se balançaient au mouillage et qui étaient pour la plupart des barques de pêche du pays affectant la forme gracieuse des marsouins, mais plusieurs venaient visiblement de loin, y compris un petit galion marchand des Pays d'Orient et (ô surprise!) une jonque késhite, plus un ou deux bâtiments modestes mais de silhouette inconnue qui donnaient l'inquiétante impression de venir de mers situées au fin fond de Nehwon. (De même qu'il y avait, dispersés dans la foule, des matelots originaires de ports lointains, pointant le nez ici et là entre les grands Givriliens.)

Et voici que le Givrilien le plus proche des Deux s'avança à leur rencontre en silence, suivi à un pas en arrière par deux de ses compatriotes. Il s'arrêta à un mètre à peine, mais ne prononça toujours pas un mot. Il avait l'air de moins les regarder que leurs bateaux et leurs équipages derrière eux, tout en faisant dans sa tête on ne sait quels calculs compliqués. Les trois hommes étaient aussi grands que Fafhrd et ses berserks.

Fafhrd et le Souricier conservèrent leur dignité — non sans mal, mais il n'est pas bon de parler le premier quand votre interlocuteur est censé être votre débiteur.

Finalement, l'autre parut venir à bout de ses calculs et prit la parole en bas lankhmarien — la langue du commerce dans les pays du nord.

— Je suis Groniger, capitaine du port du Havre Salé. J'estime qu'il faudra à vos navires une bonne semaine pour être radoubés et réapprovisionnés. Nous nourrirons et logerons votre équipage à terre dans le quartier des marchands.

Il eut un geste vers les sordides bâtiments rouges et jaunes.

— Merci, dit gravement Fafhrd.

Ce à quoi le Souricier fit écho avec un froid :

— Oui, mille fois.

Pas particulièrement enthousiaste, l'accueil, mais c'était tout de même un accueil.

Groniger tendit la main, paume en dessus.

— Le tarif, déclara-t-il d'une voix forte, sera de cinq pièces d'or pour la galère, sept pour la baille. Paiement d'avance.

Fafhrd et le Souricier en restèrent bouche bée. Le dernier ne put contenir son indignation, dignité de capitaine ou pas.

— Mais nous sommes vos alliés déclarés, protesta-t-il, venus comme promis, à travers mille périls, pour être vos mercenaires et concourir à vous sauver de la dévastatrice invasion de ces sauterelles, ces êtres de proie, les Mingols Marins, conseillés et conduits par le très abominable Khahkht, Magicien des Glaces.

Les sourcils de Groniger se haussèrent.

— Quelle invasion? s'enquit-il. Les Mingols Marins sont nos amis. Ils achètent notre poisson. Peut-être se comportent-ils en pirates pour d'autres, mais jamais envers des bateaux de l'Ile de Givre. Khahkht est un croque-mitaine auquel les hommes de sens ne croient pas une seconde.

— Un croque-mitaine? s'exclama le Souricier. Alors que nous venons d'être poursuivis pendant trois nuits interminables par sa galère géante que nous avons fini par couler pratiquement à votre porte? Il s'en est fallu de très peu que son invasion ne réussisse. N'avez-vous pas remarqué l'obscurité universelle et le vent infernal quand il a par magie fait disparaître le soleil du ciel trois jours de suite?

— Nous avons vu, en provenance du sud, quelques nuages noirs sous le couvert desquels vous êtes arrivés au Havre Salé, répliqua Groniger. Ils ont disparu en touchant l'Ile de Givre, à la manière de toutes les superstitions. Quant à l'invasion, des bruits de ce genre ont couru il y a quelques mois, mais notre conseil les a passés au crible et a conclu que c'étaient des propos en l'air. L'un de vous a-t-il entendu parler depuis lors d'une invasion de Mingols Marins? demanda-t-il d'une voix forte, en promenant son regard sur ses compatriotes givriliens.

Tous secouèrent négativement la tête.

— Alors payez! répéta-t-il en faisant tressauter sa paume tendue, cependant que ses deux compagnons agitaient leurs bâtons, raffermissant leur prise.

— Cynique ingratitude! protesta le Souricier, prenant un ton moralisant conforme à son rôle de chef. Quels dieux honorez-vous donc ici pour avoir le cœur aussi endurci?

La réponse de Groniger fut nette et sans passion :

— Nous n'adorons aucun dieu, mais menons nos affaires sur cette terre avec une tête claire et sans rêves brumeux. Nous laissons ces fantaisies aux peuples qui se prétendent civilisés, les cultures décadentes du sud surchauffé. Payez, vous dis-je.

A cet instant, Fafhrd, à qui sa stature permettait de voir par-dessus la foule, s'exclama :

— Voici venir les personnes qui nous ont engagés, capitaine du port, et qui démentiront vos dénégations.

La foule s'ouvrit avec respect pour laisser passer deux sveltes jeunes femmes en pantalon, portant à la ceinture un long poignard dans un fourreau orné de pierreries. La plus grande était vêtue de bleu, avec des yeux de même couleur, et avait des cheveux blonds. Sa compagne, habillée de rouge sombre, avait des yeux verts et des cheveux noirs qui semblaient tressés de fils d'or. Skor et Pshawri, encore hébétés de fatigue, les remarquèrent et il n'y avait pas à se tromper sur le message qui se lisait dans les regards enflammés des loups de mer : voici enfin venus les anges du nord!

— Les éminentes conseillères Afreyt et Cif, annonça Groniger. Nous sommes honorés par leur présence.

Elles approchèrent avec un sourire de reine et une expression d'aimable curiosité.

Fafhrd demanda courtoisement à celle qui était en bleu :

— Expliquez-leur, Dame Afreyt, que vous m'avez chargé d'amener à l'Ile de Givre douze... (il retint le mot « berserks » et acheva plus diplomatiquement)... robustes guerriers nordiques des plus farouches.

— Et moi douze... bretteurs et frondeurs de Lankhmar, adroits et agiles, aimable Dame Cif, dit à son tour le Souricier d'un ton dégagé, évitant le mot « voleurs ».

Afreyt et Cif les dévisagèrent d'un air incompréhensif. Puis leurs yeux s'emplirent à la fois d'anxiété et de sollicitude. Afreyt commenta :

— Ils ont été ballottés par la tempête, les pauvres garçons, et il faut croire que leurs souvenirs en ont été perturbés. Nos petits coups de vent nordiques surprennent toujours les Méridionaux. Ils semblent doux. Traitez-les bien, Groniger.

Le regard intensément fixé sur Fafhrd, elle leva la main pour arranger ses cheveux et, en la rabaissant, laissa un doigt s'immobiliser une seconde sur ses longues lèvres étroitement closes.

Cif ajouta :

— Les privations ont sans doute altéré provisoirement leurs facultés mentales. Leurs bateaux ont été durement éprouvés. Mais quel conte bleu ! Je me demande qui ils sont ? Donnez-leur du bouillon chaud... après qu'ils auront payé, naturellement.

Et elle cligna à l'intention du Souricier l'œil vert aux cils sombres qui se trouvait du côté opposé à Groniger. Puis les deux dames poursuivirent leur chemin.

Et voici qui atteste le bon équilibre mental du Souricier et de Fafhrd, ainsi que leur empire grandissant sur eux-mêmes (ils devaient désormais, comme capitaines, exercer aussi leur empire sur d'autres) : ils ne se récrièrent pas devant cette stupéfiante rebuffade à peine déguisée, et plongèrent même la main chacun dans sa bourse, mais ils n'en regardèrent pas moins avec une certaine perplexité les deux femmes qui s'éloignaient à pas tranquilles. C'est ainsi qu'ils virent Skor et Pshawri, qui avaient suivi comme en rêve les deux apparitions d'aurore boréale, aborder ces houris avec l'intention évidente de nouer une sorte de courtoise familiarité amoureuse.

Afreyt repoussa Skor d'un geste catégorique, mais seulement après avoir approché son visage de la tête de Skor d'assez près pour souffler un mot ou deux dans son oreille et agrippé son poignet d'une manière qui lui aurait permis de glisser une pièce ou un message dans sa paume. Cif traita de même les avances de Pshawri.

Groniger, satisfait de la façon dont les deux capitaines extirpaient les pièces d'or de leurs bourses, les admonesta néanmoins :

— Et veillez à ce que vos matelots n'importunent pas nos femmes du Havre Salé, et ne franchissent en aucun cas la limite du quartier des marchands.

Le paiement absorba ce qui restait de l'or givrilien que Cif leur avait donné naguère à l'Anguille d'Argent de Lankhmar, et le Souricier fut obligé de compléter les sept pièces d'or qu'il devait avec deux rilks lankhmariens et un doublon de Sarheenmar.

Les sourcils de Groniger se haussèrent quand il compta ce qu'il avait reçu.

— Des pièces de l'Ile de Givre! Vous avez donc déjà fait escale ici et connaissiez le règlement de notre port, vous vouliez seulement marchander? Mais qu'est-ce qui vous a poussés à inventer une histoire aussi invraisemblable?

Fafhrd haussa les épaules et répliqua brièvement :

— Nullement. Je les ai eues d'une galère d'Orient qui commerce dans ces eaux.

Quant au Souricier, il se contenta de rire.

Néanmoins, une idée frappa Groniger, et il regarda d'un air méditatif dans la direction des deux conseillères givriliennes en disant sèchement :

— Maintenant, vous pouvez faire manger vos hommes.

Le Souricier cria en direction de l'*Épave* :

— Ho, garçons! Prenez vos gamelles, moques et

cuillères. Ces Givriliens très hospitaliers ont préparé un festin à votre intention. De la discipline, s'il vous plaît! Pshawri, à moi.

Fafhrd donna des ordres semblables et ajouta :

— N'oubliez pas qu'ils sont nos amis. Usez de bons procédés à leur égard. Un mot, Skor.

Il n'est jamais adroit de montrer du ressentiment, mais cette « baille » était restée en travers de la gorge du Souricier, encore que ce fût une fort juste description de l'*Épave* avec ses flancs arrondis et les rames qui la propulsaient.

Quand le Souricier et Fafhrd virent tous leurs hommes approvisionnés et gratifiés d'une mesure de grog pour célébrer leur bonne arrivée, ils se tournèrent vers leurs lieutenants, qui étaient passablement mélancoliques et qui, avec une réticence de pure forme, transmirent les messages qui leur avaient été glissés, comme les Deux l'avaient supposé, en même temps que les mots : « Pour votre maître! »

Déplié, celui d'Afreyt disait : « Une autre faction domine temporairement le Conseil de l'Ile de Givre. Vous ne me connaissez pas. Demain au crépuscule, venez à la Colline du Cheval-à-Huit-Jambes. » Le message de Cif était : « Le froid Khahkht a semé la dissension dans notre conseil. Nous ne nous sommes jamais rencontrés, c'est l'attitude que vous devez prendre. Venez seul demain soir à l'Antre de la Flamme, vous m'y trouverez. »

— Elle ne parlait donc pas au nom de l'Ile de Givre, en fin de compte, commenta à mi-voix Fafhrd. A quelles femmes politiques impétueuses avons-nous joint nos destinées?

— Son or était bon, répliqua le Souricier d'un ton bourru. Et maintenant nous voilà avec deux nouvelles énigmes à résoudre.

— L'Antre de la Flamme et le Cheval-à-Huit-Jambes, dit Fafhrd.

— Baille, a-t-il dit, rumina amèrement le Souricier, dont l'esprit virait vers un autre cap. Quels philosophes sans dieux à l'esprit littéral sommes-nous maintenant censés secourir malgré eux?

— Toi aussi, tu es un homme sans dieu, lui fit remarquer Fafhrd.

— Mais non, il y a eu Mog, une fois, protesta le Souricier avec une pointe de cet accent plaintif qu'il s'était amusé à prendre autrefois, se référant à une crise de crédulité de sa jeunesse où il avait quelque temps fait profession de foi en ce dieu-araignée pour complaire à sa bonne amie.

— Ce genre de question peut attendre, comme les deux énigmes, décida Fafhrd. Allons maintenant nous insinuer dans les bonnes grâces de ces pêcheurs athées tant que le loisir nous en est donné.

Et, en compagnie du Souricier, il offrit à Groniger, dans toutes les règles de l'étiquette, une eau-de-vie blanche apportée de l'*Épave* par le vieil Ourph, le Mingol renégat. Le capitaine du port se laissa convaincre d'accepter une rasade qu'il but à petites gorgées et, de fil en aiguille, de bassins de radoub en aiguades, de dortoirs à terre pour les hommes d'équipage en prix du poisson salé, la conversation se fit moins spécialisée. A grand-peine, Fafhrd et le Souricier conquirent licence de s'aventurer en dehors du périmètre des marchands, mais seulement de jour et sans leurs hommes. Groniger refusa une seconde rasade.

A l'intérieur de Sa sphère glacée, qui aurait donné des courbatures à quelqu'un de plus grand, Khahkht s'éveilla en marmonnant :

— Les nouveaux dieux de l'Ile de Givre sont perfides — ils trahissent et retrahissent — mais plus forts que je ne l'avais supposé.

Il commença à étudier la carte sombre du monde du Nehwon, tracée sur l'intérieur de la sphère. Son attention se porta vers la langue nord de la Mer Extérieure, où une longue péninsule du Continent Ouest était tournée vers les Déserts Froids et à mi-chemin de l'Ile de Givre. Approchant Sa face d'araignée tout près de la pointe de cette péninsule, Il distingua sur le côté nord des points minuscules dans les eaux bleu sombre.

— L'Armada des Mingols Marins Senestres investit le Bout-du-Monde, gloussa-t-il, se référant à la dernière cité à l'est de l'Ancien Empire d'Eevamarensee. Au travail!

De Ses mains couvertes d'épaisses soies noires et raides, il fit des signes cabalistiques au-dessus des points rassemblés et récita :

— Écoutez-moi, esclaves de la mort. Entendez ma parole et sentez mon souffle. Que la moindre de mes instructions s'imprime en vous. Avant tout, que le Bout-du-Monde brûle! qu'à l'assaut de Nehwon votre horde se lance, passant de l'Ile de Givre à la planète entière!

Une main en patte d'araignée dériva sur le côté vers la petite île verte au milieu de l'océan :

— Dans les eaux de l'Ile de Givre que les poissons accourent et grouillent, qu'ils approvisionnent ma tempête mingole!

La main revint à sa position première et les passes se firent plus rapides.

— Que l'obscurité s'empare de l'esprit mingol, l'aiguillonne contre le genre humain! Que la folie embrase l'ire mingole! Que du froid vienne la mort par le feu!

Il souffla avec force comme sur des cendres éteintes et un point minuscule à l'extrémité de la péninsule prit la couleur rouge sombre d'une braise découverte.

— Que par la volonté de Khahkht ces sortilèges s'accomplissent! dit-Il d'une voix grinçante, scellant l'enchantement.

Les vaisseaux des Mingols Marins Senestres étaient mouillés dans le port du Bout-du-Monde, serrés les uns contre les autres comme poissons en baril, et d'un pareil blanc argenté. Leurs voiles étaient carguées. Leurs ponts placés bord à bord formaient une sorte de chaussée du rivage accore au bâtiment amiral où

Edumir, le chef suprême, trônait à la poupe en buvant à longs traits le vin de champignons de Quarmall qui fait naître des visions. La clarté froide de la pleine lune au sud dans le ciel hivernal laissait voir le gaillard d'avant — une étroite cage à chevaux — et éclairait les yeux fous et la tête osseuse du cheval du bord — un maigre étalon des Steppes — passée entre les barreaux irréguliers largement espacés et tous tournés vers l'est.

La ville conquise était plongée dans l'obscurité. La porte sur la mer était grande ouverte. Derrière ses fortifications et dans la rue menant à la mer, une poignée de défenseurs gisaient affalés comme ils étaient tombés, baignant dans leur propre sang et piétinés par les Mingols Marins qui, toutefois, n'entreprenaient rien contre les portes principales derrière lesquelles les survivants s'étaient barricadés. Les vainqueurs avaient déjà capturé les cinq jouvencelles requises par le rite et les avaient dépêchées au bâtiment amiral, et maintenant ils recherchaient l'huile de baleine, de marsouin et de poisson écailleux. Chose déconcertante, ils ne rapportaient pas ces trésors à leurs bateaux, mais les gaspillaient, défonçant les fûts à coups de hache et brisant les jarres, répandant le précieux liquide sur les portes et les parois de bois ou dans la rue pavée en cailloutis.

La haute poupe du grand narire amiral était aussi sombre que la ville dans le clair de lune éclatant. A côté d'Edumir, son sorcier guérisseur se penchait au-dessus d'un brasero d'amadou, élevant en l'air un silex dans une main et un fer à cheval dans l'autre, les yeux aussi fous que ceux des chevaux des navires. Près de lui était accroupi un guerrier aux muscles d'acier, torse nu, portant l'arc mingol en corne façonnée — le plus redouté de Nehwon — et cinq longues flèches empennées avec des chiffons huileux. De l'autre côté, un homme armé d'une hache se tenait auprès de cinq barils de l'huile conquise.

Sur le pont au-dessous, les cinq jouvencelles du

Bout-du-Monde se faisaient toutes petites, silencieuses, les pupilles dilatées, leur pâleur soulignée par leurs longues tresses sombres, chacune d'elles étroitement surveillée par deux femmes mingoles à l'air farouche qui jouaient avec des poignards dégainés.

Au-dessous encore, sur le pont principal, cinq jeunes cavaliers mingols étaient alignés, montés sur des juments des Steppes dressées par une discipline de fer, et dont les sabots tiraient de temps à autre du pont creux des résonances assourdies de tambour.

Edumir jeta sa coupe de vin dans la mer et, d'un mouvement d'une lenteur étudiée, tourna sa longue face impassible vers son sorcier, puis hocha la tête une seule fois.

L'autre abaissa fer à cheval et silex, les frottant l'un contre l'autre juste au-dessus du brasero, puis entretint les étincelles jusqu'à ce que l'amadou soit entièrement enflammé.

L'archer posa ses cinq flèches en travers du brasero et, quand elles s'allumèrent, les saisit l'une après l'autre pour les décocher vers le Bout-du-Monde avec une prestesse si miraculeuse que la cinquième eut le temps de décrire sa mince courbe orange dans l'air nocturne avant que la première soit arrivée au but.

Elles se fichèrent toutes dans du bois et, avec une rapidité surnaturelle, la ville inondée d'huile s'enflamma comme une torche et les clameurs étouffées que ses habitants pris au piège poussaient dans leur désespoir s'élevèrent tels les cris des prisonniers de l'Enfer.

Pendant ce temps, les Mingoles qui gardaient la première jeune fille avaient lacéré ses vêtements de leurs poignards vifs comme les éclairs d'un feu argenté, et elles la poussèrent vers le premier cavalier. Celui-ci l'empoigna par ses tresses noires et la jeta en travers de sa selle, plaquant le svelte dos nu de la jeune fille contre sa poitrine cuirassée de cuir. Simultanément, l'homme à la hache enfonça celle-ci dans le couvercle du premier tonneau et le renversa sur le cheval, le cavalier et la jouvencelle, les arrosant tous d'huile luisante. Puis le cavalier secoua les rênes, piqua des deux et lança sa jument au galop sur les ponts embossés les uns contre les autres, dans la direction de la ville en flammes. Quand la jeune fille comprit la destination de cette chevauchée sauvage, elle se mit à crier, et ses cris devinrent de plus en plus aigus, accompagnés par les hurlements grondants et rythmés du cavalier et le martèlement de tambour des sabots de la jument.

Toutes ces actions furent répétées une fois, deux fois, trois fois, quatre fois, le troisième cheval dérapa dans l'huile, trébucha, se rétablit, si bien que le cinquième cavalier était parti avant que le premier atteigne son but. Les juments avaient été dressées dès l'âge le plus tendre à affronter et à sauter des murs de flammes. Les cavaliers s'étaient abondamment abreuvés du même vin de champignons qu'Edumir. Les jeunes filles se gorgeaient de cris.

L'un après l'autre, ils se silhouettèrent brièvement sur le portail rougeoyant, puis s'y fondirent. Cinq fois les flammes montèrent encore plus haut, illuminant de rouge la petite baie, la flotte entassée, les visages mingols tournés vers elles et les yeux mingols vitreux, puis le Bout-du-Monde expira dans un hurlement interminable et une clameur d'agonie.

Quand ce fut fini, Edumir se redressa de toute sa taille dans ses vêtements de fourrure et cria d'une voix de stentor :

— En route pour l'est, maintenant. Sur l'océan. A l'Ile de Givre!

Le lendemain, le Souricier et Fafhrd firent assécher et remorquer leurs bateaux jusqu'aux bassins qui leur avaient été assignés, et le carénage commença de bonne heure. Les matelots, revigorés par une longue nuit de sommeil à terre, se consacrèrent aux réparations après quelques grognements, les voleurs du Souricier travaillant sous les ordres de Pshawri et du petit équipage mingol. Bientôt s'éleva le martèlement sourd des mailloches enfonçant l'étoupe et l'âcre odeur du goudron employé à calfater les jointures de l'*Épave* qui avaient pris du jeu; du pont du *Faucon de mer* montait la musique plus forte des marteaux et des scies des vikings de Fafhrd qui réparaient les superstructures endommagées par les projectiles glacés du monstrème. D'autres fixaient un gréement neuf où il le fallait et remplaçaient les haubans usés.

Le quartier des marchands, où ils couchaient, reproduisait en réduction le quartier des matelots tel qu'il existait dans tous les ports de Nehwon, avec trois tavernes, deux bordels, plusieurs boutiques et lieux de prières, le tout mollement administré par une petite population permanente d'étrangers mal assortis, dont le maire officieux était un capitaine balafré et taciturne nommé Bomar, originaire des Huit Cités, et le banquier principal un austère Keshite noir. L'idée vint à Fafhrd et au Souricier que ces pêcheurs et ces marchands faisaient tout pour que l'Ile de Givre demeure un secret précieux, inconnu du reste de Nehwon. Ou alors ils imitaient l'impassibilité de leurs hôtes-pêcheurs, qui les toléraient, les exploitaient et omettaient rarement d'imposer une rude discipline. Cette population étrangère n'avait pas non plus entendu parler d'une ruée de Mingols Marins, ou du moins c'est ce qu'elle prétendit.

Les Givriliens restaient tels qu'ils étaient apparus d'abord : des gens au corps massif, sobrement vêtus, silencieux, dotés d'un esprit pratique au plus haut point, et suprêmement sûrs d'eux-mêmes, évitant les excentricités, les manies et même les superstitions, buvant peu et prenant soin de ne s'occuper que de leurs propres affaires. Ils jouaient beaucoup aux échecs dans leurs moments de loisir et pratiquaient l'escrime au bâton, mais à part cela ils semblaient peu soucieux les uns des autres et moins encore des étrangers, sans pour autant avoir les yeux dans leur poche.

Ce jour-là, ils étaient devenus encore plus insaisissables, car un bâteau pêcheur, sorti de bonne heure, était revenu presque tout de suite au port avec des nouvelles qui avaient provoqué l'appareillage précipité de la flotte entière. Le premier bateau rentra peu après midi en traçant un blanc sillage d'écume avec sa cale pleine de poissons frais pêchés, les sala rapidement (il y avait du sel en abondance sur la grande falaise orientale, débarrassée de ses eaux volcaniques brûlantes) et reprit la mer, hissant toute sa toile; il devint alors manifeste que juste à l'embouchure du port passait un prodigieux banc de poissons comestibles et que les pêcheurs rapaces étaient résolus à en profiter au maximum. Même Groniger fut aperçu conduisant un bateau au large.

Occupés par la surveillance des travaux et diverses courses (puisqu'eux seuls avaient le droit de quitter le quartier des marchands), le Souricier et Fafhrd se rencontrèrent près d'un parapet au nord des bassins et s'arrêtèrent pour échanger des nouvelles et se reposer un instant.

— J'ai découvert l'Antre de la Flamme, déclara le premier. Du moins, je le crois. C'est une arrière-salle dans la taverne du Hareng Salé. Le patron, qui est natif d'Ilthmar, a reconnu qu'il la loue parfois pour la nuit, si toutefois j'ai bien interprété son clin d'œil.

Fafhrd hocha la tête et dit:

— Je suis allé tout à l'heure à la limite nord de la ville et j'ai demandé à un vieux bonhomme s'il avait jamais entendu parler de la Colline du Cheval-à-Huit-Jambes. Il a éclaté d'un rire diablement désagréable et a tendu la main vers la lande. L'air était très pur (tu as remarqué que le volcan a cessé de fumer? Je m'étonne que les Iliens s'en soucient aussi peu) et, quand, au milieu d'une multitude de collines couvertes de bruyères, j'ai repéré celle qu'il désignait (à une lieue environ au nord-est), j'ai distingué à son sommet quelque chose qui ressemblait à un gibet.

Le Souricier accueillit cette révélation sinistre avec un grognement expressif et planta ses coudes sur le parapet, les yeux fixés sur les bateaux restés au port, tous « étrangers ». Au bout d'un instant, il dit à mi-voix :

— Il y a ici des quantités de choses un peu étranges, à mon avis. Des choses qui ne sont pas exactement ce qu'elles devraient être. Ce doris à voiles d'Ool Plerns, par exemple, en as-tu jamais remarqué d'aussi bas de proue à Ool Plerns? As-tu vu une casquette avec une visière aussi curieuse que celle du marin que nous avons vu débarquer du cotre de Gnampf Nor? Et cette pièce d'argent frappée d'un hibou que Groniger m'a donnée comme monnaie de mon doublon? Tout se passe comme si l'Ile de Givre était à la frontière d'autres mondes où il y aurait d'autres bateaux, d'autres hommes et d'autres dieux, une sorte de point-limite...

Perdu dans la même contemplation, Fafhrd acquiesça d'un lent signe de tête et il ouvrait la bouche pour répondre quand des voix furieuses résonnèrent du côté des docks, suivies par un hurlement à pleine gorge.

— C'est Skullick, je parie! s'exclama Fafhrd. Dans quel pétrin ridicule s'est-il fourré? Les dieux seuls le savent.

Et, sans plus de commentaires, il partit en courant.

— Probable qu'il a simplement franchi les limites de la zone interdite et reçu une volée de bois vert, dit le Souricier en lui emboîtant le pas. Mikkidu a tâté du bâton ce matin pour avoir essayé de subtiliser la bourse d'un Givrilien... bien fait pour lui! Je ne l'aurais pas mieux fustigé.

Ce soir-là, Fafhrd, à grandes enjambées, quitta le Havre Salé en direction du nord et de la Colline au Gibet (c'était un nom plus franc), évitant résolument de regarder la ville derrière lui. Le soleil, couché peu auparavant dans les lointains du sud-ouest, donnait une douce teinte violette au ciel pur, à la bruyère pâle montant jusqu'à ses genoux et même aux pentes noires du volcan Feu-Sombre où la lave de la veille avait refroidi. Une brise glaciale, à peine perceptible, descendait du glacier devant lui. La nature se taisait. On éprouvait une sensation d'immensité.

Peu à peu, les soucis du jour s'estompèrent et Fafhrd songea à sa jeunesse passée sous des cieux tout pareils, à la Carre Glacée avec ses pentes couvertes de tentes et ses grands sapins, ses loups et ses serpents des neiges, ses sorcières et ses fantômes. Il se remémora Nalgron son père, Mor sa mère et même Mara, son premier amour. Nalgron était un ennemi des dieux, un peu comme ces Givriliens (on l'avait surnommé le Briseur de Légendes), mais plus aventureux, dévoré par la passion d'escalader les montagnes au point de faire l'ascension du Croc Blanc et d'y trouver la mort. Fafhrd se rappela un soir où son père avait marché avec lui jusqu'au bord du Canyon Froid et lui avait nommé les étoiles qui scintillaient dans un ciel violet comme celui-ci [1].

Un léger bruit à proximité, peut-être celui d'un lemming fuyant sous la bruyère, interrompit sa rêverie. Il atteignait déjà la pente douce de la colline. Au bout d'un moment, il arriva au sommet, avançant avec précaution et restant à distance du gibet et de la zone située directement sous le bras de la potence. Il sentait quelque chose de mystérieux à proximité et il sonda du regard les alentours silencieux.

Sur la pente nord de la colline se dressait un épais bosquet d'ajoncs plus haut qu'un homme, véritable berceau de verdure où s'ouvrait une étroite avenue, une porte d'ombre. La sensation de présence mystérieuse s'accentua et il réprima un frisson.

Comme son regard se détachait des ajoncs, il vit Afreyt debout au-dessus de lui, à côté du bosquet ; elle le dévisageait fixement sans faire le moindre signe d'accueil. Le violet noircissant du ciel projetait sa

1. Voir « Les Femmes des neiges », in *Épées et démons* (Cycle des Épées, tome I).

couleur sur son costume bleu. Sans savoir pourquoi, il s'abstint de l'appeler et justement elle porta sa main fine à ses lèvres, enjoignant le silence. Puis elle se tourna vers le bosquet.

De la porte d'ombre surgissaient lentement trois sveltes jouvencelles tout juste sorties de l'enfance. Elles semblaient conduire et regarder quelqu'un que Fafhrd ne parvint pas à distinguer sur le moment. Il cligna des paupières par deux fois, écarquilla les yeux et reconnut la silhouette d'un homme de haute taille à la barbe claire, coiffé d'un chapeau à larges bords qui ombrageait ses yeux, très vieux ou affaibli par la maladie car il marchait à pas hésitants et, bien que son dos fût droit, il appuyait lourdement ses mains sur les épaules de deux des jeunes filles.

Un frisson glacial parcourut Fafhrd : n'était-ce pas Nalgron, dont il n'avait pas vu le fantôme depuis qu'il avait quitté la Carre Glacée? Il fallait que sa peau, sa barbe et sa simarre fussent pareillement tachetées d'étrange façon, ou qu'il vît les pâles bouquets d'épines des ajoncs à travers la silhouette.

Mais que ce fût le spectre de Nalgron ou de quelque autre, les jeunes filles ne témoignaient à son égard de nulle peur, faisant plutôt preuve de tendresse déférente, et leurs épaules se courbaient sous ses mains tandis qu'elles avançaient en le soutenant, comme si son poids était réel.

Le groupe gravit lentement la courte distance qui le séparait du sommet, suivi d'Afreyt qui marchait en silence quelques pas en arrière, jusqu'à ce que la silhouette arrive sous l'extrémité de la potence.

Là, le vieillard ou le spectre parut prendre plus de force (et peut-être aussi plus de substance réelle), car il ôta ses mains des épaules des jeunes filles, elles reculèrent un peu, les yeux toujours tournés vers lui, et il leva son visage vers le ciel; alors Fafhrd vit qu'il était maigre et arrivé au déclin de son âge avec des traits nobles et bien dessinés comme ceux de Nalgron, mais qu'il avait des lèvres plus minces, aux commissures tombantes comme celles d'un maître plein de sagesse, et qu'il portait un cache sur l'œil gauche.

Il examina les alentours avec hésitation, sans arrêter ses regards sur Fafhrd, qui se tenait immobile et apeuré; puis le vieil homme se tourna vers le nord, tendit un bras dans cette direction et dit d'une voix rauque qui résonna comme le murmure du vent à travers de grosses branches :

— La flotte mingole senestre arrive de l'ouest. Deux pirates se hâtent en avant-garde, cap sur la Rade Froide.

Puis il braqua la tête juste dans son dos, comme s'il avait le cou rompu mais encore capable de remplir son coffre, en sorte qu'il regarda Fafhrd droit dans les yeux avec son œil unique et déclara :

— Tu dois les anéantir!

Il parut alors se désintéresser de la question, la faiblesse le reprit, ou peut-être une sorte de langueur voluptueuse une fois la tâche accomplie, car il retourna d'un pas plus vif vers le berceau de verdure et, quand il eut retrouvé les petites jouvencelles, ses mains posées sur elles parurent caresser lascivement leurs jeunes nuques en prenant appui sur leurs sveltes épaules, jusqu'au moment où la porte d'ombre, devenue plus sombre encore, les engloutit.

Fafhrd, nonobstant sa peur, fut si frappé par cet incident que lorsque Afreyt s'approcha en disant d'une voix basse mais péremptoire : « Vous avez entendu? La Rade Froide est l'autre ville de l'Ile de Givre, bien plus petite que le Havre Salé : c'est une proie facile même pour un seul navire mingol qui la prendrait par surprise. Elle se trouve sur la côte nord, à une journée de voyage, et elle est bloquée par les glaces sauf pendant ces mois d'été. Il faut que vous... », il lui coupa la parole par cette phrase :

— Vous croyez que ces jeunes filles sont en sécurité avec lui?

Elle resta un instant silencieuse, puis répliqua d'un ton bref :

— Comme avec tout homme. Tout spectre mâle. Tout dieu.

A ce dernier mot, Fafhrd la regarda avec attention. Elle hocha la tête et poursuivit :

— Elles lui donneront à manger et à boire et le coucheront. Sans doute leur caressera-t-il un peu les seins avant de s'endormir. C'est, je crois, un vieux dieu très éloigné de chez lui, et il se fatigue aisément, ce qui est peut-être une bénédiction. En tout cas, elles aussi servent l'Ile de Givre et doivent courir des risques.

Fafhrd réfléchit, puis s'éclaircit la voix et dit :

— Pardonnez-moi, Dame Afreyt, mais vos Givriliens, à en juger non seulement par Groniger mais aussi par d'autres que j'ai rencontrés, parmi lesquels des conseillers, ne croient en aucun dieu.

Elle fronça les sourcils.

— Oui, certes. Les dieux anciens ont abandonné l'Ile de Givre depuis bien des années et notre peuple a appris à se débrouiller seul avec ce monde cruel, dans ce climat sans merci. Cela développe le sens pratique.

— Et pourtant, reprit Fafhrd à qui un souvenir venait de remonter en mémoire, mon ami gris pense que l'Ile de Givre est comme un point-limite, où l'on peut rencontrer toutes sortes de navires, d'hommes et de dieux inconnus en provenance de terres très lointaines.

— C'est vrai aussi, dit-elle vivement. Et peut-être notre sens pratique s'en est-il trouvé renforcé : lorsqu'il y a tant de fantômes dans les parages, il faut se préoccuper uniquement de ce qu'on peut prendre dans la main et peser sur une balance. L'argent et le poisson. C'est un parti comme un autre. Mais Cif et moi avons emprunté une voie différente plus proche des fantômes, pour apprendre à distinguer ceux qui sont utiles et dignes de confiance des hurluberlus et des escrocs, ce qui est heureux pour l'Ile de Givre. Car ces deux dieux que nous avons découverts...

— *Deux* dieux? interrogea Fafhrd en haussant les

sourcils. Cif en a trouvé un aussi? Ou y en a-t-il un second dans le bosquet?

— L'histoire est longue, dit-elle avec impatience. Beaucoup trop longue pour la raconter maintenant, alors que de terribles événements vont s'abattre sur nous drus comme grêle. Nous devons agir avec efficacité. La Rade Froide est en grand danger et...

— Pardonnez-moi encore, Dame Afreyt, coupa Fafhrd en forçant légèrement la voix. Mais cette efficacité dont vous parlez me rappelle un autre sujet sur lequel Cif et vous semblez en contradiction avec les autres conseillers. Ils n'ont entendu parler d'aucune invasion mingole, à ce qu'ils disent, et en tout cas ils ignorent que Cif et vous nous avez engagés pour aider à la repousser, et vous nous avez incités à garder le secret. Or je vous ai amené les douze berserks requis par vous...

— Je sais, je sais, dit-elle sèchement, et je suis satisfaite. Mais vous avez été payé pour cela... et vous recevrez encore de l'or givrilien en fonction des services rendus. Quant aux membres du conseil, les sortilèges de Khahkht ont endormi leurs soupçons... je ne doute pas que l'arrivée de ce banc de poissons aujourd'hui soit un piège tendu par lui pour tenter leur cupidité.

— Mon compagnon et moi, nous avons souffert aussi de ses maléfices, je pense, acquiesça Fafhrd. Néanmoins, à l'Anguille d'Argent, à Lankhmar, vous nous aviez dit que vous parliez avec la voix de l'Ile de Givre et maintenant il s'avère que vous parlez seulement pour Cif et vous-même dans un conseil composé de... combien, douze membres?

— Vous attendiez-vous à ce que votre tâche soit simple? s'exclama-t-elle avec colère. N'avez-vous jamais rencontré d'échecs ou de vents contraires dans une quête? Nous parlons effectivement avec la voix de l'Ile de Givre, car Cif et moi sommes les seuls membres du conseil ayant à cœur l'antique gloire de l'Ile, et nous sommes l'une et l'autre membres de plein droit de ce conseil, je vous l'affirme, héritières de la maison, des terres et de la place au conseil de leur père en tant que fille unique (dans mon cas) ou après la mort des fils (dans le cas de Cif). Nous avons joué ensemble sur ces collines dans notre enfance, elle et moi, nous avons fait revivre dans nos jeux la grandeur de l'Ile de Givre. Parfois nous étions des reines pirates et nous prenions l'Ile d'assaut. Mais surtout nous imaginions que nous nous emparions du pouvoir au conseil en éliminant tous les autres membres par la force...

— Tant de violence chez des petites filles? ne put s'empêcher de lancer Fafhrd. Je croyais que les petites filles cueillaient des fleurs et tressaient des guirlandes en jouant à être des épouses et des mères...

— ... en les passant au fil de l'épée, en coupant la gorge de leurs épouses, acheva Afreyt. Oh, nous ramassions aussi des fleurs, de temps à autre.

Fafhrd se mit à rire, puis sa voix redevint grave:

— Donc vous avez hérité de plein droit votre place au conseil. Le fait est que Groniger parle toujours de vous avec respect, bien qu'à mon avis il soupçonne quelque chose entre nous, et maintenant vous avez découvert je ne sais comment un ou deux vieux dieux égarés sur qui vous pensez pouvoir compter pour ne pas vous trahir ou vous induire en erreur avec des divagations séniles, l'un d'eux vous a annoncé une grande invasion de l'Ile de Givre par deux troupes mingoles qui sera le prélude à la conquête du monde et, tablant là-dessus, vous êtes venues à Lankhmar me recruter ainsi que le Souricier pour être vos capitaines mercenaires, en utilisant vos fortunes personnelles, je suppose...

— Cif est la trésorière du conseil, lui assura-t-elle avec un rictus significatif. Elle s'y connaît en chiffres et en comptes, autant que moi pour manier la plume et les mots — c'est moi qui suis la secrétaire du conseil.

— Et pourtant vous vous fiez à ce dieu, insista Fafhrd, ce vieux dieu qui aime les gibets et semble en tirer de la vigueur. Pour ma part, je me méfie grandement de tous les vieillards humains et divins. Tels que je les connais, ils sont tout paillardise et avarice, et ont toute l'expérience du mal qu'on peut acquérir dans une longue vie, et qui leur sert à échafauder leurs machinations tortueuses.

— D'accord, convint Afreyt. Mais en fin de compte un dieu est un dieu. Si laids que puissent être les penchants nourris par son vieux cœur, si mauvaises ses pensées de mort et de maléfices, il doit avant tout se conformer à sa nature de dieu, écouter ce que nous disons et nous obliger à nous y tenir, annoncer avec sincérité aux hommes ce qui se passe dans des pays lointains et prophétiser avec franchise, ce qui ne l'empêchera peut-être pas d'essayer de nous tromper en jouant sur les mots, pour peu que nous l'écoutions un peu distraitement.

— Voilà qui correspond à l'expérience que j'ai de cette engeance, acquiesça Fafhrd. A propos, pourquoi appelle-t-on ce lieu la Colline du Cheval-à-Huit-Jambes?

Aucunement décontenancée par ce changement de sujet, Afreyt répliqua :

— Parce qu'il faut quatre hommes pour porter en terre un cercueil ou un pendu... ou quelqu'un qui est mort de n'importe quelle autre façon. Quatre hommes... huit jambes. Vous auriez pu le deviner.

— Et quel est le nom de ce dieu?

Afreyt répondit :

— Odin [1].

Fafhrd éprouva une impression des plus curieuses quand ce simple nom résonna comme un gong, comme s'il était sur le point de retrouver des souvenirs d'une autre existence. Ce nom avait un peu la sonorité du charabia parlé par Karl Treuherz, cet étrange ressor-

1. Dans la mythologie scandinave, Odin est la divinité suprême qui gouverne le monde, il représente le soleil créateur de toutes choses, de même dans la mythologie germanique. Son autre nom est Wotan. Fritz Leiber en fait son habituel usage très personnel. (*N.d.T.*)

tissant d'un autre monde qui avait fait une brève incursion dans la vie de Fafhrd et du Souricier, à cheval sur le cou d'un serpent de mer à deux têtes, alors qu'ils étaient au beau milieu de leur grande aventure guerrière avec les rats savants des Sous-Sols de Lankhmar [1]. Rien qu'un nom, et pourtant il y avait cette sensation de murs qui se fendent entre des mondes.

En même temps, il regardait les grands yeux d'Afreyt et remarquait que les iris étaient violets et non bleus comme ils l'avaient paru à la clarté jaune des torches de l'Anguille. Comment pouvait-il voir du violet alors que cette couleur avait disparu du ciel, qui aurait été parfaitement noir sans la lune, pleine depuis la veille et qui venait de se lever au-dessus des hauteurs de l'est?

Derrière Afreyt, une voix légère lança paisiblement, en harmonie avec la nuit :

— Le dieu dort.

Une des petites jeunes filles se tenait devant l'orée du bosquet, svelte silhouette blanche dans le clair de lune, vêtue seulement d'une modeste robe qui n'était guère plus qu'une chemise et laissait une épaule nue. Fafhrd s'émerveilla qu'elle ne frissonne pas dans l'air nocturne glacé. Ses deux compagnes étaient des silhouettes indistinctes derrière elle.

— S'est-il montré désagréable, Mara? demanda Afreyt.

Fafhrd ressentit encore une étrange impression en entendant ce nom.

— Rien de nouveau, répondit la jouvencelle.

Afreyt reprit :

— Eh bien, mets tes souliers et ton manteau à capuchon. May et Bise, faites-en autant et suivez-nous, moi et le monsieur étranger, hors de portée de voix, jusqu'au Havre Salé. Tu pourras aller chez le dieu à l'aube, May, pour lui porter du lait?

1. Voir *Le Royaume de Lankhmar* (Cycle des Épées, tome V).

— Oui, j'irai.

— Vos enfants? questionna Fafhrd dans un murmure.

Afreyt secoua la tête.

— Des cousines. En attendant, dit-elle d'une voix également basse mais décidée, vous et moi allons discuter de votre départ immédiat avec des berserks pour la Rade Froide.

Fafhrd haussa légèrement les sourcils mais acquiesça d'un signe de tête. Un mouvement fugitif fit trembler l'air au-dessus de lui et dans son esprit s'imposa le souvenir d'anciennes amours, les siennes et celles du Souricier — Hirriwi et Keyaira, les princesses invisibles de la montagne — et de leur frère coureur des nuits, le Prince Faroomfar [1].

Le Souricier Gris surveilla le repas et l'installation de ses hommes pour la nuit dans leur dortoir à terre, distribuant quelques paternelles admonestations sur l'opportunité de se conduire avec réserve dans le port d'attache de vos employeurs. Il discuta brièvement des tâches du lendemain avec Ourph et Pshawri. Puis, après un dernier coup d'œil sévère et égnimatique lancé à la ronde, il jeta son manteau sur son épaule gauche, sortit dans le soir glacé et se dirigea à petits pas vers le Hareng Salé.

Fafhrd et lui avaient fait un bon somme réparateur à bord de l'*Épave* (ils avaient refusé pour eux-mêmes le logement à terre proposé par Groniger, tout en l'acceptant pour leurs hommes), mais la journée avait été longue, remplie de travaux astreignants, fatigante, si bien qu'il fut légèrement surpris de sentir une énergie nouvelle s'éveiller en lui à cette heure tardive. Chose curieuse, cette énergie qui l'envahissait ne s'investissait pas dans les nombreux problèmes du présent ni dans les éventualités à venir, elle l'inclinait à considérer ô

1. Voir « Le Quai des Étoiles », in *Épées et sorciers* (Le Cycle des Épées, tome IV).

combien il avait été fou au cours de ces trois dernières lunes de jouer sérieusement les capitaines au long cours, d'imposer une discipline de fer en jetant feu et flammes, de s'improviser navigateur prodige et de se conduire en tranche-montagne à tout propos. Lui, voleur, dirigeant des voleurs, leur donnant une formation de matelots et de guerriers qui ne leur servirait de rien quand ils reprendraient leur ancien métier, ridicule! Tout cela parce qu'une petite femme avec des reflets dorés dans ses cheveux sombres et ses yeux verts lui avait confié une tâche sans précédent. Très drôle, en vérité.

La lune, qui brillait très bas sur l'horizon, laissait l'étroite rue dans l'ombre mais éclairait les poutres entrecroisées au-dessus du Hareng Salé. Où trouvaient-ils donc tant de bois sur une île située tellement loin au nord? Cette question-là au moins reçut sa réponse quand il continua son chemin et entra. La taverne était construite avec les poutres et les planches grises de bateaux échoués ou désarmés, une des parois avait encore une courbure en dos de baleine [1] et il remarqua dans une autre les forages et les coquilles encastrées de créatures marines.

Un lent coup d'œil circulaire lui révéla une demi-douzaine de matelots intallés ici et là à boire silencieusement et deux jeunes Givriliens qui, dans un silence encore plus profond, jouaient aux échecs avec des pièces massives en pierre. Le Souricier se rappela avoir vu le matin même en compagnie de Groniger celui qui jouait avec les noirs.

Sans un mot, il se dirigea vers l'arrière-salle, dont l'entrée basse était à demi obstruée par une vieille femme toute en muscles et couverte de verrues, assise le dos rond sur un petit tabouret, et qui pouvait passer pour la génitrice magique de tous les géants, monstres et autres anomalies de la nature.

1. Parce que le matériau provient d'un pont de bateau ayant cette forme arrondie. *(N.d.T.)*

L'aubergiste ilthmarien vint le rejoindre en s'essuyant les mains sur le torchon qui lui servait de tablier et dit à mi-voix :

— L'Antre de la Flamme est retenue ce soir par une réunion privée. Vous n'auriez que des ennuis avec la Mère Grum. Qu'est-ce que je vous sers?

Le Souricier lui décocha en silence un regard dur et poursuivit son chemin. La Mère Grum le dévisagea d'un air menaçant sous ses sourcils broussailleux. Il la dévisagea de même. L'Ilthmarien haussa les épaules.

La Mère Grum quitta son tabouret, recula avec une révérence et lui fit signe de passer dans l'arrière-salle. Il tourna brièvement la tête et adressa un froid sourire de supériorité à l'Ilthmarien tout en suivant la vieille femme. Un des Givriliens soulevait une tour noire pour la déplacer; soudain son regard se perdit dans le vague et il se pencha au-dessus de l'échiquier, comme absorbé dans ses réflexions.

L'arrière-salle, en tout cas, avait un petit feu pour entretenir du mouvement et amuser l'œil. Le vaste foyer placé au centre de la pièce était une dalle de pierre installée presque à hauteur de la taille. Un grand tuyau en cuivre (le Souricier se demanda quelle coque de navire ce cuivre avait protégé) descendait du plafond bas jusqu'à un mètre environ du foyer; la maigre fumée s'y engouffrait en volutes. Tout autour étaient disposées quelques petites tables au dessus tailladé, flanquées de fauteuils; il y avait une autre porte de sortie.

Devant lui, tout près du foyer, étaient assises deux femmes de belle allure mais apparemment usées par la vie. Le Souricier avait remarqué l'une d'elles un peu plus tôt dans la journée et avait cru reconnaître une fille de joie. La mise quelque peu provocante qui était la leur maintenant et les bas rouges que portait l'une d'elles confortaient son hypothèse.

Le Souricier se dirigea vers une table en face d'elles et du feu, jeta sa cape sur un fauteuil et s'installa dans un autre, dont la situation permettait de voir les deux portes. Il joignit les doigts et se mit à étudier les flammes d'un air impassible.

La Mère Grum repartit vers son tabouret sur le seuil, leur tournant le dos à tous les trois.

L'une des deux femmes aux allures de ribaudes avait les yeux fixés sur le feu et, de temps à autre, y jetait du bois d'épave qui chantait et parfois teintait les flammes en vert et en bleu, ainsi que de noires brindilles épineuses qui pétillaient, crépitaient et brûlaient avec une flamme d'un orange ardent. L'autre jouait au jeu du berceau avec une longue boucle de ficelle noire sur les doigts écartés de ses mains tendues. Le Souricier délaissait quelquefois sa contemplation du feu pour regarder ses austères créations anguleuses.

Aucune des deux femmes ne prêtait attention au nouveau venu mais, au bout d'un moment, celle qui alimentait le feu se leva, apporta un broc de vin et deux petits pots d'étain à sa table, en remplit un et resta debout à considérer le Souricier.

Lequel prit le pot, goûta une menue gorgée, l'avala, reposa le pot et hocha brièvement la tête sans la regarder.

Elle retourna à son occupation première. Le Souricier se concentra sur le foyer en buvant de temps en temps une gorgée de vin. La combinaison des craquements et des sifflements donnait vraiment l'impression que les flammes parlaient dans cette salle relativement petite et silencieuse, d'une voix jeune, rapide, ardente, tour à tour gaie et méchante. Le Souricier aurait parfois juré qu'il entendait des mots et des phrases.

Cependant, dans les flammes constamment renouvelées, il commençait à voir des figures, ou plutôt une figure qui changeait constamment d'expression, un beau visage jeune aux lèvres très mobiles, tantôt ouvert et aimable, tantôt convulsé par des embrasements de haines et d'envie (les flammes devenaient vertes l'espace d'un instant), tantôt déformé d'une façon presque invraisemblable, comme un visage vu à travers la colonne d'air chaud au-dessus d'un feu ardent. En fait, à une ou deux reprises, le Souricier crut que c'était le visage d'une personne assise en face de lui, de l'autre côté du foyer, tantôt se soulevant à demi pour le regarder à travers les flammes, tantôt se repliant sur soi. Il fut presque tenté de quitter son siège et de tourner autour du feu pour vérifier, mais ne s'y décida pas.

Ce qu'il y avait encore de plus étrange dans ce visage, c'est que le Souricier lui trouvait un air familier, mais sans pouvoir le situer. Il renonça à se creuser les méminges à ce sujet et se renfonça dans son fauteuil, écoutant plus attentivement la voix de flamme et s'efforçant d'accorder les mots imaginés avec le mouvement des lèvres du visage de flamme.

La Mère Grum se leva de nouveau et s'effaça en saluant. Alors entra sans avoir à se baisser une dame au manteau roux tiré sur le bas de son visage, mais le Souricier reconnut les yeux vert pailletés d'or et il se leva. Cif fit un petit salut à la Mère Grum et aux deux ribaudes, marcha jusqu'à la table du Souricier, jeta son manteau sur le sien et s'assit dans le fauteuil d'en face. Il la servit, remplit son propre pot d'étain et s'assit aussi. Ils burent. Elle l'examina un moment.

Puis :

— Vous avez vu le visage dans le feu et entendu sa voix? demanda-t-elle.

Ses yeux se dilatèrent et il acquiesça d'un signe, en l'observant attentivement à présent.

— Mais vous avez deviné pourquoi il paraît familier?

Il secoua négativement la tête, penché en avant, avec une expression d'intense curiosité et d'expectative.

— Il vous ressemble, dit-elle froidement.

Il en resta les yeux écarquillés et la bouche bée ou presque. C'était vrai! Ce visage le faisait penser à lui-même... au temps où il était jeune, beaucoup plus jeune. Ou tel qu'il se voyait dans la glace les jours où il était assez content de lui pour ne pas voir les marques de l'âge.

— Mais savez-vous pourquoi? lui demanda-t-elle, tendue elle aussi à présent.

Il fit non de la tête.

La tension de la jeune femme se dissipa.

— Moi non plus, dit-elle. Je pensais que vous l'auriez su. Je l'ai remarqué quand je vous ai vu pour la première fois à l'Anguille, mais pourquoi... c'est un mystère au cœur d'autres mystères, au-delà de nos connaissances actuelles.

— Je trouve que l'Ile de Givre est un nid de mystères, dont le moindre n'est pas votre désaveu de Fafhrd et de moi-même, dit-il d'un ton significatif.

Elle hocha la tête, se redressa sur son siège et déclara :

— Je pense qu'il est grand temps de vous expliquer pourquoi Afreyt et moi sommes si sûres d'une invasion de l'Ile de Givre par les Mingols alors que le conseil n'y croit nullement. Pas vous?

Il acquiesça d'un ample mouvement approbateur, avec un sourire.

— Il y a presque un an jour pour jour, reprit-elle, Afreyt et moi nous nous promenions seules sur la lande au nord de la ville, selon une habitude prise dans notre enfance. Nous pleurions les gloires perdues de l'Ile de Givre ainsi que ses dieux perdus (ou reniés par les hommes) et souhaitions leur retour, afin que l'Ile puisse détourner les périls en s'appuyant sur des prédictions et conseils plus sûrs. C'était une de ces journées au temps et aux vents changeants — la fin du printemps, pas encore l'été — où tout l'air est en effervescence, tantôt lumineux, tantôt assombri au moment où des nuages dans leur course folle passent devant le soleil. Nous venions d'atteindre le sommet d'une petite colline quand nous avons trouvé sur notre chemin le corps d'un jeune homme étendu dans la bruyère, les yeux clos et la tête renversée en arrière, qui paraissait mourant ou au dernier stade de l'épuisement, comme s'il avait été rejeté à terre par les dernières vagues de quelque prodigieuse tempête céleste.

» Il portait une simple tunique tissée à la main, tout usée, des sandales on ne peut plus ordinaires, amincies par l'usure, aux lanières élimées, et une très vieille ceinture où des ciselures dessinaient vaguement des monstres. Cependant, au premier coup d'œil, j'ai été presque certaine que c'était un dieu.

» Je l'ai compris à trois choses. A son immatérialité : bien qu'il fût là sous mes doigts, je voyais la bruyère écrasée sous sa chair pâle. A sa beauté surnaturelle : c'était... le visage de flamme, aux traits cependant paisibles et sereins, presque comme dans la mort. Et à l'adoration que je sentais gonfler mon cœur.

» Je l'ai compris aussi à la façon dont agissait Afreyt, qui s'était agenouillée aussitôt près de lui en face de moi. Il y avait toutefois dans sa conduite quelque chose de bizarre, annonçant un développement surprenant quand nous l'aurions interprété à sa juste valeur, ce que nous n'avons pas fait sur le moment. (J'y reviendrai plus tard.)

» Vous savez qu'un dieu meurt, à ce qu'on dit, quand ses fidèles l'abandonnent? Eh bien, c'était comme si le dernier fidèle de celui-là agonisait dans Nehwon. Ou mieux encore, comme si tous ses adorateurs étaient morts dans son propre monde et qu'il eût été précipité dans le vide désert entre les planètes, pour sombrer ou surnager, survivre ou périr selon la façon dont il serait reçu dans le nouveau monde où le hasard le rejetterait. Je pense que les dieux ont le pouvoir de voyager d'un monde à l'autre, pas vous? involontairement ou à volonté. Et qui sait quelles imprévisibles tempêtes ils peuvent rencontrer au cours de leur sombre voyage?

» Mais en ce jour miraculeux, il y a un an, je n'ai pas perdu de temps à échafauder des conjectures. Non, j'ai frictionné ses poignets et sa poitrine, j'ai pressé ma joue chaude contre la sienne qui était froide, j'ai écarté ses lèvres avec ma langue (sa mâchoire n'était pas contractée) et avec ma bouche ouverte plaquée sur la sienne (et ses narines pincées entre mon pouce et mon index) j'ai envoyé au fond de ses poumons l'air que je venais d'aspirer, tout en lui adressant une fervente prière en esprit — bien qu'on dise, je le sais, que les dieux entendent seulement nos paroles, pas nos pensées. Un passant aurait pu croire que nous en étions au deuxième ou au troisième acte d'une séance amoureuse, et que moi, plus ardente, je cherchais à ranimer sa flamme.

» Pendant ce temps, en face de moi, Afreyt (c'est l'anomalie dont j'ai parlé) semblait aussi occupée que je l'étais, et cependant c'est moi qui faisais tout. Cela s'expliqua un peu plus tard.

» Mon Dieu donna des signes de vie. Ses paupières frémirent, j'ai senti sa poitrine se soulever, tandis que ses lèvres commençaient à me rendre mes baisers.

» J'ai ôté le bouchon de ma gourde d'argent et laissé couler goutte à goutte de l'eau-de-vie entre ses lèvres, alternant les gouttes avec d'autres baisers et des paroles de réconfort et d'affection.

» Il a fini par ouvrir les yeux (brun pailleté d'or, comme les vôtres) et avec mon aide a soulevé la tête, en murmurant des mots dans une langue étrangère. Je lui ai répondu dans celles que je connaissais, mais il s'est contenté de froncer les sourcils en secouant la tête. Voilà comment j'ai su qu'il n'était pas un dieu de Nehwon; il est bien naturel, ne croyez-vous pas, qu'un dieu, omniscient dans son propre monde, soit un peu perdu au début quand il se retrouve précipité dans un autre? Il lui faut le temps de s'adapter.

» A la fin, il a souri et levé la main vers ma poitrine, en me regardant d'un air interrogateur. J'ai dit mon nom. Il a hoché la tête et remué les lèvres, l'a répété. Puis il a touché sa propre poitrine et prononcé le nom *Loki* [1].

A ces mots, le Souricier, comme Fafhrd entendant *Odin*, eut des sensations et des pensées concernant

1. Dans la mythologie scandinave et germanique, Loki, dieu du feu, est une divinité rusée et malicieuse, méchante même parfois. *(N.d.T.)*

d'autres vies et d'autres mondes, et le langage de Karl Treuherz avec son petit dictionnaire lankhmarien-allemand et allemand-lankhmarien qu'il avait donné à Fafhrd [1]. Au même moment, mais pour cet instant-là seulement, il vit la face de feu si pareille à la sienne dans les flammes, qui eut l'air de cligner de l'œil à son adresse. Il fronça les sourcils avec perplexité.

Cif poursuivit :

— Ensuite, je lui ai tendu des bouchées de nourriture tirée de ma panetière, et il les a acceptées de mes doigts, mangeant modérément tout en buvant encore de l'eau-de-vie, cependant que je lui enseignais du vocabulaire, désignant les objets présents. Ce jour-là, Feu-Sombre émettait une fumée épaisse et des flammes, ce qui l'intéressa énormément quand je les lui nommai. Alors j'ai pris dans ma panetière mon briquet à silex et j'ai choqué le fer contre la pierre, disant : « feu ». Il a été enchanté, il semblait tirer de la force des étincelles, des herbes qui tombaient en braise et du mot lui-même. Il caressait les petites flammes sans avoir l'air d'en souffrir. Cela m'a terrifiée.

» Ainsi a passé la journée, moi complètement absorbée par lui, inconsciente de tout sauf de ce qui l'intéressait au fil des heures. C'était un élève merveilleusement doué. J'ai donné le nom des objets à la fois dans notre langue givrilienne et en bas-lankhmarien, pensant que cela lui serait plus utile quand il aurait des visions concernant des pays au-delà de l'Ile.

» Le soir approcha. J'ai aidé le dieu à se lever. La clarté blafarde où il baignait semblait dissoudre un peu sa chair pâle.

» J'ai indiqué le Havre Salé, faisant signe que nous devions marcher jusque-là. Il a acquiescé avec ardeur (je crois qu'il était attiré par les fumées du soir, ayant un penchant pour le feu, son élément) et nous nous sommes mis en route, lui s'appuyant légèrement sur moi.

» C'est alors que le mystère d'Afreyt s'est éclairci.

1. Voir *Le Royaume de Lankhmar* (Cycle des Épées, tome V).

Elle a refusé catégoriquement de nous accompagner! Et j'ai vu, très indistinctement, celui à qui *elle* avait porté secours, prodigué ses soins et son enseignement toute la journée, comme je l'avais fait pour Loki. C'était la silhouette d'un vieillard (ou plutôt d'un dieu) frêle, barbu et borgne, d'abord allongé tout près de Loki — que j'avais eu le privilège de voir seul, comme Afreyt n'avait vu que l'autre!

— Prodigieuse circonstance, en vérité, commenta le Souricier. Peut-être chacun va-t-il vers son semblable et par là se révèle. Dites-moi, est-ce que par hasard l'autre dieu ne ressemblait pas à Fafhrd? à part l'œil en moins, évidemment.

Elle acquiesça passionnément.

— Un Fafhrd plus âgé, comme si c'était son père. Afreyt l'avait remarqué. Oh, vous devez savoir quelque chose de ce mystère.

— Simple déduction, dit le Souricier en secouant la tête, et il demanda : Quel était son nom... le nom de ce vieux dieu?

Elle le lui dit.

— Eh bien, que s'est-il passé ensuite?

— Nous nous sommes séparés. J'ai emmené le dieu Loki au Havre Salé, lui s'appuyant sur mon bras. Il était encore tout faible. Apparemment un seul adorateur suffit juste à maintenir un dieu en vie et visible, si actif que soit son esprit, car il en était venu à me désigner des choses (et à indiquer des actions et des situations) et il les nommait — en givrilien, en bas-lankhmarien, et même aussi en haut-lankhmarien — avant que je les nomme, sûre indication de son intelligence de dieu.

» En même temps, il commençait, en dépit de sa faiblesse, à laisser entrevoir qu'il s'intéressait de plus en plus à moi (je veux dire à ma personne) et je perdais rapidement mes incertitudes concernant le genre d'hospitalité qu'il attendait de moi quand je l'aurais amené à la maison. Or j'étais très heureuse d'avoir découvert, je l'espérais, un nouveau dieu pour l'Ile de

Givre. Et je me devais de l'adorer, ne serait-ce que pour le maintenir en vie. Mais j'éprouvais une certaine répugnance à lui ouvrir mon lit, si immatérielle et spectrale que sa chair se révèle à un contact intime (et en admettant qu'elle demeure telle)!

» Oh, je suppose que je m'y serais résignée si les choses en étaient arrivées là; je sais bien que coucher avec un dieu n'est pas rien, c'est certainement un grand honneur, mais (pour s'en tenir à un seul problème) on ne peut évidemment pas compter sur sa fidélité (quand on y tient)... pas de la part d'un dieu taquin, joyeux et fantasque comme se révélait être ce Loki! D'ailleurs j'espérais tirer de lui des prédictions et avertissements pour l'Ile de Givre et je voulais être en mesure de les envisager avec la tête claire et non pas avec un esprit alangui par les jeux d'amour et influencé par toutes les petites fantaisies et appréhensions qui accompagnent l'infatuation.

» En fait, je n'ai pas eu besoin de choisir. En passant devant cette taverne, il a été attiré par une lueur rouge vacillante et s'est glissé à l'intérieur sans être remarqué (il était encore invisible pour tous sauf pour moi). J'en ai fait autant (ce qui m'a valu un ou deux regards, car je suis une conseillère respectable) et je me suis hâtée derrière lui; il avait suivi le reflet palpitant jusqu'à cette arrière-salle, où une ribote battait son plein et où un feu brûlait avec ardeur dans le foyer. Sous mes yeux, il s'est fondu dans les flammes et s'est joint à elles!

» La joyeuse bande fut quelque peu interloquée par mon intrusion mais, après l'avoir toisée avec un sourire, j'ai simplement tourné les talons et je suis sortie en faisant un salut de la main et disant : « Amusez-vous », ce qui s'adressait aussi à Loki. J'ai pensé qu'il était là où il avait envie d'être.

Et Cif agita la main à l'adresse des flammes dansantes, puis se retourna avec un sourire vers le Souricier. Il lui sourit à son tour, secouant la tête dans son étonnement.

Elle reprit :

— Je suis donc rentrée chez moi, tout heureuse, non sans avoir retenu pour le lendemain soir l'Antre de la Flamme (qui est le nom de cette salle, je l'ai appris à cette occasion).

» Et le lendemain j'ai engagé pour la soirée deux filles de joie (afin que Loki ait de quoi se divertir) et la Mère Grum qui devait faire office de portière et assurer notre tranquillité.

» Cette soirée s'est déroulée comme je l'avais imaginé. Loki s'était effectivement installé dans ce feu pour de bon et au bout d'un moment j'ai réussi à lui parler et à obtenir des réponses à mes questions, bien que rien encore à l'avantage de l'Ile de Givre. Je me suis entendue avec l'Ilthmarien pour que l'Antre de la Flamme me soit réservée une soirée par semaine, et j'ai de même conclu des accords avec Hilsa et Rill afin qu'elles viennent ces soirs-là distraire le dieu et le tenir en joie. Hilsa, le dieu a-t-il été avec toi, aujourd'hui? demanda-t-elle à la femme qui alimentait le feu, celle aux bas rouges.

— Deux fois, dit celle-ci prosaïquement d'une voix rauque. Sorti du feu sans être vu et retourné de même. Il est satisfait.

— Pardonnez-moi, Dame Cif, remarqua le Souricier, mais que pensent ces professionnelles de ce commerce intime avec un dieu invisible? A quoi cela ressemble-t-il? J'aimerais le savoir.

Cif se tourna vers les femmes assises auprès du foyer.

— Comme d'avoir une souris qui vous monte sous la jupe, répliqua Hilsa avec un bref gloussement de rire en balançant une jambe rouge.

— Ou un crapaud, rectifia sa compagne. Bien qu'il réside dans les flammes, sa personne est froide.

Rill avait abandonné son jeu du berceau pour joindre les mains, les doigts entrelacés, et projeter des ombres sur le mur, des loups-garous géants aux oreilles dressées, de grands serpents de mer, des dragons et des sorcières au long nez, au menton crochu.

— Il aime ces monstres, commenta-t-elle.

Le Souricier hocha la tête pensivement, les observa pendant un instant, puis reporta son attention sur le feu.

Cif poursuivit :

— Le dieu n'a pas tardé, je m'en suis aperçue, à s'accoutumer à Nehwon, y adaptant son esprit, l'y étendant jusqu'à ses plus lointaines limites, et ses oracles sont devenues plus pertinents. Entre-temps, Afreyt, avec qui je conférais journellement, s'occupait du vieil Odin sur la lande de la même manière (à ceci près qu'elle utilisait de très jeunes filles pour le réconforter et l'apaiser, et non des femmes faites, car c'est un dieu plus vieux) et elle obtenait des prophéties importantes.

» C'est Loki le premier qui nous a averties que les Mingols étaient en marche, rassemblant des vaisseaux contre l'Ile de Givre, atteignant sous les incitations de Khahkht une grande climatérique de folie et de rapine. Afreyt a interrogé de son côté Odin et il l'a confirmé, ils étaient d'accord en tous points dans leur récit.

» Quand il leur a été demandé ce que nous devions faire, ils ont l'un et l'autre conseillé, de nouveau séparément, de nous mettre en quête de deux héros de Lankhmar et de leur faire amener leurs troupes pour défendre l'Ile. Ils se sont montrés d'une grande précision, donnant vos noms et les endroits que vous fréquentiez, disant que vous étiez leurs hommes liges, que vous le sachiez ou non dans votre existence présente, et ils n'ont pas changé un iota à leurs dires quand ils ont été soumis à des interrogatoires répétés. Répondez-moi, Souricier Gris, n'avez-vous pas connu le dieu Loki auparavant ? Soyez franc.

— Je vous donne ma parole que non, Dame Cif, affirma-t-il, et je ne suis pas plus capable que vous d'expliquer le mystère de notre ressemblance. Toutefois le nom a quelque chose d'étrangement familier, et aussi celui d'Odin, comme si je les avais entendus dans des rêves ou des cauchemars. Mais j'ai beau me triturer les méninges, cela reste aussi nébuleux.

— Bref, reprit-elle, les deux dieux ont continué à insister pour que nous partions à votre recherche, si bien qu'il y a six mois nous nous sommes embarquées, Afreyt et moi, pour Lankhmar sur le Hlal, avec les résultats que vous connaissez.

— Racontez-moi, Dame Cif, s'écria le Souricier en s'arrachant à sa contemplation du feu, comment vous et la grande Afreyt êtes revenues à l'Ile de Givre après que le blizzard magique de Khahkht vous a enlevées de l'Anguille d'Argent.

— Cela s'est fait aussi rapidement que notre voyage jusque là-bas avait été long, répliqua-t-elle. Il y a eu un instant où nous étions dans sa griffe froide, bombardées et aveuglées par la glace que le vent charriait, les oreilles assaillies par un rire tonitruant. L'instant d'après, nous étions prises en charge par deux créatures féminines volantes qui nous ont transportées dans l'obscurité à une vitesse vertigineuse jusqu'à une grotte chaude où elles nous ont déposées hors d'haleine. Elles ont dit être les deux filles d'un roi de la montagne.

— Hirriwi et Keyaira, je parie! s'exclama le Souricier. Elles doivent être de notre côté [1].

— Qui est-ce? s'enquit Cif.

— Des princesses de la montagne que Fafhrd et moi avons connues naguère. Invisibles comme notre révéré habitant du feu ici présent.

Il eut un mouvement de tête vers les flammes.

» Leur père règne sur le haut Quai des Étoiles.

— J'ai entendu parler de ce pic et du redoutable Oomforafor, son souverain, dont certains disent qu'il est avec son fils Faroomfar un allié de Khahkht. Les filles contre le père et le frère, c'est assez naturel. Bref, après avoir retrouvé notre souffle, Afreyt et moi, nous avons avancé jusqu'à l'entrée de la grotte, et nous nous

1. Voir « Le Quai des étoiles », in *Épées et sorciers* (Cycle des Épées, tome IV).

sommes retrouvées en train de regarder l'Ile de Givre et le Havre Salé d'un point situé à mi-pente du Feu-Sombre. Non sans mal, nous avons franchi rochers et glacier pour rentrer chez nous.

— Le volcan, dit le Souricier d'un ton rêveur. Encore ce lien de Loki avec le feu.

Son attention avait de nouveau été attirée par les flammes hypnotiques.

Cif hocha la tête.

— Après cela, Loki et Odin nous ont tenues informées de la progression des Mingols vers l'Ile de Givre et de la vôtre. Puis, voici quatre jours, Loki a commencé une relation permanente de vos combats avec le monstrème de glace de Khahkt. C'était un récit extrêmement vivant : parfois on aurait juré qu'il pilotait lui-même un des bateaux. J'avais réussi à réserver l'Antre de la Flamme pour les soirées suivantes (et je l'ai fait aussi pour les trois jours et les trois nuits qui viennent), de sorte que nous avons pu suivre en détail la longue fuite ou la longue poursuite qui, à franchement parler, devint un peu monotone.

— Vous auriez dû y être, murmura le Souricier.

— Loki m'a fait sentir que j'y étais.

— Soit dit en passant, remarqua le Souricier d'un ton détaché, j'aurais cru que vous loueriez l'Antre de la Flamme tous les soirs à partir du moment où vous y aviez votre dieu.

— Je ne suis pas cousue d'or, lui précisa-t-elle sans aigreur. D'ailleurs, Loki aime la variété. Les carousses que d'autres organisent ici l'amusent, c'est ce qui l'avait incité à entrer. De plus, cela aurait rendu le conseil encore plus soupçonneux à l'égard de mes activités.

Le Souricier acquiesça :

— Il m'a semblé reconnaître un des acolytes de Groniger qui jouait aux échecs dans la salle à côté.

— Chut, lui intima-t-elle. Je dois maintenant consulter le dieu.

Sa voix était devenue légèrement chantante dans la

dernière phase de son récit et le fut plus encore lorsque, sans transition, Cif invoqua :

— Et maintenant, ô divin Loki, parle-nous de nos ennemis d'au-delà des mers et des royaumes de glace. Parle-nous du cruel, du froid Khahkht, d'Edumir des Mingols Senestres et de Gonov des Dextres. Hilsa et Rill, chantez avec moi en l'honneur du dieu.

Et sa voix devint une somnolente mélopée sans paroles sur deux notes à laquelle se joignirent les autres femmes : la voix rauque d'Hilsa, la voix légèrement aiguë de Rill et un grondement bas qu'après un moment le Souricier identifia comme venant de la Mère Grum, tous au diapason du feu et de sa voix de flamme.

Le Souricier s'abandonna à ce curieux mélange de notes et, tout d'un coup, la voix de flamme crépitante, comme par quelque magie de rêve, se mit à articuler nettement, dans un murmure rapide en bas-lankhmarien, avec de temps à autre des mots qui avaient autant d'étrangeté obsédante que le nom même du dieu.

» Nuées de tempête s'amassent autour de l'Ile de Givre. Nature distille sa plus noire bile. Monstres donnent signe de vie, cauchemars se multiplient [1], niss et nicor, dro et troll. » (Ces quatre derniers mots n'évoquaient absolument rien pour le Souricier, en particulier la sonorité en coup de cloche de « troll ».) « Faites tinter le tocsin et battre le tambour, dans les trois jours les Mingols arrivent, les Mingols Dextres qui viennent de l'est, vaisseau à figure de proue chevaline et tête humaine. Prenez-les tous par ruse, conduisez-les vers la mer tournoyante, vers la cuvette vertigineuse qui s'enfonce en tourbillonnant. Fiez-vous au tourbillon, défiez-vous du troll ! Mingols à leur mort doivent aller, à fond d'enfer d'herbes encombré, jamais ne

1. Il y a là un jeu de mots intraduisible sur nightmares (cauchemars) et night mares (juments de la nuit). Fritz Leiber a écrit : Nightmares foal (les cauchemars/juments de la nuit poulinent). *(N.d.T.)*

doivent aisément respirer, souffrir doivent mort permanente, souffrance et lutte perpétuelles, mort éternelle dans la vie. Qu'à jamais brûle folie mingole! Que jamais ne revienne paix! »

Et la voix de flamme s'interrompit dans une rafale de crépitements qui rompirent la magie du rêve et firent lever le Souricier dans un grand sursaut, sa léthargie totalement dissipée. Il contempla le feu, tourna rapidement autour, l'examina attentivement de l'autre côté, puis fouilla des yeux avec rapidité la salle entière. Rien! Il dévisagea avec fureur Hilsa et Rill. Elles le regardèrent d'un air détaché et dirent à l'unisson : « Le dieu a parlé », mais la sensation d'une présence avait disparu du feu aussi bien que de la salle, sans laisser même un trou noir où il aurait pu se retirer, à moins peut-être (l'idée vint au Souricier) que le dieu ne se soit retiré en *lui,* ce qui aurait expliqué l'impression d'énergie bouillonnante et d'activité mentale intense qu'il ressentait maintenant, tandis que la litanie du funeste destin mingol retentissait sans arrêt dans sa mémoire. « De pareilles choses peuvent-elles exister? », se demanda-t-il et il se répondit aussitôt par un « Oui! » retentissant.

Il revint à pas lents vers Cif, qui s'était levée comme lui.

— Nous avons trois jours, dit-elle.

— A ce qu'il paraît, acquiesça-t-il, ajoutant : Savez-vous quoi que ce soit sur les trolls?

— J'allais vous le demander, répliqua-t-elle. Le mot m'est aussi inconnu qu'il semble l'être pour vous.

— Et les tourbillons, poursuivit-il, réfléchissant à toute allure. Y en a-t-il autour de l'île? Est-ce que des récits de marins...

— Oh, oui... le Grand Maelström au large des récifs de la côte est de l'île avec ses courants rapides pleins de traîtrise et ses marées trompeuses, le Grand Maelström d'où l'île tire tout le bois qu'elle possède, et qui est projeté sur la Grève des Os blanchis. Il se forme régulièrement tous les jours. Nos marins le connaissent bien et l'évitent plus qu'aucun autre péril.

— Parfait! Je dois me rendre en mer pour le repérer, étudier ses malices et la façon dont il apparaît et disparaît. J'aurais besoin pour cela d'un petit voilier pendant que l'*Épave* est imobilisée en radoub, le temps presse. J'aurai besoin aussi d'une somme supplémentaire, de l'argent du pays pour mes hommes.

— Pourquoi vous rendre en mer? demanda-t-elle d'une voix étranglée. Pourquoi vous précipiter dans la gueule d'un pareil danger?

Mais, dans ses yeux aux pupilles dilatées, il crut voir briller la réponse à cette question.

— Parbleu, pour abattre vos ennemis, déclara-t-il d'une voix vibrante. N'avez-vous pas entendu la prophétie de Loki? Nous l'accomplirons. Nous noierons au moins une des flottes mingole avant même qu'elle débarque sur l'Ile de Givre! Et si, avec l'aide d'Odin, Fafhrd et Afreyt parviennent à surprendre les Mingols Senestres et à leur régler leur compte à moitié aussi aisément, notre tâche sera accomplie!

L'expression de triomphe qui flamba dans les yeux de Cif reflétait le brasier dans ceux du Souricier.

La lune à son déclin était haute dans le sud-ouest et les étoiles les plus brillantes luisaient encore mais, à l'est, le ciel irradiait l'aube quand Fafhrd fit sortir ses douze berserks du Havre Salé en direction du nord. Chacun était chaudement vêtu, en prévision des glaces qu'ils allaient rencontrer, et portait un arc de guerre, un carquois, un faisceau de flèches supplémentaires, une hache passée dans la ceinture et un sac de provisions. Skor était à l'arrière-garde, prompt à faire respecter la consigne de Fafhrd, qui était d'observer le plus grand silence pendant la traversée de la ville, afin que cette violation des règlements du port ait des chances de passer inaperçue. Et chose étonnante, ils n'avaient pas été inquiétés. Peut-être les Givriliens dormaient-ils d'un sommeil particulièrement profond tant ils avaient veillé tard pour saler la pêche gigantesque dont les bateaux avaient débarqué les dernières cargaisons à la nuit tombée.

Avec les berserks marchaient les jeunes May et Mara, en bottillons souples et manteaux à capuchon, la première portant une cruche de lait frais pour le dieu Odin, l'autre choisie pour guider l'expédition par le centre de l'Ile de Givre jusqu'à la Rade Froide et ce sur l'insistance d'Afreyt : « ... car elle est née dans une ferme de la Rade Froide et connaît le chemin, et elle est capable de jouer son rôle aussi bien que n'importe quel homme. »

Fafhrd avait hoché la tête sans enthousiasme en entendant ces paroles. Assumer la responsabilité d'une personne portant le nom de celle qu'il avait aimée dans son enfance ne lui souriait guère. Et ce n'est pas de gaieté de cœur qu'il avait laissé la responsabilité du Havre Salé au Souricier et aux deux femmes, alors qu'il y avait tout à faire et, en plus du reste, la nouvelle tâche d'étudier le Grand Maelström et de repérer ses habitudes, qui occuperait le Souricier pendant une journée au moins et qui aurait mieux convenu à Fafhrd, plus expérimenté dans la manœuvre des navires. Mais ils avaient conféré tous les quatre à minuit dans la cabine de l'*Épave,* tous hublots occultés, mettant en commun leurs connaissances, leurs opinions et les prophéties des deux dieux, et c'est ce qui avait été décidé.

Le Souricier prendrait avec lui Ourph (pour son antique science des choses de la mer) et Mikkidu (pour l'amariner) et il utiliserait un bateau de pêche appartenant aux jeunes femmes. Pendant ce temps, Pshawri se chargerait seul de diriger les réparations sur l'*Épave* et le *Faucon de mer* (avec les conseils des trois Mingols restants) et s'efforcerait d'entretenir l'illusion que les berserks de Fafhrd étaient toujours à bord du *Faucon.* Cif et Afreyt se relaieraient pour monter la garde sur le quai, afin de parer à toute inquisition de Groniger et de régler les questions qui pourraient surgir inopinément.

Ma foi, cela devrait réussir, se dit Fafhrd, étant

donné la nature des Givriliens qui sont gens carrés, sans subtilité, robustes et simples. Une chose est sûre, c'est que le Souricier avait paru assez confiant, tout activité et énergie, les yeux étincelants, fredonnant un petit air.

L'aube toute proche rosit le ciel bas à l'est comme Fafhrd ouvrait la marche à travers les bruyères, allongeant le pas, prêtant l'oreille aux voix graves des hommes qui le suivaient et à celles plus légères des jeunes filles. Un coup d'œil jeté par-dessus son épaule lui indiqua qu'ils demeuraient en formation serrée, Mara et May juste derrière lui.

Quand la colline au Gibet se profila sur la gauche, il entendit les hommes saluer son apparition par des vociférations. Deux d'entre eux crachèrent pour conjurer le mauvais sort.

— Transmets au dieu mes salutations, May, dit Mara.

— S'il reprend assez ses esprits pour s'occuper d'autre chose que de boire son lait avant de se rendormir, répliqua May en quittant l'expédition pour se diriger vers la colline avec sa cruche, dans les ombres de la nuit qui commençaient à se dissiper.

Ce qui fit pousser de nouveaux cris de protestation, et Skor dut rétablir le silence.

Mara chuchota à l'intention de Fafhrd :

— Obliquons légèrement vers la gauche à présent, pour éviter la cascade de glace du Feu-Sombre et la longer dans le centre de l'île jusqu'à ce qu'elle rejoigne le glacier du Mont Lueur-d'Enfer.

Quels noms réjouissants ils trouvent par ici, songea Fafhrd en scrutant le terrain devant lui. Les bruyères et les ajoncs devenaient plus rares et des plaques de schiste couvertes de lichen commençaient à apparaître.

— Comment appelle-t-on cette région de l'Ile de Givre? demanda-t-il à Mara.

— Les Terres de Mort, répliqua-t-elle.

Toujours aussi gai, pensa-t-il. Du moins le nom

allait-il bien avec ces fous de Mingols qui n'avaient que la mort en tête, sans compter ce dieu Odin amateur de gibets.

Le Souricier était le plus grand des quatre petits hommes secs et nerveux qui attendaient au bord du quai. Pshawri près de lui avait l'air résolu et attentif, bien qu'encore un peu pâle. Un bandage impeccable lui barrait le front. Ourph et Mikkidu ressemblaient assez à deux singes, l'un ridé et raisonnable, l'autre jeune et quelque peu abattu.

La falaise de sel à l'est masquait tout juste le soleil levant, qui scintillait le long de sa crête cristalline et déversait sa clarté sur la partie la plus éloignée du port et sur la flotte de pêche qui sortait en mer. Le Souricier regarda les chalutiers d'un air méditatif : on aurait pu croire les Givriliens satisfaits de la gigantesque pêche de la veille, mais non, ils paraissaient encore plus pressés aujourd'hui, comme s'ils pêchaient pour tout Nehwon ou comme si quelque mélopée impatiente martelait leurs cerveaux, les poussant à l'action, comme celle qui scandait à présent son rythme dans la tête du Souricier : *Mingols à mort doivent aller, à fond d'enfer d'herbes encombré* — oui, en enfer ils doivent aller, en vérité, et le temps passait et où était Cif ?

Cette question reçut sa réponse quand un youyou survint silencieusement à la godille, longeant le quai au plus près, piloté par la Mère Grum qui était assise à l'arrière et manœuvrait une rame comme une queue de poisson. Quand Cif se leva au milieu du bateau, sa tête était au niveau du quai. Elle saisit la main que lui tendait le Souricier accroupi et en deux enjambées se retrouva en haut.

— Soyons brefs, dit-elle. Mère Grum va vous conduire à la godille jusqu'au *Follet*.

Et elle donna une bourse au Souricier.

— De l'argent seulement, dit-elle en plissant le nez comme s'il s'apprêtait à regarder dedans.

Il remit la bourse à Pshawri.

— Deux pièces à chaque homme à la tombée de la nuit si je ne suis pas revenu, ordonna-t-il. Fais-les travailler d'arrache-pied. Il faudrait que l'*Épave* soit en état de prendre la mer demain à midi au plus tard. Va.

Pshawri salua et s'en alla.

Le Souricier se tourna vers les autres.

— Descendez dans le canot.

Ils obéirent, Ourph impassible, Mikkidu avec un coup d'œil anxieux vers leur sinistre batelière. Cif toucha le bras du Souricier. Il se retourna.

Elle plongea son regard droit dans le sien.

— Le Maelström est dangereux, dit-elle. Voici qui pourra peut-être l'apaiser s'il vous capture. En cas de nécessité, jetez-le exactement au centre du tourbillon. Conservez-le avec soin et gardez-en le secret.

Surpris du poids du petit objet cubique qu'elle déposait dans sa main, il l'examina d'un coup d'œil à la dérobée.

— De l'or? chuchota-t-il avec un peu de surprise.

L'objet avait la forme d'un cube à claire-voie, douze arêtes courtes et épaisses assemblées à angle droit et ayant l'éclat de l'or.

— Oui, dit-elle sèchement. Une vie a plus de valeur.

— Et il y a une superstition...?

— Oui, coupa-t-elle d'un ton bref.

Il hocha la tête, enferma soigneusement le cube dans sa bourse et sans plus rien dire descendit avec légèreté dans le youyou. La Mère Grum manœuvra sa godille, les propulsant vers l'unique petit bateau de pêche restant dans le port.

Cif les suivit du regard dans leur canot qui se détachait en plein soleil. Au bout d'un moment, elle sentit ce même soleil sur sa tête et elle sut qu'il allumait des reflets dorés dans ses cheveux noirs. Le Souricier ne se retourna pas une seule fois. Au fond, elle ne tenait pas à ce qu'il le fasse. Le youyou atteignit le *Follet* et les trois hommes se hissèrent à bord avec agilité.

Elle aurait juré qu'il n'y avait personne à proximité, mais soudain elle entendit un raclement de gorge derrière elle. Cif attendit quelques instants avant de se retourner.

— Maître Groniger, dit-elle aimablement.

— Maîtresse Cif, répliqua-t-il d'un ton également courtois.

Il n'avait pas l'air d'un homme qui vient de jouer les espions.

— Vous envoyez les étrangers en mission? remarqua-t-il au bout d'un instant.

Elle secoua la tête avec lenteur :

— Je leur loue un bateau, qui appartient à Dame Afreyt et à moi-même. Peut-être vont-ils à la pêche.

Elle haussa les épaules.

— Comme tous les Givriliens, je gagne de l'argent aussi souvent que je peux et la pêche n'est pas le seul moyen de s'enrichir. Vous ne commandez pas votre bateau aujourd'hui, maître?

Il secoua la tête à son tour.

— Le Capitaine d'un port doit assumer d'abord les responsabilités de sa charge, maîtresse. L'autre étranger n'a pas encore été vu aujourd'hui. Ses hommes non plus...

— Et alors? demanda-t-elle, comme il gardait un silence prolongé.

— ... bien qu'il y ait des signes de grande activité dans l'entrepont de sa galère à voiles.

Elle inclina la tête et se détourna pour regarder le *Follet* qui se dirigeait à la voile vers l'embouchure du port et le youyou qui s'éloignait à la godille avec sa silhouette solitaire, trapue et ébouriffée.

— Le Conseil a été convoquée pour ce soir, dit Groniger comme si l'idée lui revenait subitement.

Cif acquiesça sans se retourner. Il ajouta cette explication d'un ton détaché :

— Une vérification a été demandée, Dame Trésorière, pour toutes les pièces d'or et les trésors givriliens confiés à votre garde, la flèche de vérité en or, les cercles d'unité en or, le cube en or des procédés loyaux.

Elle hocha de nouveau la tête, puis porta la main à sa bouche. Il entendit le souffle d'un bâillement. Le soleil illuminait sa chevelure.

Quand l'après-midi en fut à son milieu, la troupe de Fafhrd se trouvait très avant dans les Terres de Mort, sur une étendue de pierre nue et noire parsemée de blocs de rocher où des moraines de faible hauteur — à une portée d'arc sur la gauche, plus proches sur la droite — dessinaient une sorte de large défilé. Le soleil dans sa course vers l'ouest lançait des rayons brûlants, mais le vent était glacé. Le ciel bleu semblait un couvercle.

D'abord marchait le plus jeune des berserks, sans armes, en éclaireur. (Un homme désarmé cherche vraiment s'il y a des ennemis et ne les provoque pas au combat.) Quarante mètres plus loin venait Mannimark en couverture et derrière Mannimark le gros de la troupe conduit par Fafhrd avec Mara à côté de lui, Skor fermant toujours la marche.

Un grand lièvre blanc jaillit d'un fourré devant eux et les croisa, détalant dans la direction d'où ils venaient, en bonds fantastiques, apparemment fou de terreur. Fafhrd fit signe aux hommes de tête de le rejoindre et posta les deux tiers de ses hommes à un endroit où ils pouvaient se dissimuler dans les rochers, plaçant Skor à leur tête avec mission de tenir cette position et de saluer tous les ennemis qu'ils apercevraient par un tir de flèches nourri mais en aucun cas de les charger. Puis il emmena rapidement le reste de sa troupe par des voies détournées et abritées jusqu'au glacier le plus proche. Skullick, Mara et trois autres hommes étaient avec eux. Jusque-là, la jeune fille s'était montrée à la hauteur de ce qu'avait garanti Afreyt, elle n'avait causé aucun embarras.

Comme il les guidait avec précaution sur la glace, le silence des hauteurs fut rompu par un bruit sec de cordes d'arc qui se détendent et par des cris aigus dans la direction de ses hommes et devant eux.

Du point élevé où il se trouvait, Fafhrd pouvait voir ses hommes en poste et, presque à une portée d'arc en avant, dans le défilé, un groupe d'une quarantaine de personnages, des Mingols à en juger d'après leurs tuniques, leurs bonnets de fourrure et leurs arcs courbes. Ses hommes et une douzaine de Mingols échangeaient un tir de flèches qui décrivaient en l'air de hautes paraboles. Un des Mingols était à terre et leurs chefs semblaient absorbés par une discussion. Fafhrd banda vivement son arc, ordonnant à ses quatre compagnons d'en faire autant, et ils décochèrent une volée de flèches depuis leur position de flanc. Un autre Mingol fut touché, l'un des discuteurs. Une demi-douzaine tirèrent à leur tour, mais Fafhrd avait l'avantage de la hauteur. Les autres se mirent à couvert. Il y en avait un qui sautait sur place, comme de rage, mais il fut tiré derrière les rochers par ses compagnons d'armes. Au bout d'un moment, le groupe mingol entier, pour autant que Fafhrd put s'en rendre compte, commença à repartir dans la direction d'où il était venu, emportant ses blessés.

— Et maintenant, nous chargeons pour les anéantir? proposa Skullick en souriant avec une expression cruelle.

Mara leva les yeux avec intérêt.

— Et leur indiquer que nous sommes seulement une douzaine? Je t'excuse parce que tu es jeune, rétorqua Fafhrd, faisant signe à Skor d'arrêter le tir par un mouvement de bras de haut en bas.

— Non, nous allons les escorter avec vigilance jusqu'à leur navire, ou à la Rade Froide, ou je ne sais où. Le meilleur ennemi, c'est celui qui est en fuite.

Et il dépêcha un messager à Skor pour l'avertir de son plan, tout en se disant que les hommes des Steppes vêtus de fourrures semblaient moins ardemment décidés au pillage qu'il ne l'avait prévu. Il devait se méfier des ruses mingoles. Il se demanda ce que le vieux dieu

Odin (qui avait ordonné d'« anéantir ») penserait de sa décision. Peut-être les yeux de Mara, fixés sur lui avec ce qui ressemblait beaucoup à de la déception, lui fournissaient-ils la réponse.

Le Souricier était assis sur le pont à l'avant du *Follet*, adossé au mât, les pieds appuyés sur l'emplanture du beaupré, comme ils approchaient de nouveau de l'Ile de Givre, revenant sur elle par le nord-est. A quelque distance en avant devait se trouver l'endroit où se formait le maelström et maintenant, avec la marée descendante, ce n'était pas loin de l'heure, s'il avait calculé juste et pouvait se fier aux renseignements obtenus auparavant de Cif et d'Ourph. Derrière lui, à l'arrière, le vieux Mingol manœuvrait habilement la barre et la voile aurique, tandis que Mikkidu, plus près de lui, surveillait l'unique foc étroit.

Le Souricier détacha le rabat de la petite sacoche attachée à sa ceinture et regarda l'apaiseur-de-tourbillon (pour donner un nom à l'objet que Cif lui avait confié) niché au fond, menu et luisant d'un sourd éclat doré. De nouveau, il songea quelle magnifique prodigalité (mais aussi quelle stupidité) c'était de faire en or un objet qui devait être nécessairement perdu. Bah, on ne pouvait pas donner des leçons de prudence à la superstition... Ou peut-être que si.

— Mikkidu! appela-t-il sèchement.

— Oui, monsieur? vint la réponse, immédiate, déférente et un peu craintive.

— Tu as vu la longue glène de fine ligne suspendue à l'intérieur de l'écoutille? Le genre de cordelette mince mais résistante dont tu te servirais pour descendre du butin à un complice par une fenêtre haut placée ou à laquelle tu confierais ton propre poids en cas d'urgence? Le genre qu'utilisent certains étrangleurs?

— Oui, monsieur!

— Bon. Va me la chercher.

Elle se révéla être comme il l'avait décrite et longue d'au moins cent mètres, jugea-t-il. Un sourire sardonique retroussa ses lèvres tandis qu'il en attachait solidement une extrémité à l'apaiseur-de-tourbillon et l'autre à une bouche d'amarrage fixée au pont, vérifiait que le reste de la glène était « clair », puis remettait l'apaiseur dans sa sacoche.

Ils avaient navigué une demi-journée. D'abord un court bord vers l'est sur la perpendiculaire du vent dès leur sortie du Havre Salé, laissant la flotte de pêche givrilienne très affairée au sud-ouest où la mer semblait bouillonner de poissons, jusqu'à ce qu'ils aient largement dépassé le promontoire de sel blanc. Puis une longue bordée au nord en louvoyant pour remonter au vent, qui les éloigna graduellement de la sombre côte est de l'île dont les rochers déchiquetés remplaçaient le sel qui continuait de scintiller vers l'ouest. Enfin, maintenant, un retour rapide, vent arrière, vers cette côte est où une baie peu profonde gardée par deux pics jumeaux attirait le marin naïf. La voile chantait et les petites vagues, avançant en rangs bien alignés, clapotaient contre l'étrave qui traçait un sillage écumeux. Le soleil resplendissait.

Le Souricier se leva, scruta avec attention la mer droit devant pour déceler la présence d'écueils et des signes de renversement de marée. La vitesse du *Follet* parut augmenter au-delà de celle imprimée par le vent, comme si un courant l'emportait. Le Souricier remarqua des remous sur l'avant, des courbes soudaines dans les lignes d'écume coiffant les vagues. C'était le moment ou jamais. Il cria à Ourph de parer à virer.

En dépit de toutes ces précautions, il fut pris par surprise quand une main géante invisible (cela semblait ne pas pouvoir être autre chose) saisit le *Follet* par-dessous, le fit pivoter instantanément et le lança sur une trajectoire courbe en l'inclinant fortement vers l'intérieur. Il vit Mikkidu dans les airs au-dessus de l'eau à un mètre du pont. Il avançait vers le voleur ébahi, sa main gauche crocha automatiquement le mât tandis que sa droite, se déployant dans un geste puissant, saisissait Mikkidu par le col. Les muscles du

Souricier s'élongèrent mais tinrent bon. Il déposa Mikkidu sur le pont, mit un pied sur lui pour l'y maintenir, puis s'arc-bouta face au vent qui faisait faseyer les voiles et parvint à jeter un coup d'œil autour de lui.

Là où les vagues avançaient en rangs quelques instants plus tôt, le *Follet* tournait à une vitesse prodigieuse autour d'un gouffre d'eau noire tourbillonnante qui allait se creusant, large de près de deux cents mètres. De l'autre côté de la voile qui claquait follement, le Souricier aperçut vaguement Ourph cramponné des deux mains à la barre. En regardant de nouveau le tourbillon, il vit que le *Follet* s'était nettement rapproché du centre qui devenait de plus en plus profond, et où des écueils déchiquetés saillaient à présent comme les crocs noircis et brisés d'un monstre. Sans hésiter, il fouilla dans sa sacoche à la recherche de l'apaiseur et, prenant de son mieux en compte le vent et la vitesse du *Follet,* il précipita l'apaiseur au centre de l'abîme marin. Pendant un instant, celui-ci parut planer en scintillant d'une lueur jaune d'or dans le soleil, puis il tomba droit au but.

Cette fois, ce fut comme si cent mains géantes invisibles avaient aplati le tourbillon. On aurait dit que le *Follet* avait heurté un mur. Il y eut soudain tumulte de vagues qui se heurtaient en faisant mousser tant d'écume qu'elle s'empila sur le pont et qu'on aurait juré que l'eau était pleine de savon.

Le Souricier constata avec soulagement qu'Ourph et Mikkidu étaient bien là et dans une position verticale qui leur permettrait, avec du temps, de reprendre leurs esprits. Ensuite, il s'assura que le ciel et la mer se trouvaient à leur places respectives. Puis il vérifia la barre et les voiles. En s'écartant du foc en lambeaux, son œil aperçut au passage la boucle d'amarrage sur le pont à l'avant. Il remonta la ligne qui y était attachée (sans grand espoir : il y avait toutes les chances qu'elle se soit coincée dans un rocher ou rompue dans le chaos où ils venaient d'être plongés) mais, chose étonnante, elle sortit avec l'apaiseur toujours solidement fixé à son extrémité, son éclat d'or plus brillant que jamais à la suite du brassage qu'il avait subi au milieu des rochers. Et tandis que le Souricier le remettait dans sa sacoche dont il laça serré le rabat détrempé, il se sentit remarquablement content de lui-même.

A présent, les vagues et le vent avaient repris à peu près leur allure normale et Ourph et Mikkidu s'ébrouaient. Le Souricier les renvoya à leurs occupations (refusant net de discuter de l'apparition et de la disparition du tourbillon) et, avec audace, il les fit amener le *Follet* à proximité du rivage, où il vit une grève aux rocs déchiquetés avec une quantité considérable de pièces de bois grises éparpillées parmi eux : les ossements de navires défunts.

Grand temps que les Givriliens viennent faire une nouvelle récolte, songea-t-il allégrement. Faudra que j'en touche un mot à Groniger. Ou peut-être vaut-il mieux attendre les prochaines épaves, les mingoles! qui devraient fournir une récolte prodigieuse.

Le sourire aux lèvres, le Souricier fit mettre le cap sur le Havre Salé, un trajet facile maintenant avec le vent favorable. Il fredonna tout bas : « Mingols à leur mort doivent aller, à fond d'enfer d'herbes encombré. » Oui, et leurs vaisseaux à leur destin sur les crocs des écueils.

Quelque part entre les couches de nuages, au nord de l'Ile de Givre, planait miraculeusement la sphère de glace noire qui était la demeure de Khahkht et la plupart du temps Sa prison. La neige qui tombait sans discontinuer entre les bancs de nuages faisait un bonnet blanc à la sphère. La neige qui tombait s'accumulait et dessinait en blanc les ailes puissantes, le dos, le cou et la crête de l'être invisible qui avait bloqué son vol près de la sphère. Cet être devait étreindre la sphère d'une manière quelconque car, chaque fois qu'il secouait la tête ou les épaules pour se débarrasser de la neige, la sphère tressautait dans l'air léger.

Aux trois quarts inférieurs de la sphère, une trappe

s'était rabattue et par l'ouverture Khahkht avait passé Sa tête, Ses épaules et un bras, comme un dieu particulièrement méchant lorgnant vers le bas par le plancher du ciel.

Les deux créatures conversaient ensemble.

KHAHKHT

Monstre agité! Pourquoi troubles-tu ma tranquillité céleste en tapant sur ma sphère? Je vais bientôt regretter de t'avoir donné des ailes.

FAROOMFAR

Je ne demande pas mieux que de redevenir une raie volante invisible. Cela a ses avantages.

KHAHKHT

Par deux chiens noirs, je...!

FAROOMFAR

Retiens ta vilaine personne, grand-papa. J'ai une bonne raison de venir frapper chez toi. Les Mingols ont l'air de perdre de leur frénésie. Gonov des Dextres qui foncent vers L'Ile de Givre a fait prendre deux ris à ses bateaux pour un simple coup de vent. Tandis que les pillards senestres qui avancent à travers l'Ile ont tourné les talons devant un groupe armé trois fois moins nombreux. Tes incantations ont-elles faibli?

KHAHKHT

Ne te plains pas. Je me suis occupé à jauger les deux nouveaux dieux qui aident l'Ile de Givre : quelle est leur puissance, d'où ils viennent, quel est leur but final et s'ils sont susceptibles de se laisser suborner. Ma conclusion provisoire : c'est une paire de traîtres, pas très forts, des dieux en rupture de ban d'un univers mineur. Le mieux est de ne pas nous en soucier.

La neige s'était de nouveau amassée sur l'être volant, sa fine poussière révélant même quelque peu ses traits patriciens maigres et cruels. Il se secoua pour s'en débarrasser.

FAROOMFAR

Alors, qu'est-ce qu'on décide?

KHAHKHT

Je vais ranimer l'ardeur des Mingols là où (et si) ils flanchent, n'aie crainte. Toi, entre-temps, évite si possible tes méchantes sœurs et ourdis la diablerie que tu pourras contre Fafhrd (c'est lui qui a intimidé les pillards senestres, non?) et sa troupe. Attaque-toi à la fillette. A l'œuvre!

Et il rentra dans Sa sphère coiffée de neige dont il fit claquer la trappe, tel un diable à ressort réintégrant sa boîte. La neige qui tombait fut rabattue vers le sol comme par un ample coup de balai quand Faroomfar déploya ses ailes et commença à descendre des hauteurs.

Fort louablement, la Mère Grum attendait dans le youyou au mouillage quand Ourph et Mikkidu amenèrent le *Follet* comme une flèche droit sur la bouée pour s'y amarrer et ferler la voile sous l'œil vigilant et approbateur du Souricier. Il baignait toujours dans une aura merveilleusement agréable d'autosatisfaction et s'était même détendu au point d'adresser quelques remarques bénignes à Mikkidu (ce qui avait considérablement déconcerté ce dernier) et de discourir doctement, à bâtons rompus au gré de ses caprices, avec le sage, encore que quelque peu taciturne, vieux Mingol.

A présent le Souricier, partageant avec Ourph le banc de milieu du youyou (Mikkidu s'était tassé à l'avant), demanda d'un ton détaché à la vieille femme qui les ramenait en godillant :

— Comment s'est passée la journée, bonne Mère? Y a-t-il un message pour moi de la part de ta maîtresse?

Comme elle ne répondait que par un grognement qui

pouvait signifier n'importe quoi ou rien, il se contenta de remarquer d'une voix légèrement sentencieuse :

— Bénis soient tes vieux os loyaux.

Et il laissa son attention dériver nonchalamment sur le port.

La nuit était tombée, le dernier bateau de la flotte de pêche venait de rentrer, enfoncé profondément dans l'eau sous le poids d'une nouvelle prise battant tous les records. Son attention se fixa sur la jetée la plus proche, de l'autre côté de laquelle on déchargeait un bateau à la lueur des torches : quatre Givriliens, marchant à la file indienne, portaient au rivage ce qui était sans doute le plus beau de leur pêche monstre (et monstrueuse).

La veille, les Givriliens lui avaient semblé être des gens très sérieux et rassis, mais à présent il les trouvait de plus en plus stupides et grossiers, notamment ces quatre-là qui avançaient triomphalement, l'air faraud, la bouche en cœur et les yeux exorbités sous leurs énormes fardeaux.

En premier lieu venait un bonhomme barbu, plié en deux, coltinant sur son dos un grand thon argenté aussi long et même plus gros que lui, qu'il tenait solidement par la queue.

Puis venait un gaillard haut sur ses jambes agrippant par le cou et la queue, enroulée sur ses épaules, la plus grosse anguille que le Souricier ait jamais vue. Le porteur donnait l'impression qu'il luttait contre elle en clopinant, elle se tordait lourdement, encore vivante. *Une chance qu'elle ne soit pas entortillée autour de son cou,* songea le Souricier.

L'homme qui suivait le porteur d'anguille avait sur le dos, au bout d'un croc cruellement planté à travers sa carapace, un crabe vert géant, dont les dix pattes se débattaient en l'air avec persistance, ses grandes pinces s'ouvrant et se refermant. On n'aurait su dire lequel des deux avait les yeux les plus saillants, du crustacé ou de l'homme.

Dernier de la procession, un pêcheur tenait par-dessus son épaule, au moyen de ses tentacules liés ensemble, une pieuvre qui passait par toutes les couleurs de l'arc-en-ciel dans ses spasmes d'agonie, ses grands yeux enfoncés se voilant au-dessus de son bec énorme.

Des monstres portant des monstres, résuma le Souricier avec un petit rire gai. *Seigneur, que nous sommes donc grotesques, nous autres mortels!*

Le quai devait approcher. Le Souricier se retourna sur son banc pour regarder par là et vit au bord du quai... non pas Cif, conclut-il à regret aussitôt... mais (ce fut un peu une surprise) Hilsa et Rill, celle-ci avec une torche qui flambait très joyeusement, toutes les deux arborant un chaud sourire d'accueil et une fort pimpante allure en vérité dans leurs atours de filles de joie et leurs fards fraîchement appliqués, Hilsa chaussée de ses bas rouges, Rill d'une paire jaune vif, l'une et l'autre en courtes tuniques de couleurs éclatantes et amplement décolletées. Vraiment, elles paraissaient plus jeunes ainsi, ou en tout cas un peu moins défraîchies, songea-t-il en se hissant d'un bond sur le quai pour les rejoindre. Comme c'était aimable à Loki d'avoir envoyé ses prêtresses... eh bien, pas précisément des prêtresses, disons plutôt des vestales... non, non, pas précisément des vestales non plus, mais des dames de profession, infirmières et compagnes de jeu du dieu... pour accueillir à son tour le fidèle serviteur du dieu.

Mais il ne se fut pas plus tôt incliné devant elles en réponse à leur salut qu'elles se dépouillèrent de leur sourire et qu'Hilsa lui dit à vois basse d'un ton pressant :

— Mauvaises nouvelles, capitaine. Dame Cif nous a envoyées vous avertir qu'elle et Dame Afreyt avaient été accusées de malversation par les autres membres du conseil. On lui reproche d'avoir utilisé des pièces d'or dont elle avait la garde ainsi que d'autres trésors givriliens pour vous rétribuer, vous, le grand capitaine et vos hommes. Elle attend de vous, m'a-t-elle dit, qu'avec votre proverbiale intelligence vous imaginiez quelque chose pour parer cette attaque.

C'est à peine si le sourire du Souricier vacilla. Il était plus impressionné par la façon joyeuse dont la torche de Rill dansait et flamboyait pendant que les lugubres paroles d'Hilsa se déversaient sur lui. Quand il fut question des trésors givriliens, il porta la main à sa sacoche où l'apaiseur reposait sur le bout de sa ligne qu'il avait tranchée. Il ne doutait pas que cet objet ne fût l'un d'eux, mais il ne se troubla pas pour si peu.

— Est-ce tout? demanda-t-il quand Hilsa eut fini. Je pensais que vous alliez au moins m'annoncer l'arrivée de ces trolls contre qui le dieu nous avait mis en garde. Montrez le chemin de la salle du conseil, mes belles! Ourph et Mikkidu, accompagnez-nous! Courage, Mère Grum (lança-t-il en direction du youyou), n'ayez aucune crainte pour la sécurité de votre maîtresse.

Alors, passant un bras sous celui d'Hilsa et l'autre sous celui de Rill, il partit d'un pas vif, se disant que dans de pareils revers de fortune, l'important était de se conduire avec une immense assurance, d'en brûler comme la torche de Rill! C'était le secret. Que lui importait s'il n'avait pas la moindre idée de ce qu'il raconterait au conseil? Il n'avait qu'à garder tout son aplomb et au moment voulu l'inspiration viendrait!

Du fait de la rentrée tardive de la flotte de pêche, les rues étroites étaient bondées. Peut-être était-ce aussi un soir de marché, ou peut-être la réunion du conseil y était-elle pour quelque chose. En tout cas, il y avait beaucoup d'« étrangers » dehors ainsi que des Givriliens, et, chose étonnante, ces derniers paraissaient plus étranges et plus cocassement pittoresques que les autres. Et voici que survenaient de nouveau à pas pesants les quatre pêcheurs ployant sous leurs fardeaux monstrueux! Un gamin joufflu les regardait bouche bée. Le Souririer lui tapota la tête au passage. Oh, quel spectacle offrait la vie!

Hilsa et Rill, contaminées par la gaieté du Souricier,

se reprirent à sourire. Il devait valoir le coup d'œil, pensa-t-il, à arpenter les rues avec de jolies ribaudes comme si la ville lui appartenait.

La façade bleue de la salle du conseil apparut, sa porte encadrée par la poupe massive de quelque galion défunt et flanquée de deux rustauds moroses armés de gourdins. Le Souricier sentit qu'Hilsa et Rill hésitaient mais, s'exclamant d'une voix forte : « Honneur au Conseil ! », il les entraîna à l'intérieur, Ourph et Mikkidu se précipitant à leur suite.

La salle était plus grande et légèrement plus haute de plafond que celle du Hareng Salé, mais ses boiseries étaient pareillement grises, étant faites d'épaves. Dépourvue de cheminée, elle était pauvrement chauffée par deux braseros crachant de la fumée et éclairée par des torches émettant une lueur bleuâtre et cafardeuse (peut-être y avait-il des clous de bronze dedans) qui contrastait avec la joyeuse clarté jaune d'or de celle de Rill. Le meuble principal était une longue et lourde table au bout de laquelle étaient assises Cif et Afreyt, arborant leur attitude la plus hautaine. Loin d'elles, à l'autre extrémité, siégeaient dix grands Givriliens d'âge mûr et d'humeur rassise, entourant Groniger, avec des expressions si dolentes, si chargées d'indignation morose, si réprobatrices, que le Souricier éclata de rire. D'autres Givriliens, dont quelques femmes, étaient massés près des murs. Tous tournèrent vers les arrivants des visages aux mines à la fois perplexes et contrariées.

Groniger se dressa comme un ressort et lui lança d'une voix tonnante :

— Vous osez rire devant l'assemblée des notables de l'Ile de Givre? Vous, qui vous introduisez ici accompagné de femmes des rues et de vos propres matelots, lesquels contreviennent aux règlements?

Le Souricier parvint à maîtriser son rire et l'écouta avec l'air le plus franc, le plus ouvert possible, incarnation vivante de l'innocence outragée.

Groniger poursuivit, agitant un doigt à son adresse :

— Oui, le voilà, conseillers, le principal bénéficiaire de l'or détourné, peut-être même du cube d'or des procédés loyaux. L'homme qui est venu à nous du sud avec des récits de tempêtes magiques, de jour changé en nuit, de vaisseaux hostiles disparus comme par hasard et de prétendue invasion mingole, lui qui a, comme vous le constatez, des Mingols dans son équipage, l'homme qui a payé ses droits de bassin avec de l'or givrilien!

Sur quoi Cif se dressa, les yeux étincelants, pour dire :

— Laissez-le parler, au moins, et répondre à cette accusation monstrueuse, puisque vous refusez de me croire.

Un conseiller se leva à côté de Groniger.

— Pourquoi écouter les mensonges d'un étranger?

Groniger dit :

— Je vous remercie, Dwone.

Afreyt se leva :

— Non, laissez-le parler. Voulez-vous n'écouter que votre propre voix?

Un autre conseiller se dressa.

Groniger dit :

— Oui, Zwaakin?

Celui-là déclara :

— Nous ne perdrons rien à entendre ce qu'il a à dire. Il se condamnera peut-être par sa propre bouche.

Cif darda sur Zwaakin un regard furieux et s'exclama d'une voix forte :

— Parlez-leur, Souricier!

A cet instant, le Souricier, jetant un coup d'œil à la torche de Rill (qui parut cligner à son adresse), sentit une force divine l'envahir et le posséder jusqu'au bout de ses doigts et de ses orteils, non, jusqu'à la pointe de chacun de ses cheveux. Sans préavis, à la vérité, sans même savoir qu'il allait le faire, il traversa la pièce en courant et sauta sur la table du côté où elle était dégagée, près de Cif.

Il promena un regard dominateur à la ronde (un océan de visages froids et uniformément hostiles), apprécia la situation avec soin, et ensuite, ma foi, comme la force divine habitait jusqu'à la moindre parcelle de son être, son esprit fut irrésistiblement expulsé de lui-même, tout s'assombrit d'un coup autour de lui, il s'entendit *commencer* à parler d'une voix puissante, mais aussitôt son esprit sombra dans une obscurité intérieure plus profonde que le sommeil, plus nocturne que le coma.

Puis s'écoula le temps d'un éclair... ou une éternité.

Son retour à la conscience (sa renaissance, plutôt, tant la transition fut abrupte) commença avec des lumières jaunes tournoyantes et des faces aux bouches béantes, hilares, exaltées, qui mouchetaient la pénombre, avec la sensation d'un grand vacarme à la limite de l'audible et d'une voix sonore prononçant des mots puissants, puis, sans autre avertissement, toute cette scène lumineuse et assourdissante se concrétisa subitement dans un grondement de tonnerre et il se retrouva debout sur l'énorme table du conseil, surplombant insolemment l'assistance et laissant flotter sur ses lèvres un sourire sauvage (ou même dément) tandis que son poing gauche reposait sur sa hanche dans un geste cavalier et que son poing droit faisait tourner au-dessus de sa tête l'apaiseur en or (ou cube des procédés loyaux, se rappela-t-il) au bout de son filin. Autour de lui, tous les Givriliens sans exception, les conseillers, les gardes, les simples pêcheurs, les femmes (et parmi eux Cif, Afreyt, Rill, Hilsa, Mikkidu, inutile de le dire), le contemplaient avec un air d'adoration éperdue comme s'il était un dieu ou au moins un héros de légende, tous debout (certains sautant sur place) et l'acclamant à faire trembler les murs! Des poings tambourinaient sur la table; des bâtons martelaient le sol de pierre avec fracas. Cependant les porteurs de torches agitaient leurs tristes flambeaux jusqu'à ce qu'ils brûlent avec le même éclat jaune vif que la torche de Rill.

Voyons, au nom de tous les dieux réunis, se demanda le Souricier en continuant néanmoins à sourire, qu'est-ce que j'ai pu leur dire ou leur promettre pour les mettre dans un état pareil? Au nom du diable, *qu'ai-je fait*?

Groniger monta vivement à l'autre extrémité de la table, aidé par ses voisins, agita les bras pour demander du silence et, dès qu'il en eut obtenu un peu, apostropha le Souricier, d'une voix forte et pleine d'émotion, avançant pour se faire entendre :

— Nous le ferons... oh, nous le ferons! Je conduirai en personne le contingent givrilien, la moitié de nos concitoyens armés, à travers les Terres de Mort pour aider Fafhrd contre les Senestres, tandis que Dwone et Zwaakin dirigeront la flotte de pêche en armes avec l'autre moitié et ils vous suivront, vous et votre *Épave*, contre les Mingols Dextres. Victoire!

Après quoi, la salle retentit de cris de « Mort aux Mingols! », « Victoire! » et autres acclamations que le Souricier ne parvint pas à distinguer nettement. Quand le vacarme commença à s'apaiser, Groniger réclama :

— Du vin! Buvons à notre engagement!

Tandis que Zwaakin criait au Souricier :

— Faites venir vos matelots pour célébrer l'événement avec nous, ils sont désormais et à jamais citoyens d'honneur de l'Ile de Givre!

Mikkidu y fut dépêché sans retard.

Le Souricier regarda Cif avec désarroi, tout en arborant toujours son sourire (maintenant, il devait avoir l'air plutôt hébété), mais elle se borna à tendre la main vers lui en s'exclamant, les joues en feu :

— Je m'embarque avec vous!

Tandis qu'à côté d'elle Afreyt proclamait :

— Je vais traverser les Terres de Mort pour rejoindre Fafhrd, et j'emmènerai le dieu Odin avec moi!

Groniger entendit cela et lui promit :

— Moi et mes hommes, nous vous apporterons toute l'aide dont vous aurez besoin, honorée conseillère.

Ce qui apprit au Souricier qu'en plus de tout le reste

il avait persuadé ces athées de pêcheurs de croire en des dieux, du moins en Odin et Loki. *Qu'*avait-il bien pu leur dire? Il laissa Cif et Afreyt l'entraîner à bas de la table, mais il n'eut pas le temps de les questionner que Cif lui jetait déjà les bras autour du cou, l'étreignait avec force et l'embrassait sur la bouche. C'était merveilleux, il en rêvait depuis trois mois et plus (bien qu'il eût imaginé l'événement se produisant dans des circonstances un peu plus privées) et quand Cif se fut finalement reculée, les yeux brillants comme des étoiles, c'est une autre sorte de question qu'il avait envie de poser mais, à cet instant, la grande Afreyt l'empoigna et bientôt l'embrassait tout aussi carrément.

C'était agréable, on ne pouvait le nier, mais cela modifiait le baiser de Cif, le rendait moins personnel, en faisait un témoignage de congratulations et d'enthousiasme débordant plutôt qu'un signe d'affection particulière. Le rêve échafaudé à propos de Cif se dissipa. Et quand Afreyt en eut fini avec lui, il fut aussitôt entouré par une foule de courtisans dont quelques-uns voulaient aussi l'embrasser. Du coin de l'œil, il nota qu'Hilsa et Rill embrassaient toute personne passant à leur portée; en vérité, ces baisers n'avaient pas la moindre signification, y compris celui de Cif bien sûr, il avait été stupide d'imaginer autre chose, et à un moment donné il aurait juré voir Groniger danser la gigue. Seul le vieil Ourph, pour on ne sait quelle raison, ne se joignait pas à la gaieté générale. Une fois, il surprit le vieux Mingol à le dévisager avec tristesse.

Ainsi commença une fête qui dura la moitié de la nuit avec force nourriture et boisson, des acclamations spontanées, des danses et farandoles serpentant de-ci de-là, virant par-ci, virant par-là. Et plus la fête se prolongeait, plus grotesques devenaient les farandoles caracolantes ponctuées de coups de talons, au rythme de la petite chanson vengeresse qui continuait à résonner au fond de l'esprit du Souricier, l'air sur lequel tout commençait à danser : « Nuées de tempête s'amassent autour de l'Ile de Givre. Nature distille sa plus noire bile. Monstres donnent signe de vie, cauchemars se multiplient, niss et nivor, dro et troll. » Ces phrases en particulier semblaient au Souricier décrire ce qui se produisait présentement, une naissance de monstres. (Mais où étaient les trolls?) Et ainsi de suite jusqu'à la fin sinistre et monstrueusement péremptoire : « Mingols à leur mort doivent aller, à fond d'enfer d'herbes encombré, jamais ne doivent aisément respirer, souffrir doivent mort permanente, souffrance et lutte perpétuelles, mort éternelle dans la vie. Qu'à jamais brûle folie mingole! Que jamais ne revienne paix! »

Pendant ce temps, le Souricier gardait son sourire peut-être hébété et son air insolent, cavalier, de suprême assurance de soi, répondant à la question dix fois répétée : « Non, je ne suis pas un orateur — jamais eu la moindre préparation — quoique j'aie toujours aimé parler » mais, intérieurement, il bouillait de curiosité. Dès qu'il en eut l'occasion, il demanda à Cif :

— Qu'est-ce que j'ai dit pour les convaincre, pour leur faire changer aussi radicalement d'avis?

— Voyons, vous devriez le savoir, répliqua-t-elle.

— Mais expliquez-le-moi avec vos propres mots, insista-t-il.

Elle réfléchit.

— Vous avez remué profondément leurs sentiments, leurs émotions, finit-elle par répondre, tout simplement. C'était magnifique.

— Oui, mais qu'est-ce que j'ai dit exactement? Quels termes ai-je employés?

— Oh, je suis incapable de vous redire ça, protesta-t-elle. Tout se tenait tellement que rien ne se détachait en particulier... j'ai complètement oublié les détails. Soyez tranquille, c'était parfait.

Plus tard, il se risqua à demander à Groniger :

— A quel stade mes arguments ont-ils commencé à vous convaincre?

— Comment pouvez-vous poser pareille question? riposta le Givrilien aux cheveux gris, un froncement de franche perplexité ridant son front. C'était si suprêmement logique, si clairement et froidement raisonné. Comme deux et deux font quatre. Peut-on désigner une partie de l'arithmétique comme plus probante qu'une autre?

— Exact, exact, acquiesça à regret le Souricier, qui se risqua à ajouter : Je suppose que c'est le même genre de logique rigoureuse qui vous a convaincu d'accepter les dieux Odin et Loki?

— Précisément, acquiesça Groniger.

Le Souricier hocha la tête mais intérieurement haussa les épaules. Oh, il savait bien ce qui s'était produit, un peu plus tard il en obtint même confirmation de Rill.

— Où avez-vous allumé votre torche? questionna-t-il.

— Au feu du dieu, naturellement, répliqua-t-elle. Au feu du dieu dans l'Antre de la Flamme.

Puis elle l'embrassa. (Elle ne s'en tirait pas mal non plus, même si toutes ces embrassades ne prêtaient pas à conséquence.)

Oui, il savait que le dieu Loki était sorti des flammes et l'avait possédé pendant un moment (comme Fafhrd avait peut-être été possédé une fois par le dieu Issek, là-bas dans Lankhmar [1]) et avait proféré par sa bouche ce genre d'arguments qui sont si convaincants lorsqu'ils sont énoncés par un dieu ou proférés en temps de guerre ou de crise grave, et si vides quand ils sont énoncés par un simple mortel dans des circonstances ordinaires.

Et à la vérité le temps manquait pour méditer sur le mystère de ce qu'il avait dit, maintenant qu'il y avait tant à faire, tant de décisions cruciales à prendre, tant d'actions primordiales à mener à bien, lorsque ces gens auraient fini leur fête et pris un peu de repos.

N'empêche, ç'aurait été agréable de savoir un peu de

1. Voir « Jours maigres dans Lankhmar » in *Épées et brumes* (Cycle des Épées, tome III).

ce qu'il avait effectivement dit, songea-t-il mélancoliquement. Il pouvait y avoir eu là-dedans quelque chose d'astucieux.

Pourquoi, au nom du Ciel, par exemple, avait-il extrait l'apaiseur de sa sacoche et l'avait-il fait tourner au-dessus de sa tête?

Il devait le reconnaître, c'était assez plaisant d'être possédé par un dieu (ou cela le serait si l'on pouvait s'en souvenir) mais cela vous laissait comme vidé, à part la ritournelle obsédante des Mingols-à-leur-mort, dont il avait l'impression qu'il n'arriverait jamais à se débarrasser.

Le lendemain matin, la troupe de Fafhrd eut son premier aperçu de la Rade Froide, de la mer et de l'entière avant-garde mingole réunies. Le soleil et le vent d'ouest avaient dissipé la brume côtière et l'avaient chassée du glacier, au bord duquel ils cheminaient tous à présent. Le bourg était plus petit et bien plus primitif que le Havre Salé. Au nord s'élevait la sombre silhouette du Mont Lueur-d'Enfer, si haut et si proche que ses contreforts à l'est projetaient encore leur ombre sur la glace. Un ruban de fumée sortait du cratère et allait se perdre vers l'est. A la limite où s'arrêtait la neige, une ombre sur le roc noir semblait marquer l'ouverture d'une caverne conduisant au cœur de la montagne. Les pentes inférieures étaient couvertes d'une épaisse couche de neige aboutissant au glacier qui, étroit à cet endroit, s'étendait devant eux en direction du nord et de la mer grise étincelante, étonnamment proche. Au pied du glacier, des étendues d'herbe rase, avec çà et là des bouquets de petits cèdres nordiques rabougris par le vent, ondulaient vers le sud-ouest et ses hauteurs neigeuses maintenant lointaines, tandis que des traînées de brume blanche voguaient vers l'est et se dissipaient au-dessus de la plaine onduleuse inondée de soleil.

La veille au soir et le matin de bonne heure, ils avaient aperçu quelques fermes des collines, dévastées et désertes, quand ils avaient suivi et harcelé les maraudeurs mingols qui battaient en retraite, et cela les avait préparés à ce qu'ils voyaient à présent. Ces fermes et ces étables avaient été construites uniquement en mottes de tourbe ou de gazon, des herbes poussant sur leurs toits étroits, avec des trous de fumée en guise de cheminées. Mara, les yeux secs, avait désigné celle où elle avait habité. La Rade Froide se composait simplement d'une douzaine de demeures et ce type au sommet d'une colline assez raide adossée au glacier et entourée d'un rempart de terre, une sorte de fort pour que s'y réfugient les habitants de la campagne en période de péril. Non loin de là, derrière, une grève sablonneuse s'étendait devant le port proprement dit et, sur cette grève, trois galères mingoles avaient été tirées au sec, reconnaissables aux fantastiques cages à chevaux qui formaient la superstructure de leur gaillard d'avant.

Entourant la butte de la Rade Froide à une distance nettement respectueuse, il y avait environ quatre-vingts Mingols, dont les chefs conféraient apparemment avec ceux de la quarantaine d'hommes revenus de leur expédition de pillage. Un de ces derniers désignait derrière lui les Terres de Mort, puis levant le bras vers le glacier, comme s'il décrivait l'armée qui les avait poursuivis. Derrière eux, les trois étalons de la steppe, extraits de leurs cages, broutaient le gazon. Un spectacle paisible, mais à l'instant même où Fafhrd le contemplait, gardant sa troupe abritée au maximum par un repli de la glace (il ne se fiait pas beaucoup à l'aversion des Mingols pour la glace), une lance jaillit de la butte apparemment tranquille, décrivit un arc et d'un jet prodigieux, vint tuer un Mingol. Des cris de colère s'élevaient et une douzaine de Mingols ripostèrent. Fafhrd jugea que les assiégés, maintenant secondés par des renforts, tenteraient sûrement bientôt une sortie vigoureuse. Sans hésiter, il donna ses ordres.

— Skullick, voilà un travail pour toi. Prends ton meilleur archer, de l'huile et un pot à feu. Courez aussi vite que vous pourrez jusqu'à l'endroit où le glacier arrive au plus près de leurs bateaux, et plantez des flèches enflammées dans ces bateaux, ou du moins essayez. Va!

» Mara, suivez-les jusqu'à la butte et quand vous verrez de la fumée sur les bateaux, mais pas avant, descendez rejoindre vos amis si la voie est libre. Attention! Afreyt aura ma tête s'il vous arrive quoi que ce soit. Dites-leur la vérité sur notre nombre. Recommandez-leur de tenir bon et de feindre une sortie s'ils en voient la possibilité.

» Mannimark! Garde un homme de ton peloton et fais le guet ici. Préviens-nous des mouvements des Mingols.

» Skor et les autres, suivez-moi. Nous allons decendre sur leurs arrières et jouer pour un moment les armées à leur poursuite. En route!

Et il s'élança au pas de course, suivi de huit berserks qui bondissaient lourdement, le carquois ballottant sur leur dos. Il avait déjà repéré le bouquet de cèdres rabougris à partir duquel il projetait de donner sa représentation. Tout en courant, il cherchait en esprit à se régler sur l'allure de Skullick et de son compagnon, et aussi de Mara, pour tenter de tout synchroniser.

Il arriva aux cèdres et vit Mannimark signaler que l'assaut mingol avait commencé.

— Maintenant, hurlez comme des loups, commanda-t-il à ses hommes essoufflés. Allez-y à pleine gorge, que chacun de vous crie comme deux. Puis nous les arroserons de flèches, le plus loin et le plus vite possible. Ensuite, quand j'en donnerai l'ordre, retour au glacier! Aussi vite que nous sommes descendus!

Quand tout cela fut exécuté (et sans bien en mesurer les conséquences, le temps manquait) et qu'il eut rejoint Mannimark, suivi de sa troupe hors d'haleine, il aperçut avec joie une mince colonne de fumée noire montant de la galère tirée au sec la plus proche des glaciers. Des Mingols commençaient à dévaler dans cette direction les pentes de la butte assiégée, renonçant à leur assaut. A mi-chemin, il vit la petite silhouette de Mara qui descendait en courant le glacier vers la Rade Froide, son manteau rouge se dressant tout droit derrière elle. Une femme armée d'une lance était apparue sur le rempart et lui adressait des signes d'encouragement. Tout à coup Mara parut faire une enjambée d'une longueur fantastique, une partie de sa silhouette s'obscurcit, comme s'il y avait une espèce de brouillard à cet endroit dans la vision de Fafhrd, puis elle sembla s'élever, *non, elle s'éleva!* dans le ciel, de plus en plus haut, comme emportée par un aigle indistinct ou quelque autre prédateur volant. Fafhrd garda les yeux fixés sur le manteau rouge, qui devint soudain plus éclatant quand l'être volant invisible passa de l'ombre dans le soleil en prenant de la hauteur avec sa captive. Il entendit une exclamation de compassion et d'étonnement près de lui, détourna le regard le temps de jeter un coup d'œil de côté et sut que Skor avait lui aussi vu le prodige.

— Suis-la des yeux, mon garçon, murmura-t-il. Ne perds pas de vue ce manteau rouge une seconde. Repère où elle va dans cet air sans route ni chemin.

Le regard des deux hommes monta à la verticale, puis obliqua vers l'ouest et ensuite constamment vers l'est et la montagne noire. De temps à autre, Fafhrd jetait un coup d'œil en bas pour s'assurer que la situation vers les bateaux et la Rade Froide ne tournait pas au drame, nécessitant son intervention. Chaque fois, il avait peur que ses yeux ne localisent plus le manteau volant, mais chaque fois ils le retrouvaient. La tache rouge devenait de plus en plus petite, de plus en plus menue. Ils la perdirent presque quand elle replongea dans l'ombre. Finalement, Skor se redressa.

— Où est-il allé? questionna Fafhrd.

— A l'entrée de la grotte à la limite de la neige, répliqua Skor. La petite a été emportée là-bas à travers les airs par je ne sais quelle magie. J'ai perdu sa trace là-bas.

Fafhrd hocha la tête.

— Une magie d'une sorte très particulière, expliqua-t-il rapidement. Elle a été emportée là-bas, je crois bien, par un être volant invisible apparenté aux vampires, un vieil ennemi à moi, le Prince Faroomfar du haut Quai des Étoiles. Moi seul parmi nous tous ai les connaissances nécessaires pour me mesurer à lui.

Il eut l'impression, en un sens, qu'il voyait Skor pour la première fois : un homme plus grand que lui d'un pouce et plus jeune de cinq années, mais avec un début de calvitie et une barbe assez maigre aux poils roux mal plantés. Il avait eu le nez cassé. Il avait l'air d'un bandit prudent. Fafhrd dit :

— Dans le Désert Froid, près d'Illek-Ving, je t'ai engagé. A No-Ombrulsk, je t'ai nommé mon lieutenant et tu as juré avec les autres de m'obéir pour la durée du voyage aller et retour du *Faucon de mer*.

Il plongea son regard dans celui de l'autre.

— Maintenant, te voici mis à l'épreuve, car tu dois prendre le commandement pendant que je vais à la recherche de Mara. Continue à harasser les Mingols, mais évite les batailles rangées. Ceux de la Rade Froide sont nos amis, mais ne les rejoins dans leur fort que si tu ne peux pas faire autrement. Rappelle-toi que nous servons Dame Afreyt. Compris?

Skor fronça les sourcils, sans détacher son regard de celui de Fafhrd, puis fit un signe d'assentiment. Un seul.

— Bien! déclara Fafhrd, nullement certain que c'était vrai mais sachant qu'il faisait ce qu'il devait faire. La fumée du bateau incendié diminuait, les Mingols semblaient l'avoir sauvé. Skullick et son compagnon revinrent vers eux avec leurs arcs, un large sourire aux lèvres.

— Mannimark! appela Fafhrd. Donne-moi deux torches. Skullick!... la sacoche au briquet.

Il déboucla la ceinture qui soutenait son épée, Massue Grise. Il garda sa hache.

— Mes braves! dit-il en s'adressant à ses hommes. Je vais m'absenter pendant quelque temps. Le commandement est dévolu à Skor ainsi qu'en témoigne ce gage.

Il lui attacha Massue Grise au côté.

— Obéissez-lui loyalement. Tâchez de rester sains et saufs. Veillez à ce que je n'aie nulle raison de vous réprimander à mon retour.

Et, sans plus s'attarder, il s'éloigna sur le glacier en direction du Mont Lueur-d'Enfer.

Le Souricier se força à se lever dès qu'il fut éveillé et prit un bain froid avant son unique tasse de gaveh bouillant (ce qui indique assez son humeur). Il mit au travail son équipage entier, Mingols et voleurs de même, pour achever les réparations de l'*Épave,* les avertissant que le bateau devait être prêt à prendre la mer le lendemain matin au plus tard, en accord avec la prédiction du dieu Loki : « Dans trois jours les Mingols viendront. » Il vit avec une satisfaction grandissime que plusieurs d'entre eux souffraient d'un mal aux cheveux pire que le sien.

— Fais-les travailler, Pshawri, ordonna-t-il. Pas de pitié pour les paresseux et les tire-au-flanc!

L'heure était venue de rejoindre Cif pour saluer le départ de l'expédition terrestre conduite par Afreyt et Groniger. Il constata que les Givriliens étaient d'un entrain irritant, l'œil vif, bruyants et débordants d'énergie, et il y avait de quoi rire à voir Groniger s'affairer pour les passer en revue.

Cif et Afreyt avaient elles aussi l'œil clair et le visage souriant dans leurs beaux costumes roux et bleus, mais c'était nettement plus facile à supporter. Cif et le Souricier accompagnèrent un bout de chemin les voyageurs partant par voie de terre. Il nota avec amusement et approbation qu'Afreyt avait réquisitionné quatre hommes de Groniger pour porter une litière garnie de rideaux, sans toutefois y monter dès à présent. Ainsi donc elle lui faisait payer son accusation fausse (ou du moins malséante) de la veille, et traverserait les Terres de Mort dans un luxueux confort. Ce qui était plus dans son style à lui, Souricier.

Il se trouvait dans un état d'esprit bizarre, ayant

presque l'impression d'être spectateur de grands événements sans en être acteur. L'incident du discours mobilisateur qu'il avait fait la veille (ou plutôt de la harangue que le dieu Loki avait prononcée par sa bouche pendant son inconscience) et dont il ne pouvait ni se rappeler ni faire citer le moindre mot le turlupinait toujours. Il se sentait le serviteur insignifiant, le garçon de course, qui n'est jamais admis à connaître le contenu des messages scellés qu'on lui donne à transmettre.

Dans ce rôle d'observateur et de critique, il fut frappé par le pittoresque de l'armement de ces Givriliens piaffants et exubérants. Il y avait les bâtons, naturellement, et de lourdes lances à fer unique, mais aussi de fins harpons de pêche et de grandes fourches, des pics vicieusement recourbés et barbelés, et de longs fléaux où pendaient de lourds battoirs hérissés de pointes. Deux hommes portaient même de longues bêches au fer étroit et au tranchant acéré. Il en fit la remarque à Cif et elle lui demanda comment il avait armé sa propre bande de voleurs. Afreyt marchait un peu plus loin en avant. Ils approchaient de la Colline au Gibet.

— Avec des frondes, voyons, dit-il à Cif. Elles valent bien les arcs et sont beaucoup plus commodes à transporter. Comme celle-ci.

Et il lui montra la fronde de cuir suspendue à sa ceinture.

— Vous voyez ce vieux gibet là devant? Regardez.

Il choisit une balle de plomb dans sa sacoche, la plaça au centre de la courroie puis, visant rapidement mais avec soin, la fit tourner deux fois autour de sa tête et laissa aller. Le *clac* quand elle frappa la cible retentit avec une force et une sonorité inattendues. Quelques Givriliens applaudirent.

Afreyt revint précipitamment en arrière lui dire de ne pas recommencer, cela risquerait d'offenser le dieu Odin. « Peux rien faire de bien ce matin », se dit avec aigreur le Souricier.

Mais l'incident lui avait donné une idée. Il s'adressa à Cif :

— Dites-moi, peut-être est-ce que je démontrais le maniement de la fronde dans mon discours hier soir quand je faisais tourner le cube des procédés loyaux au bout de son fil. Vous rappelez-vous? Il m'arrive de m'enivrer de mes propres paroles et de ne plus en garder un souvenir bien net.

Elle secoua la tête.

— Peut-être, en effet, dit-elle. Ou peut-être évoquiez-vous le Grand Maelström qui va engloutir les Mingols Dextres. Oh, ce merveilleux discours!

Entre-temps, ils étaient parvenus à la hauteur de la Colline au Gibet et Afreyt avait fait arrêter le cortège. Il s'approcha d'elle à pas tranquilles en compagnie de Cif pour prendre congé : c'était à peu près jusqu'à cette distance qu'ils avaient projeté d'aller.

A sa grande surprise, il découvrit qu'Afreyt avait mis les deux hommes aux bêches et plusieurs autres à creuser autour du gibet, à le déterrer entièrement, et qu'elle avait aussi fait déposer la litière par ses porteurs devant le petit bosquet d'ajoncs du côté nord de la colline, et ouvrir ses rideaux. Comme il regardait, interdit, il vit les jeunes May et Bise sortir du bosquet, marchant avec lenteur et précaution et faisant comme si elles soutenaient quelqu'un, à ceci près qu'il n'y avait personne avec elles.

Les hommes au travail s'efforçaient de dégager le gibet en le faisant osciller; tous les autres étaient devenus silencieux et observaient attentivement.

A voix basse, Cif nomma les petites jeunes filles et expliqua au Souricier ce qui se passait.

— Vous voulez dire que c'est le dieu Odin qu'elles aident, et qu'elles peuvent le voir? chuchota-t-il à son tour. Je me souviens maintenant : Afreyt avait déclaré qu'elle l'emmènerait mais... Est-ce que vous le voyez, vous?

— Pas très distinctement avec ce soleil, admit-elle. Mais cela m'est arrivé au crépuscule. Afreyt dit que

Fafhrd a vu très nettement Odin à la tombée du jour, avant-hier soir. Le privilège de le voir bien n'est donné qu'à Afreyt et aux petites.

L'étrange et lente pantomine s'acheva bientôt. Afreyt coupa quelques branches d'ajonc épineuses et les plaça dans la litière (« Pour qu'il ne se sente pas dépaysé », expliqua Cif au Souricier), puis commença à tirer les rideaux, mais :

— Il me veut à l'intérieur avec lui, annonça Bise de sa voix enfantine.

Afreyt acquiesça d'un signe, la petite monta dans la litière avec un haussement d'épaules résigné, les rideaux furent enfin tirés, et le silence prit fin.

Seigneur, quelle idiotie! songea le Souricier. *Nous, illusions bipèdes, sommes prêts à croire n'importe quoi.* Et pourtant il s'avisa avec un certain malaise qu'il avait bonne mine à critiquer, lui qui avait entendu un dieu parler dans un feu et dont le propre corps avait été usurpé par un dieu. Des créatures dépourvues d'égards, ces dieux.

Dans une bousculade suivie d'une clameur, le gibet s'abattit et sa base jaillit du sol en faisant gicler la terre; une demi-douzaine de robuste Givriliens le hissèrent sur leurs épaules et s'apprêtèrent à le transporter ainsi, marchant en file indienne derrière la litière :

— Ma foi, ils pourront toujours l'utiliser comme bélier, je suppose, marmonna le Souricier.

Cif lui jeta un coup d'œil.

Des adieux définitifs furent alors échangés et d'ultimes messages confiés pour Fafhrd avec des assurances réciproques de courage jusqu'à la victoire et à la mort de l'envahisseur, puis l'expédition s'ébranla à grands pas cadencés, rythmiquement. Le Souricier qui, à côté de Cif, les regardait s'éloigner vers les Terres de Mort eut l'impression qu'ils fredonnaient : « Mingols à leur mort doivent aller », etc. et qu'ils accordaient leur marche à l'air de la ritournelle. Il se demanda s'il s'était mis à prononcer ces phrases tout haut et s'ils les avaient reprises après lui. Bah!

Mais ensuite lui et Cif s'en retournèrent seuls; il vit que la journée était belle, agréablement fraîche, avec la brise qui courbait les bruyères et les fleurs sauvages oscillant sur leurs tiges délicates, et son moral commença à remonter. Cif portait ses couleurs rousses sous forme d'une courte tunique au lieu de son pantalon habituel, sa chevelure sombre à reflets dorés pendait librement, ses mouvements étaient naturels et impulsifs. Elle était toujours sur la réserve, mais pas à la manière d'une conseillère, et le Souricier se souvint de l'émoi qu'il avait ressenti au baiser de la veille au soir avant de conclure que ce baiser n'avait pas de signification particulière. Deux lemmings gros et gras surgirent juste devant eux et se dressèrent sur leur arrière-train pour les examiner avant de disparaître à l'abri d'un buisson. En s'arrêtant pour ne pas leur marcher dessus, Cif trébucha, il la rattrapa et, au bout d'un instant, la serra contre lui. Elle s'abandonna un moment, puis s'écarta en lui souriant d'un air troublé.

— Souricier Gris, déclara-t-elle à mi-voix, je me sens attirée par vous, mais je vous ai dit combien vous ressemblez au dieu Loki, et la nuit dernière, quand vous avez galvanisé l'Ile avec votre magnifique éloquence, cette ressemblance était encore plus marquée. Je vous ai parlé aussi de ma répugnance à emmener le dieu chez moi (ce qui m'a incitée à engager Hilsa et Rill, deux démons familiers, pour prendre soin de lui). A présent, je me découvre, à cause de cette ressemblance, une hésitation analogue à votre égard, aussi peut-être vaut-il mieux que nous demeurions capitaine et conseillère jusqu'à ce que la protection de l'Ile de Givre soit assurée et que je puisse vous distinguer du dieu.

Le Souricier aspira une longue bouffée d'air et répliqua lentement qu'il supposait que cela valait mieux, tout en songeant que les dieux jetaient vraiment le trouble dans la vie privée des gens. Il était fortement tenté de lui demander si elle s'attendait à ce que *lui* aille chercher réconfort auprès d'Hilsa et de Rill (démones ou pas), mais doutait qu'elle soit portée à lui accorder à ce point-là les libertés d'un dieu (en admettant qu'il en ait envie), si grande que fût la ressemblance entre eux.

Dans cette impasse, il fut plutôt soulagé d'entrevoir une diversion par-dessus l'épaule de Cif et s'empressa de dire :

— A propos de démones, qui sont celles-ci qui arrivent du Havre Salé?

Cif se retourna et vit Rill et Hilsa accourir vers eux au milieu de la bruyère avec la Mère Grum se hâtant laborieusement à leur suite, grosse masse sombre contrastant avec leurs silhouettes aux vives couleurs. Bien qu'il fît grand jour depuis trois heures et plus, Rill portait une torche allumée. La flamme était difficile à voir dans le soleil, mais ils la devinaient à la façon dont son chatoiement faisait onduler la bruyère après son passage. Comme les deux ribaudes se rapprochaient, il devint évident qu'elles débordaient d'excitation et de nouvelles à raconter, lesquelles furent dites en réponse à une question du Souricier :

— Pourquoi voulez-vous éclairer le jour, Rill?

— Le dieu vient de nous parler à la minute, très clairement, dans le feu de l'Antre de la Flamme, disant : « Feu-Sombre, Feu-Sombre, emmène-moi au Feu-Sombre. Suis la flamme... », commença-t-elle.

Hilsa continua, l'interrompant :

— « ... suis-la quand elle tourne, tourne quand elle vire, elle fait tout en mon nom », a dit le dieu en crépitant.

Rill reprit :

— Alors j'ai allumé une torche neuve au foyer de l'Antre de la Flamme pour qu'il voyage dedans, et nous avons observé la flamme avec soin, nous avons marché dans la direction où elle s'inclinait, et elle nous a conduites à vous!

— Voyez, lança Hilsa comme la Mère Grum les rejoignait, maintenant la flamme veut que nous allions dans la montagne. Elle pointe par là-bas!

Et Hilsa tendit la main vers le nord, la cascade de glace et plus loin le pic de scories noir et silencieux, avec son plumet de fumée flottant vers l'ouest.

Cif et le Souricier, plissant les paupières, regardèrent avec application la flamme fantomatique de la torche. Au bout d'un instant :

— La flamme s'incline, en effet, commenta le Souricier, mais je crois que c'est simplement parce qu'elle brûle inégalement. Quelque chose dans le grain du bois ou dans ses huiles et ses résines...

— Non, pas de doute, elle nous fait signe d'aller vers le Feu-Sombre, s'écria Cif avec excitation. Marche en tête, Rill.

Et les femmes obliquèrent toutes vers le nord en direction du glacier.

— Mais le temps nous manque pour une promenade en montagne, mesdames, protesta le Souricier. Il y a les préparatifs pour la défense de l'Ile et l'embarquement demain contre les Mingols.

— Le dieu a commandé, lui jeta Cif par-dessus son épaule. Il sait ce qui convient.

La Mère Grum déclara de sa voix grommelante :

— Je suis sûre qu'il a l'intention de nous mener plus près que le sommet. Aller en rond va plus vite que tout droit, je gage.

Et sur cette remarque déconcertante, les femmes poursuivirent leur chemin; le Souricier haussa les épaules et fut bien obligé de suivre en se disant que ces femmes étaient folles de se précipiter derrière un branchage enflammé comme si c'était le dieu en personne, même si la flamme se courbait effectivement d'une façon des plus curieuses. (Et lui, Souricier, avait effectivement entendu le feu parler, l'avant-veille.) Bah, de toute façon, sa présence n'était pas indispensable pour les réparations d'aujourd'hui sur l'*Épave :* Pshawri pouvait diriger l'équipage aussi bien que lui, ou du moins suffisamment bien. Mieux valait garder un œil sur Cif pendant qu'elle était en proie à cette crise bizarre et veiller à ce qu'aucun mal n'advienne ni à elle ni à ses trois vestales si étrangement assorties.

Douce, forte, intelligente, ravissante, cette Cif, quand elle n'était pas sous une emprise divine. Seigneur, quels employeurs incommodes, exigeants, vétilleux étaient ces dieux, jamais en repos. (Pas de risque à ruminer ce genre de pensée, se dit-il, les dieux ne peuvent pas lire les pensées, chacun a au moins cela pour lui, mais ils peuvent surprendre le plus petit mot que vous murmurez, et sans doute tirent-ils des déductions de vos sursauts et grimaces.)

Des profondeurs de son crâne monta la lassante, l'obsédante mélopée : « Mingols à leur mort doivent aller » et il fut presque reconnaissant envers la malicieuse petite ritournelle d'occuper son esprit troublé par les lubies des dieux et des femmes.

L'air devint glacial; ils arrivèrent à la cascade de glace, précédée d'un arbre mort rabougri et d'une surrection de roc violet sombre, presque noir, arrondie en monticule et entourant une ouverture plus noire encore, béante et haute comme une porte.

Cif dit :

— Il n'y avait pas ça ici, l'an dernier.

La Mère Grum grommela :

— Glacier l'a mise à découvert en reculant.

Rill s'exclama :

— La flamme s'incline vers la grotte!

Cif conclut :

— Allons-y, descendons.

Hilsa chevrota :

— C'est obscur.

Et la Mère Grum grommela :

— N'ayez pas peur. L'obscurité est parfois le meilleur éclairage, et la descente le meilleur moyen de monter.

Le Souricier ne perdit pas de temps en paroles, il cassa trois branches sur l'arbre mort (la torche de Loki ne durerait pas éternellement) et, les plaçant sur son épaule, courut rejoindre les femmes à l'intérieur du rocher.

Fafhrd escaladait obstinément la dernière pente de pierre glacée, apparemment interminable, avant la ligne des neiges du Mont Lueur-d'Enfer. La lumière orange du soleil rasant l'horizon frappait son dos sans le réchauffer et baignait le flanc de la montagne et le pic sombre au sommet avec son panache de fumée floue flottant vers l'est. Le rocher était dur comme du diamant et offrait de nombreuses prises faites pour l'ascension, mais Fafhrd était fatigué et commençait à se reprocher d'avoir abandonné ses hommes en péril (ce n'était finalement pas autre chose) pour se lancer dans une folle équipée romanesque. Le vent soufflait de l'ouest, par le travers de sa ligne de montée.

Voilè ce qui arrivait quand on emmenait une gamine dans une expédition dangereuse et qu'on écoutait les femmes, ou plutôt une femme. Afreyt avait été si sûre d'elle, montrant une telle autorité souveraine, qu'il avait fait ce qu'elle voulait en oubliant son propre point de vue. Voyons, il courait maintenant après Mara surtout par crainte de ce qu'Afreyt penserait de lui s'il arrivait quoi que ce soit à la petite. Oh, il savait bien qu'il s'était trouvé une justification ce matin en s'attribuant cette tâche au lieu d'y envoyer deux de ses hommes. Il avait conclu sans chercher plus loin que c'était le Prince Faroomfar qui avait enlevé Mara et (Afreyt et Cif lui ayant raconté qu'elles avaient été sauvées des maléfices de Khahkht par des princesses volantes de la montagne) il avait eu l'espoir que la Princesse Hirriwi, sa bien-aimée d'une nuit merveilleuse de jadis, surviendrait à point nommé, indiscernable sur son poisson-des-airs invisible, pour lui offrir son aide contre son frère détesté.

Voilà encore ce qu'il y a d'ennuyeux avec les femmes, elles ne sont jamais là quand on le veut ou quand on en a vraiment besoin. Elles s'aident mutuellement, certes, mais elles attendent des hommes qu'ils accomplissent toutes sortes de tours de force impossibles pour prouver qu'ils sont dignes du grand cadeau de leur amour (et qu'est-ce que c'est quand on y réfléchit? un bref corps-à-corps avec contorsions dans le noir, illuminé seulement par la muette, l'incompréhensible perfection d'un sein gracieux, qui vous laisse hébété et triste).

La voie devenait plus abrupte, la lumière plus rouge et ses muscles lui faisaient mal. Au train où il allait, l'obscurité le surprendrait sur la face rocheuse et, ensuite, la lune montante serait cachée pendant au moins deux heures par la montagne.

Était-ce seulement à cause d'Afreyt qu'il allait chercher Mara? N'était-ce pas aussi parce qu'elle portait le même nom que la première femme qu'il avait aimée — pour l'abandonner avec son enfant à naître quand il avait quitté la Carre Glacée et s'en aller avec une autre femme, qu'il avait aussi abandonnée — ou conduite à sa mort sans le vouloir, ce qui revenait en réalité au même [1]? Ne cherchait-il pas à apaiser la Mara de jadis en sauvant cette Mara enfant? Voilà encore ce qu'il y a d'empoisonnant avec les femmes, ou du moins avec les femmes que vous aimez ou avez aimées, elles ne cessent de vous donner un sentiment de culpabilité, même après leur mort. Que vous les aimiez ou non, vous êtes enchaîné invisiblement par toutes les femmes qui vous ont enflammé.

Et même *ça*, est-ce que c'était la raison fondamentale qui l'incitait à partir à la recherche de la petite Mara? se demanda-t-il en forçant son analyse à pénétrer dans le recoin caché suivant, de même qu'il forçait ses mains en train de s'engourdir à chercher de nouvelles prises sur la face toujours plus escarpée dans la clarté rouge sombre. Est-ce qu'en réalité il ne se sentait pas excité quand il pensait à elle, exactement comme le dieu Odin dans sa lubricité sénile? Ne s'en allait-il pas, lui et pas un autre, en quête de Faroomfar parce qu'il sentait dans le prince un lascif rival pour ce délicat morceau de chair juvénile?

1. Voir « Les Femmes des neiges » in *Épées et démons* (Cycle des Épées, tome I).

N'était-ce pas d'ailleurs la juvénilité d'Afreyt, sa minceur miraculeuse pour une si haute taille, la petitesse de ses seins prometteurs, les récits de pillages imaginaires qu'elle inventait avec Cif dans son enfance, le romanesque de ses yeux violets, sa crânerie insouciante, n'était-ce pas tout cela qui l'avait attiré déjà là-bas dans Lankhmar? Cela et son argent givrilien l'avaient enchaîné et entraîné sur cette voie parfaitement inappropriée pour lui où il était devenu le capitaine responsable d'une troupe, lui qui avait été toute sa vie un loup solitaire, sans autre compagnon que le Souricier, léopard solitaire. Et voici qu'il était revenu à ses habitudes premières, abandonnant ses hommes. (Les dieux veuillent que Skor garde la tête froide et qu'au moins une partie des enseignements et des conseils de prudence de Fafhrd produisent des résultats!) Mais, oh! cet asservissement de toute une vie aux femmes, capricieuses, inconstantes, petites démones habiles à tendre des pièges sous vos pas! Belettes blanches au cou fin, aux dents pointues, perpétuellement en mouvement, belettes aux yeux émouvants de lémures!

Sa main qui avançait à tâtons se referma sur le vide et il réalisa que dans son acharnement à se fustiger il était arrivé au sommet de la pente sans s'en apercevoir. Avec une tardive prudence, il haussa la tête jusqu'à ce que son regard passe juste par-dessus le rebord. Les derniers rayons rouge sombre du soleil lui montrèrent une corniche jonchée de débris de schiste, large d'environ trois mètres, puis la montagne qui continuait à se dresser à pic et sans neige. En face de lui, sur cette nouvelle paroi verticale, se trouvait un vaste renfoncement, peut-être une entrée de caverne, qui avait la même largeur que la corniche et deux fois sa hauteur. La porte dans la montagne était parfaitement obscure, mais il distinguait le rouge vif du manteau de Mara, son capuchon levé et, à l'intérieur du capuchon, ombré par lui, son petit visage aux joues très pâles, aux yeux très foncés — au vrai, une tache noire dans l'obscurité — qui regardaient dans sa direction.

Il se hissa sur la corniche en s'aidant des pieds et des mains, inspecta les alentours avec méfiance, puis se dirigea vers Mara en prononçant tout bas son nom. Elle ne réagit ni par la voix ni par le geste mais continua à le fixer. Une chaude brise fleurant le soufre soufflait de la montagne et souleva son manteau. Fafhrd pressa le pas et, avec le sentiment croissant d'aller au-devant d'une horreur inconnue, il tira brusquement le manteau de côté et découvrit un petit crâne souriant fiché au sommet d'une croix de bois à l'étroite barre transversale, haute d'environ un mètre vingt.

Fafhrd recula jusqu'à la corniche, le souffle coupé. Le soleil s'était couché et le ciel gris semblait plus immense et plus lumineusement clair sans ses rayons. Le silence était profond. Fafhrd suivit des yeux la corniche d'un côté puis de l'autre, sans rien trouver. Alors il sonda à nouveau du regard la caverne et sa mâchoire se crispa. Il prit son briquet à silex, ouvrit le petit sac d'amadou et alluma une torche. Puis, la levant haut dans sa main gauche, tenant avec souplesse dans sa main droite la hache qu'il avait détachée de sa ceinture, il s'avança dans la caverne vers le cœur de la montagne, passant près de l'effrayant petit épouvantail, évitant de marcher sur le manteau rouge dont il l'avait dépouillé, et il s'enfonça dans le couloir aux parois étrangement lisses, assez large et assez haut pour un géant — ou un homme ailé.

Le Souricier aurait été fort en peine de dire depuis combien de temps il marchait sur les talons des quatre femmes envoûtées par leur dieu dans la caverne étrangement semblable à un tunnel qui les emmenait de plus en plus profondément sous le glacier vers le cœur du volcan Feu-Sombre. Assez longtemps, en tout cas, pour qu'il fende et refende les extrémités les plus larges des trois branches mortes qu'il portait, de façon qu'elles s'enflamment aisément. Et certainement assez longtemps pour être plus qu'excédé du chant de mort des Mingols, ou de la ritournelle mingole qui à présent ne résonnait pas seulement dans son esprit mais était entonnée par les quatre femmes extasiées comme une chanson de marche (ou plutôt de course), exactement comme avaient paru le faire les hommes de Groniger. Bien sûr, dans ce cas-ci, il n'avait pas besoin de se demander où elles l'avaient prise, car elles l'avaient toutes entendue en même temps que lui l'avant-veille dans l'Antre de la Flamme, quand le dieu Loki avait semblé parler dans le feu, mais cela ne la rendait ni plus facile à supporter ni même un rien moins assommante.

Au début, il avait tenté de discuter avec Cif qui se hâtait avec les autres comme une ménade déchaînée, soulignant l'imprudence qu'il y avait à s'aventurer aussi témérairement dans une caverne aux détours inconnus, mais elle s'était contentée de désigner la torche de Rill en disant :

— Voyez comme elle s'allonge vers l'avant. Le dieu nous commande — et elle s'était remise à psalmodier.

Au vrai, la flamme se courbait manifestement en avant d'une manière fort peu naturelle, alors qu'elle aurait dû être rabattue en arrière par la rapidité de leur course, et elle durait aussi plus longtemps qu'une torche ordinaire. Le Souricier avait donc tâché de se rappeler de son mieux le chemin qu'ils suivaient à travers le rocher qui, d'abord froid comme on pouvait s'y attendre du fait de la glace qui le couvrait, était devenu indéniablement plus chaud, tandis que l'air qui le réchauffait s'imprégnait d'un faible relent de soufre.

En tout cas, se dit-il, rien ne l'obligeait à aimer cette sensation d'être l'instrument et le jouet de forces mystérieuses infiniment plus puissantes que lui-même et si méprisantes qu'elles ne daignaient même pas l'informer des paroles qu'elles proféraient par son truchement (cette histoire de discours qu'il avait prononcé sans en entendre un mot le turlupinait de plus en plus). Et surtout il n'avait pas à célébrer cette servitude envers l'impénétrable, comme le faisaient ces femmes, en répétant bêtement des paroles de mort et de fatalité.

Il n'aimait pas non plus l'impression d'être sous la coupe de femmes et absorbé de plus en plus dans leurs affaires, comme il en avait le sentiment depuis qu'il avait accepté la mission de Cif trois mois auparavant à Lankhmar, ce qui l'avait à son tour lié à Pshawri, à Mikkidu et au reste de ses hommes, ainsi qu'à ses ambitions et à son amour-propre.

Mais surtout il n'aimait pas se sentir asservi à sa réputation d'être prodigieusement malin sachant contrer tous les dieux grands et petits, et de qui chacun attendait des exploits divins. Pourquoi ne pouvait-il reconnaître au moins devant Cif qu'il n'avait pas entendu un mot de son discours prétendument miraculeux? Et s'il était capable de déjouer tous les mauvais sorts, pourquoi ne pouvait-il se résoudre à cet aveu si simple?

Le tunnel où ils avançaient depuis si longtemps déboucha dans un emplacement apparemment bien plus vaste empli de vapeurs, et soudain ils furent arrêtés par une grande paroi qui avait l'air de se prolonger indéfiniment vers le haut de tous les côtés.

Les femmes interrompirent leur chant de malheur et Rill s'exclama :

— Où, maintenant, Loki?

Ce que Hilsa répéta en chevrotant. La Mère Grum grommela :

— Indique-nous ça, paroi.

Et Cif clama d'une voix forte :

— Parle, ô dieu.

Et, tandis que les femmes disaient ces choses, le Souricier s'avança rapidement sur la pointe des pieds et posa la main sur la paroi. Elle était si brûlante qu'il faillit retirer sa main, mais ne le fit pas et, à travers sa paume et ses doigts écartés, il perçut une puissante pulsation régulière, un rythme dans le roc, exactement comme si ce roc entonnait aussi la mélopée des femmes.

Alors, comme en réponse à leur prière, la torche de Loki, qui avait brûlé jusqu'à n'être guère plus qu'un tronçon, lança subitement une haute flamme à sept branches, à l'éclat presque intolérable (c'est merveille que Rill ait pu la tenir!), éclairant l'effrayante immensité de la paroi rocheuse. A l'instant même où elle jetait sa flamme, le roc parut se soulever prodigieusement sous la main du Souricier à chaque pulsation de son chant et le sol se mit à osciller en mesure. Puis la grande face rocheuse ballonna, la chaleur devint pareillement prodigieuse et le relent de soufre augmenta au point qu'ils se mirent tous à suffoquer et à tousser, tandis que leur imagination leur faisait prévoir un tremblement de terre et l'invasion de la caverne par des flots de lave incandescente jaillie du cœur de la montagne.

Il est tout à l'honneur de la prudence du Souricier qu'en cette courte période de panique et de surprise terrifiée il ait eut l'idée de plonger dans la flamme aveuglante une de ses branches tailladées. Et heureusement qu'il le fit, car la grande flamme-dieu mourut aussi vite qu'elle avait flamboyé, ne laissant après elle que le faible éclairage de la branche de bois mort ordinaire qui brûlait les mains. Rill laissa choir le tronçon éteint de sa torche entièrement consumée avec un cri de douleur, comme si elle sentait seulement la cuisson infligée par la torche, tandis qu'Hilsa poussait de petits cris plaintifs et que toutes les femmes, éperdument, essayaient de s'orienter à tâtons.

Alors, comme s'il était normal que le commandement passe au Souricier avec la torche, il commença à les ramener par le chemin qu'ils avaient emprunté pour venir, fuyant les émanations suffocantes, le long des couloirs désormais pleins d'ombres déconcertantes dont lui seul avait mémorisé le dédale et qui résonnaient toujours de la terrible musique de pierre accompagnant la lueur, une symphonie de mort prodigieusement réverbérée par la roche compacte, avançant vers la bénédiction de la lumière du dehors, de l'air, du ciel et des champs et la bienheureuse mer.

Elle ne s'était pas bornée à cela, la prudence clairvoyante du Souricier (si clairvoyante qu'il ne discernait pas toujours son but). En effet, au moment de la pire panique, quand le bout de la torche de Loki était tombé de la main de Rill, il avait pensé à le ramasser vivement sur le sol rocheux et à le fourrer, tison noirci et brûlant, au fond de la sacoche. Ce tison lui rôtit un peu les doigts, il s'en aperçut après, mais par chance il n'était pas assez ardent pour que la sacoche prenne feu.

Afreyt était assise sur un rocher couvert de lichen à côté de la litière, dans le large défilé qui se trouvait au sommet des Terres de Mort — près de l'endroit où Fafhrd avait rencontré pour la première fois les Mingols, ce qu'elle ignorait d'ailleurs — avec son manteau gris ramené autour d'elle; elle se reposait. De temps à autre un vent d'est, dont le froid semblait celui du ciel violet, faisait frémir les rideaux fermés de la litière. Ses porteurs avaient rejoint leurs compagnons près d'un des petits feux allumés en tête et en queue de la colonne, alimentés avec du bois transporté à cet effet pour chauffer le ragoût de poissons pendant cette halte nocturne. Le gibet avait été installé selon les instructions d'Afreyt, sa base et le bras de la potence coincés dans le rocher, de sorte qu'il reposait comme un « L » renversé, son angle se dressant au-dessus de la litière à la façon d'un toit crochu ou d'une poutre faîtière avec un seul poinçon.

Il y avait encore assez de clarté crépusculaire à l'ouest pour qu'elle se demande si c'était de la fumée qu'elle voyait dériver vers l'est au-dessus de l'étroit cratère du Mont Lueur-d'Enfer, tandis qu'à l'est froid il faisait suffisamment noir pour qu'elle distingue, elle en était presque sûre, une faible lueur émanant de celui du Mont Feu-Sombre. Le vent d'est se remit à souffler, elle courba le dos et ramena plus étroitement contre ses joues le capuchon de son manteau.

Les rideaux de la litière s'écartèrent un instant, May se glissa au-dehors et vint se planter devant Afreyt.

— Qu'est-ce que tu as autour du cou? demanda-t-elle à la petite.

— C'est un nœud coulant, expliqua celle-ci avec de l'ardeur mais une certaine solennité. Je l'ai tressé, Odin m'a montré comment faire le nœud. Nous allons tous devenir membres de l'Ordre du Nœud Coulant, nous avons inventé ça cet après-midi, Odin et moi, pendant que Bise faisait la sieste.

Afreyt avança une main hésitante vers le cou frêle de la jeune fille et inspecta la boucle en tresse épaisse avec une fascination empreinte de malaise. Oui, il n'y avait pas à s'y méprendre, c'était le nœud cruel du bourreau, assez serré, orné d'un bouquet de petites fleurs de la montagne, légèrement flétries, cueillies le matin sur les pentes inférieures.

— J'en ai fait un pour Bise, reprit la petite. D'abord, elle ne voulait pas le mettre parce que j'ai aidé à l'inventer. Elle était jalouse.

Afreyt secoua la tête avec réprobation, bien qu'elle eût l'esprit ailleurs.

— Tiens, poursuivit May en levant la main qui pendait jusque-là collée contre son côté sous le manteau. J'en ai fabriqué un pour toi, un peu plus grand. Regarde, il a aussi des fleurs. Enlève ton capuchon. Tu le porteras sous tes cheveux, bien sûr.

Afreyt plongea longuement son regard dans les yeux candides de la petite. Puis elle retira son capuchon, baissa la tête et l'aida à soulever ses cheveux pour les passer dedans. Se servant de ses deux mains, May ajusta le nœud à la base de la gorge d'Afreyt.

— Voilà, dit-elle, c'est comme cela qu'il faut le porter, ajusté mais pas trop serré.

Pendant que ceci se passait, Groniger était arrivé avec trois gamelles et une bassine contenant du ragoût de poissons. Quand l'affaire des nœuds coulants lui eut été expliquée, il déclara avec un large sourire en haussant les sourcils :

— Une idée sensationnelle ! Voilà qui en remontrera aux Mingols, qui leur fera voir ce qui les attend. Quel discours magnifique le Petit Capitaine nous a tenu, hein ?

Afreyt hocha la tête, en regardant un instant Groniger du coin de l'œil.

— Oui, dit-elle, ses merveilleuses paroles.

Groniger la regarda de la même façon.

— Oui, ses merveilleuses paroles.

May dit :

— J'aurais bien aimé l'entendre.

Groniger leur distribua les gamelles et servit prestement l'épaisse soupe fumante.

May dit :

— Je vais porter la sienne à Bise.

Groniger conseilla d'un ton bourru à Afreyt :

— Mangez pendant que c'est chaud. Ensuite, reposez-vous un peu. Nous partirons au lever de la lune, d'accord ?

Et comme Afreyt hochait la tête, il s'éloigna d'un air assez avantageux, fredonnant d'une voix basse la mélopée qui avait rythmé leur marche toute la journée, celle du Souricier, ou plutôt de Loki.

Afreyt fronça les sourcils. En temps normal, elle avait toujours considéré Groniger comme un homme grave, morne, mais maintenant il se conduisait presque en bouffon. Est-ce que l'expression « prodigieusement comique » n'était pas trop forte ? Elle secoua lentement la tête. Tous les Givriliens devenaient comme cela, rustres et grotesques et en quelque sorte plus grands. Peut-être était-ce la fatigue qui lui faisait voir les choses déformées et grossies, se dit-elle.

May revint, elles sortirent leurs cuillères et attaquèrent leur portion.

— Bise a voulu manger à l'intérieur, expliqua spontanément la petite au bout d'un instant. Je crois qu'elle et Odin sont en train de mijoter quelque chose.

Elle haussa les épaules et se remit à jouer de la cuillère. Un peu plus tard :

— Je vais fabriquer des nœuds coulants pour Mara et le Capitaine Fafhrd.

Finalement, elle racla sa gamelle, la posa de côté et demanda :

— Cousine Afreyt, est-ce que tu penses que Groniger est un troll?

— Qu'est-ce qu c'est que ça? questionna Afreyt.

— Un mot qu'utilise Odin. Il dit que Groniger est un troll.

Bise sortit tout excitée de la litière avec sa gamelle vide, se souvenant toutefois de tirer les rideaux derrière elle.

— Odin et moi, nous avons inventé une chanson de marche pour nous! annonça-t-elle, empilant sa gamelle sur celle de May. Il dit que le chant de l'autre dieu est parfait, mais qu'il doit en avoir un à lui. Écoutez, je vais vous le chanter. Il est plus court et plus vif que l'autre.

Elle grimaça dans sa concentration.

— C'est comme un tambour, expliqua-t-elle avec empressement.

Puis, frappant le sol du pied :

— Marche, marche, sur les Terres de Mort. Va, va, sur les Terres du Décret. Décret!... tue les Mingols! Décret... mort aux héros! Décret! Décret! Décret! Glorieux Décret!

Sa voix était devenue carrément retentissante quand elle eut fini.

— « Glorieux Décret »? répéta Afreyt.

— Oui. Allez, May, chante avec moi.

— Je n'en ai pas envie.

— Oh, allons. Je porte ton nœud coulant, non? Odin dit que nous devrions tous le chanter.

Comme les deux petites répétaient le chant de leurs voix aiguës avec un enthousiasme croissant, Groniger survint en compagnie d'un autre Givrilien.

— C'est bon, ça, dit-il en ramassant les gamelles. Ce Glorieux Décret est bien trouvé.

— J'aime celui-ci, renchérit l'autre. « Décret... tue les Mingols! », répéta-t-il d'un ton approbateur.

Ils s'en allèrent en le chantant à voix basse.

La nuit s'obscurcit. Le vent se leva. Les fillettes devinrent silencieuses.

May dit :

— Il fait froid. Le dieu va geler. Bise, nous ferions mieux de rentrer. Ça ira, cousine Afreyt?

— Oui, très bien.

Les rideaux s'étaient refermés derrière elles depuis un moment quand May passa la tête au-dehors.

— Le dieu t'invite à venir avec nous à l'intérieur, cria-t-elle à Afreyt.

Celle-ci sentit la respiration lui manquer. Puis elle s'efforça de prendre son ton le plus calme pour répondre :

— Remercie le dieu, mais dis-lui que je veux rester ici... pour monter la garde.

— D'accord, dit May.

Et les rideaux se refermèrent.

Afreyt crispa ses mains sous son manteau. Elle n'avait avoué à personne, pas même à Cif, que depuis quelque temps Odin s'estompait. C'est à peine si elle distinguait encore un contour nébuleux. Elle entendait toujours sa voix, mais cette voix avait commencé à faiblir, à se perdre dans le gémissement du vent. Au début, le dieu avait été très réel en ce jour de printemps où elle et Cif l'avaient découvert, et avaient découvert qu'il y avait deux dieux. Il paraissait alors très près de la mort, et elle avait concentré tous ses efforts pour le sauver. Elle avait éprouvé une véritable adoration, comme s'il était quelque saint héros antique ou son cher père défunt. Et quand il avait promené sur elle une main tâtonnante et murmuré d'un ton déçu (c'était l'impression qu'il donnait) : « Tu es plus vieille que je ne croyais », avant de plonger dans le sommeil, son adoration avait été contaminée par l'horreur et la répulsion. Elle avait eu l'idée d'embrigader les petites (cela faisait-il d'elle un monstre? Eh bien, peut-être) et ensuite elle s'en était très bien tirée, elle avait gardé ses distances.

Puis il y avait eu les émotions du voyage à Lankhmar, les périls de la magie des glaces de Khahkht, les Mingols et de nouveau l'émotion de l'arrivée du Souricier et de Fafhrd, et la certitude que Fafhrd ressemblait réellement à Odin en plus jeune — est-ce cela qui avait fait s'estomper Odin et s'amenuiser sa voix en un murmure? Elle ne le savait pas, mais ce dont elle était sûre, c'est que cela avait contribué à tout rendre torturant et déroutant, et qu'elle n'aurait pas pu supporter de monter dans la litière ce soir. (Oui, elle était un monstre.)

Elle ressentit une vive douleur au cou et s'aperçut que dans son agitation elle avait tiraillé l'extrémité du nœud coulant qui pendait sous son manteau. Elle desserra le nœud et se contraignit à rester immobile. La nuit était complète à présent. Oui, il y avait bien des flammes à peine perceptibles qui scintillaient au sommet du Feu-Sombre et du Lueur-d'Enfer. Elle entendait des bribes de conversations provenant des feux de camp et des fragments du nouveau chant de marche, et les rires qui accompagnaient la propagation de ce chant. La température était glaciale, mais Afreyt ne bougea pas. L'horizon prit une teinte argentée, le rayonnement laiteux grandit en s'arrondissant et la lune blanche enfin fit lentement son apparition.

Le camp se mit alors en mouvement et, au bout d'un moment, les porteurs vinrent dégager le gibet d'Odin, pour l'emporter ainsi que la litière, et Afreyt se leva, dérouillant ses jointures raidies et tapant ses pieds engourdis pour les réchauffer; puis tous partirent vers l'ouest au milieu des rochers argentés par la lune, portant sur l'épaule leurs armes pittoresques et les deux fardeaux plus volumineux. Quelques-uns boitaient un peu (somme toute, c'étaient des marins, qui n'avaient pas les pieds faits à la marche) mais ils avançaient tous d'un pas vif au rythme du nouveau chant d'Odin, courbant le dos sous le vent d'est, qui à présent soufflait fort et de façon régulière.

Fafhrd venait d'allumer sa seconde torche à la braise de la première et l'air ambiant était devenu plus chaud quand le haut couloir qu'il suivait déboucha dans une caverne si vaste que la lumière qu'il portait y parut perdue. Le bruit que fit en heurtant le rocher le bout de torche dont il se débarrassait éveilla de faibles échos lointains et Fafhrd s'immobilisa, regardant avec attention autour de lui. Alors il commença à voir une multitude de points lumineux comme des étoiles, là où des parcelles de mica dans la pierre née du feu reflétaient sa torche et, au second plan, une colonne irrégulière en pierre mouchetée de mica avec au sommet un petit paquet clair qui attira son attention. Puis, au-dessus de sa tête, il entendit le battement de grandes ailes, un silence, un autre battement, comme si un grand vautour décrivait des cercles dans l'obscurité de la caverne.

Il cria en direction du pilier : « Mara! » et les échos lui répondirent mais parmi eux, aigu et faible, il entendit son propre nom et les échos de son nom. Il sentit que le battement d'ailes avait cessé et que l'une des hautes étoiles de mica devenait de plus en plus brillante, comme si elle plongeait droit sur lui; il entendit un sifflement pareil à celui que produirait un grand faucon qui s'abat.

Il rejeta tout son corps de côté pour éviter l'épée étincelante qui fonçait sur lui et simultanément abattit sa hache juste derrière. La torche lui fut arrachée de la main, quelque chose qui ressemblait à une voile de cuir le plaqua à genoux, il y eut un grand battement d'ailes, très près, un autre encore, puis un hurlement strident d'homme au paroxysme de la souffrance et ce hurlement, dans son extrême intensité, comportait une note de fureur.

En se redressant, Fafhrd vit sa torche flamboyer sur le sol rocheux et, plantée sur elle, l'épée luisante qui l'avait arrachée de sa main. Les battements d'ailes et les hurlements s'éloignaient. Il posa sa botte sur le manche de la torche, se préparant à en extirper l'épée, mais, au moment où il allait empoigner celle-ci, ses doigts rencontrèrent une main écailleuse, plus fine que la sienne, qui tenait l'épée serrée et (ses doigts en explorant le constatèrent) trempée d'une humidité chaude au poignet, à l'endroit où il avait été tranché net. Aussi bien la main que le sang étaient invisibles, en sorte que les doigts de Fafhrd touchaient et sentaient, mais ses yeux voyaient seulement la poignée de l'épée, les deux quillons droits de la traverse de sa garde en argent, le pommeau d'argent en forme de poire et le manchon de cuir noir entouré d'une tresse de fils d'argent.

Il entendit son nom prononcé d'une voix hésitante juste derrière lui et, se retournant, il vit Mara debout dans sa robe blanche, la mine abattue et désorientée comme si elle avait été enlevée à l'instant du haut de la colonne et déposée là. Au moment où il prononçait son nom à son tour, une voix jaillit près de Mara et légèrement au-dessus d'elle, parlant du ton glacial et déconcertant d'une voix connue et chère devenue une voix de cauchemar chargée de haine.

Hirriwi, la princesse invisible de la montagne, disait :

— Malheur à toi, barbare, pour être revenu dans le nord sans d'abord présenter tes hommages au Quai des Étoiles. Malheur à toi pour avoir répondu à l'appel d'une autre femme, bien que nous soyons favorables à sa cause. Malheur à toi qui abandonnes tes hommes pour courir après cette gamine, que nous aurions (et avons) sauvée sans toi. Malheur pour t'être ingéré dans les affaires des démons et des dieux. Et malheur sur malheur pour avoir frappé et mutilé un prince du Quai des Étoiles, à qui nous sommes unies par des liens plus solides que l'amour et la haine, bien qu'il soit notre ennemi favori. Une tête pour une tête et une main pour une main, songez-y. Cinq fois malheur !

Pendant cette tirade, Mara s'était approchée de Fafhrd qui, agenouillé le buste droit, le visage agité de tressaillements, regardait et écoutait attentivement le vide. Il avait passé un bras autour de ses épaules et ensemble ils contemplaient l'obscurité qui parlait.

Hirriwi continua d'une voix moins chargée de violence incantatoire mais tout aussi glacée :

— Keyaira guérit et réconforte notre frère, je vais aller les rejoindre. A l'aube, nous te ramènerons sur notre poisson-des-airs vers les tiens, et là tu connaîtras ton sort. En attendant, repose-toi dans la chaleur du Feu-d'Enfer, qui ne présente pas encore de danger pour toi.

Sur quoi elle se tut et il y eut le bruit de son départ. La torche vacillait, sa flamme basse, presque consumée, et une grande lassitude s'empara de Fafhrd et de Mara, ils s'étendirent côte à côte et le sommeil fut tiré sur eux depuis leurs orteils jusqu'à leurs yeux. La dernière réflexion de Fafhrd fut de se demander pourquoi il était si ému que Mara, recroquevillée près de son épaule, serre sa main gauche entre ses deux mains.

Le lendemain, le Havre Salé s'affaira si tôt et si frénétiquement, si fantastiquement, à ses préparatifs pour le grand embarquement qu'on aurait eu du mal à discerner où s'arrêtaient les inspirations de cauchemar et de rêve fiévreux et où commençaient celles d'une journée aux yeux (espérons-le) bien ouverts. Même les « étrangers » étaient imprégnés par l'ambiance, comme s'ils avaient entendu eux aussi dans leurs songes le chant de Mort-aux-Mingols, de sorte que le Souricier avait été contraint quoi qu'il en fût d'armer le *Faucon de mer* de Fafhrd avec les plus ardents d'entre eux sous la conduite de Bomar, leur « maire », et du tavernier ilthmarien. Il leur donna Pshawri comme capitaine avec la moitié des voleurs pour soutenir son autorité et deux des Mingols, Trenchi et Gavs, pour l'aider à diriger le bateau.

— Rappelle-toi, le maître à bord, c'est toi, dit-il à Pshawri. Arrange-toi pour que ça leur plaise ou qu'ils fassent comme si... et maintiens-toi au vent de mon bateau.

Pshawri, la plaie de son front à peine refermée et encore rose, hocha la tête d'un air déterminé et s'en alla prendre son poste. Au-dessus de la falaise de sel, le ciel à l'est avait la teinte rouge qui est le signe fatidique du lever du soleil, tandis que les ténèbres de la nuit s'attardaient encore à l'ouest. Le vent d'est soufflait avec force.

De l'arrière de l'*Épave*, le Souricier passa en revue le port en effervescence et sa flotte de bateaux de pêche transformés en bateaux de guerre. Franchement, ils avaient une assez inquiétante allure, avec leurs ponts, encombrés naguère par des monceaux de poissons, maintenant hérissés de piques et de diverses armes improvisées comme il en avait vues la veille sur l'épaule des hommes de Groniger. Quelques-uns portaient, solidement fixées sur leur beaupré, d'énormes lances de cérémonie (des poutres à pointe de bronze, en réalité) destinées à servir de béliers, supposa-t-il, que les Parques leur soient clémentes! Tandis que d'autres avaient envergué des voiles rouges et noires, pour annoncer, pensa-t-il, leurs intentions sanguinaires et sinistres — le pêcheur le plus rassis est un pirate en puissance, c'est certain. Trois étaient à moitié enveloppés de filets de pêche, protection contre les volées de flèches? Les deux plus grands bâtiments étaient commandés par Downe et Zwaakin, ses vice-amiraux, en admettant que le titre convienne. Il secoua la tête.

Si seulement il avait eu le temps de remettre de l'ordre dans ses idées! Mais depuis son réveil les événements (et ses propres impulsions imprévisibles) l'avaient entraîné, non, propulsé dans une course folle. Hier, il avait réussi à conduire Cif et les trois autres femmes saines et sauves hors des tunnels-cavernes emplis de frémissements et d'odeurs fétides (il jeta un coup d'œil au Feu-Sombre, lequel projetait toujours dans le ciel une épaisse colonne de fumée noire, que le vent emportait vers l'ouest) mais pour découvrir à leur sortie qu'ils avaient passé sous terre un temps invraisemblable et que le soir était déjà là.

Après avoir soigné la main de Rill, sévèrement brûlée par la torche de Loki, ils avaient dû rentrer en hâte au Havre Salé afin de conférer avec tout le monde, sans prendre le temps d'échanger avec Cif leurs impressions sur l'aventure de la caverne...

Et maintenant il devait se secouer et aller aider Mikkidu à instruire les six Givriliens remplaçant les voleurs qu'ils avaient cédés au *Faucon de mer*, leur apprendre à manœuvrer les rames, etc.

Il n'en eut pas plus tôt fini avec cette affaire-*là* (soldée principalement par quelques instructions données en aparté à Mikkidu) que survint Cif qui embarqua suivie de Rill, d'Hilsa et de la mère Grum, toutes, sauf la dernière, en pantalon et veste de marin avec des poignards à la ceinture. Le bras droit de Rill était en écharpe.

— Nous voici, à vos ordres, capitaine, déclara Cif avec entrain...

— Chère... conseillère, répliqua le Souricier avec un serrement de cœur, l'*Épave* ne peut pas voguer vers une possible bataille avec des femmes à bord, surtout des...

Un coup d'œil significatif lui évita de parler de « ribaudes et sorcières ».

— Alors nous armerons le *Follet* et nous vous suivrons, lui dit-elle, nullement découragée. Ou plutôt nous passerons devant pour être les premières à repérer les Mingols Dextres, vous savez que le *Follet* est un voilier rapide. Oui, peut-être est-ce mieux, un vaisseau de combat féminin pour des guerrières.

Le Souricier se soumit à l'inévitable avec toute la bonne grâce dont il fut capable. Rill et Hilsa rayonnaient. Cif lui effleura le bras avec commisération.

— Je suis contente que vous ayez accepté, déclara-t-elle. J'ai déjà prêté le *Follet* à trois autres femmes.

Puis son expression se fit grave tandis qu'elle baissait la voix pour ajouter :

— Il y a quelque chose qui me trouble et qu'il faut que vous sachiez. Nous nous proposions d'amener à bord le dieu Loki dans un pot à feu, de même qu'il avait voyagé hier dans la torche de Rill...

— Pas de feu à bord d'un bateau allant à la bataille, riposta machinalement le Souricier. D'ailleurs, voyez la brûlure de Rill.

— ... mais ce matin, pour la première fois depuis plus d'un an, nous avons trouvé le feu éteint dans l'Antre de la Flamme sans comprendre pourquoi. Nous avons passé les cendres au crible. Il ne restait pas une étincelle.

— Ma foi, dit pensivement le Souricier, peut-être qu'hier, devant la grande paroi rocheuse, après avoir flamboyé si haut, le dieu a transféré temporairement sa résidence dans le cœur en feu de la montagne. Voyez comme elle fume !

Et il montra le Feu-Sombre où la colonne noire qui partait vers l'ouest était plus épaisse.

— Oui, mais ainsi nous ne l'avons plus auprès de nous, objecta Cif avec un certain malaise.

— Eh bien, en tout cas, il est toujours sur l'île, dit le Souricier. Et en un sens, j'en suis certain, sur l'*Épave* aussi, ajouta-t-il, se rappelant (cela réveilla la douleur de ses doigts brûlés) le bout de torche noirci qu'il avait gardé dans sa sacoche. Voilà encore une chose, songea-t-il, qui demande réflexion...

Mais juste à ce moment Dwone s'approcha sous voiles pour annoncer que la flotte givrilienne était prête à l'action et difficile à retenir. Le Souricier fut fonc obligé de donner l'ordre d'appareiller, faisant hisser toute la toile que l'*Épave* pouvait porter pour la bordée à courir au plus près du vent et mettant ses voleurs et leurs remplaçants novices aux rames tandis qu'Ourph marquait le rythme, afin que l'*Épave* garde son rang devant les bâtiments de pêche plus ardents à la tâche.

Des acclamations montèrent du rivage et des autres embarcations et, pendant un court instant, le Souricier fut en mesure de savourer la satisfaction de voir l'*Épave* avancer si joliment en tête de la flotte, son équipage si bien discipliné, Pshawri (il s'en rendait compte) manœuvrant pas mal du tout le *Faucon de mer,* Cif debout à côté de lui, les yeux brillants, et lui-même en véritable amiral, pas moins, par Mog!

Mais alors les pensées que, de la journée, il n'avait pas eu le temps de mettre en ordre, recommencèrent à le turlupiner. Avant tout, il était conscient qu'il y avait quelque chose de téméraire et — en fait — de profondément ridicule, à s'embarquer les uns et les autres avec tant d'assurance et seulement un plan d'action insensé, sur rien de plus que la parole crépitante d'un feu, le murmure de quelques brindilles qui brûlent. Toutefois il avait un puissant pressentiment qu'ils agissaient dans le bon sens et que nul malheur ne leur adviendrait, qu'il finiraît par trouver la flotte mingole et qu'une autre inspiration merveilleuse lui viendrait à la dernière minute...

A cet instant, son œil se posa sur Mikkidu qui ramait dans un style remarquable au banc de proue le plus avancé côté tribord et il prit une décision.

— Ourph, viens à la barre et sors le bateau en mer, ordonna-t-il. Marque la nage pour les rameurs.

— Ma chère, je dois vous quitter un moment, dit-il à Cif.

Puis, emmenant avec lui le dernier Mingol, il se rendit à l'avant et déclara d'une voix bourrue à Mikkidu :

— Viens avec moi, dans ma cabine. Une conférence. Gib te remplacera ici.

Et il se hâta de descendre, suivi de son lieutenant qui avait à présent une expression chargée d'appréhension, passant devant les femmes qui leur jetèrent des coups d'œil intrigués.

Face à Mikkidu, dont la table le séparait, dans la cabine au plafond bas (voilà l'avantage d'avoir un petit capitaine et un équipage encore plus petit : telle fut l'idée qui le frappa), il dévisagea son subordonné d'un air impitoyable et déclara :

— Lieutenant, j'ai fait un discours aux Givriliens dans leur salle du conseil avant-hier soir, qui les a incités à m'acclamer quand il a été fini. Tu y étais. *Qu'est-ce que j'ai dit?*

Mikkidu ne savait plus où se fourrer.

— Oh, capitaine, protesta-t-il en rougissant, comment pouvez-vous attendre...

— Allons, je ne veux rien du genre « c'était si beau qu'on ne peut pas s'en souvenir... » ou n'importe quelle autre dérobade, coupa le Souricier. Imagine que le bateau est pris dans une tempête et que sa sécurité dépende de ta franchise. Grands dieux, n'ai-je pas encore réussi à t'enfoncer dans la tête qu'aucun de mes hommes n'a jamais eu à souffrir de moi pour m'avoir dit la vérité?

Mikkidu digéra cela en ravalant sa salive, puis céda.

— Oh, capitaine, s'écria-t-il, j'ai fait quelque chose de terrible. Ce soir-là, quand je vous ai suivi des docks à la salle du conseil et que vous étiez avec les deux dames, j'ai acheté à boire à un vendeur des rues et j'ai englouti cette boisson précipitamment pendant que vous ne regardiez pas. Elle n'avait pas l'air forte du tout, je le jure, mais elle a dû avoir un terrible effet à retardement car, lorsque vous avez sauté sur la table et commencé à parler, j'ai perdu connaissance, ma parole d'honneur! Quand je suis revenu à moi, vous expliquiez quelque chose à propos de Groniger et d'Afreyt qui amèneraient la moitié des Givriliens en renfort auprès du capitaine Fafhrd tandis que le reste d'entre nous allions appareiller pour entraîner les Mingols Dextres dans un grand tourbillon, et les gens applaudissaient à tout rompre. Naturellement j'ai applaudi aussi, comme si j'avais entendu la même chose qu'eux.

— Tu peux jurer que c'est la vérité? questionna le Souricier d'une voix terrible.

Mikkidu inclina la tête d'un air piteux.

Le Souricier contourna la table d'un pas vif pour l'étreindre et l'embrasser sur sa joue tremblante.

— Voilà un bon lieutenant, déclara-t-il de sa voix la plus chaleureuse en lui tapant sur l'épaule. Va maintenant, mon bon Mikkidu, et invite la Dame Cif à me rejoindre ici. Puis rends-toi utile sur le pont de la façon que ta sagacité te suggérera. Ne reste pas là comme une souche. File.

Quand Cif arriva (ce qui ne tarda pas), il avait choisi comment attaquer le sujet avec elle.

— Chère Cif, dit-il sans préambule en allant au-devant d'elle, j'ai un aveu à vous faire.

Puis il lui exposa humblement mais de manière claire et succincte la vérité sur ses « merveilleuses paroles », c'est-à-dire qu'il n'en avait tout bonnement pas entendu une seule. Quand il eut fini, il ajouta :

— Vous voyez donc que ma vanité n'est même pas en jeu, tel quel, c'était le discours de Loki, pas le mien, vous pouvez maintenant me dire la vérité sur ce point, sans rien m'épargner.

Elle le regarda avec un sourire surpris et répliqua :

— Ma foi, je me demandais ce que vous aviez bien pu dire à Mikkidu pour lui donner cet air de planer de joie dans les nuages, et je ne suis pas certaine de le comprendre encore à présent. Mais oui, mon expérience, je l'avoue aujourd'hui, a été identique à la sienne, et je n'ai même pas l'excuse d'avoir ingéré une boisson inconnue. Mon esprit s'est figé, j'ai perdu conscience de l'écoulement du temps et je n'ai pas perçu un mot de ce que vous avez dit, à part ces dernières instructions concernant l'expédition d'Afreyt et le maelström. Mais tout le monde acclamait, j'ai donc feint d'avoir entendu, ne voulant pas vous blesser ou me sentir ridicule. Oh, j'ai agi comme un mouton ! Une fois, j'ai eu envie de confesser mon instant d'absence à Afreyt et maintenant je regrette de m'être abstenue, car elle avait une expression bizarre à ce moment-là... Mais je me suis tue. Vous croyez, comme moi, à présent, qu'elle aussi...?

Le Souricier eut un hochement de tête catégorique.

— Je pense que pas une âme parmi eux n'a entendu du morceau principal de mon discours, ou plutôt de celui de Loki, un seul mot dont elle soit capable de se souvenir, mais tous ont fait semblant, comme autant de moutons c'est vrai, y compris moi le bouc noir qui les ai entraînés. Donc Loki seul sait ce que Loki a dit et nous prenons la mer pour suivre une route inconnue sus aux Mingols, y allant de confiance.

— Que faire alors? demanda-t-elle d'un ton déconcerté.

Il la toisa avec une esquisse de sourire et un léger haussement d'épaules, à la fois consentant et comique, et dit :

— Voyons, nous continuons, car c'est votre route et je suis tenu de la suivre.

L'*Épave* fit alors une longue embardée, sous le choc d'une lame par le travers, ce qui précipita Cif contre lui, leurs bras se refermèrent qui sur elle, qui sur lui, leurs lèvres se rencontrèrent dans un contact exaltant, mais pas pour longtemps, car il devait se hâter de monter sur le pont, et elle aussi, pour découvrir (ou plutôt voir confirmer) ce qui s'était passé.

L'*Épave* sortait du port du Havre Salé et de la protection offerte par la colline de sel pour entrer dans la Mer Extérieure où le vent d'est cinglait plus ardemment et où les lames et le soleil frappaient leur toile et leur pont. Le Souricier reprit la barre des mains d'Ourph à la triste figure et le vieil homme, en compagnie de Gib et de Mikkidu, établit les voiles pour courir la première bordée en vue de remonter à l'est. L'un après l'autre, le *Faucon de mer* et les bateaux de pêche étrangement équipés répétèrent la manœuvre en arrivant à la pleine mer derrière l'*Épave*.

Ce même vent d'est qui soufflait sur la moitié sud de l'Ile de Givre, et contre lequel luttait l'*Épave*, précipitait la course des bateaux-à-cheval des Mingols Dextres. Les austères galères, chacune avec sa voile carrée ballonnante, formaient une immense flotte; parfois un étalon hurlait dans sa cage de proue quand elle plongeait dans les lames qui projetaient des cascades d'écume entre les barres noires. Tous les yeux étaient tournés vers l'ouest, et il aurait été difficile de dire qui avait le regard le plus fou, les hommes vêtus de fourrure dont les dents blanches se découvraient dans un sourire ou les bêtes à la longue figure dont les dents blanches se découvraient dans une grimace.

A l'avant du bateau amiral, cette frénésie avait pris un tour philosophique, et Gonov discourait avec son sorcier et son escorte de sages, se posant des questions telles que : « Est-il suffisant de raser une ville par le feu ou faut-il aussi la piétiner pour la laisser à l'état de décombres? » et envisageant des réponses telles que: « Il est plus méritoire de la pilonner jusqu'à en faire du sable, oui, du beau terreau, sans la brûler du tout. »

Tandis que le puissant vent d'ouest qui soufflait sur la moitié nord de l'île (avec une zone de rafales et de tourbillons impétueux entre les deux vents) faisait accourir de l'ouest sur l'océan sans routes ni sillages la flotte sœur des Mingols Senestres, où Édumir avait proposé à ses philosophes cette interrogation: « La mort par suicide dans la première charge, en se jetant sur la lance vierge de l'ennemi, doit-elle être préférée à la mort par le poison que l'on s'est administré soi-même dans la dernière charge? »

Il écouta attentivement leurs réponses au raisonnement élaboré et la contre-question :

— Puisque la mort est si désirable, surpassant les délices de l'amour et du vin de champignons, comment nos très nobles et révérés ancêtres ont-ils survécu pour nous procréer?

Et finalement il observa, ses yeux bordés de blanc scrutant l'est avec un regret chargé de désir ardent :

— Tout cela, c'est de la théorie. Sur l'Ile de Givre,

nous soumettrons une fois de plus ces choses mystérieuses à l'épreuve de la pratique.

Là-haut, par-dessus tous les vents, Khahkht, dans Sa sphère glacée, étudiait sans arrêt la carte qui la tapissait, où Il déplaçait des repères pour les bateaux et les hommes, les chevaux et les femmes, oui, même les dieux, tenant Sa face hérissée de poils tout près de l'image de l'Ile de Givre afin qu'aucune pièce rebelle n'échappe à Sa surveillance acharnée.

Dans le premier soleil du matin, affrontant le vent piquant, Afreyt se hâtait seule à travers la brande parsemée de cèdres rabougris, passant devant une ferme silencieuse aux toits en tourbe gris-vert affaissés : la dernière colline avant la Rade Froide. Elle avait mal aux pieds et elle était lasse (même le nœud coulant d'Odin autour de son cou lui semblait un poids écrasant), car ils avaient marché toute la nuit avec seulement deux brefs arrêts pour se reposer et, à mi-chemin, ils avaient été harcelés par des vents changeants atteignant la force de la tornade quand ils étaient passés par la zone de transition entre la partic sud de l'Ile de Givre où le vent d'est dominait présentement, et la partie nord, celle de la Rade Froide, où régnait un vent d'ouest aussi fort. Cependant Afreyt se contraignait à scruter avec attention la campagne devant elle en quête d'amis ou d'ennemis, car elle s'était constituée tête d'avant-garde de Groniger et de ses troupiers portant leurs chargements baroques. Peu auparavant, dans le crépuscule qui précède l'aube, elle avait abandonné sa place à côté de la litière pour gagner l'avant de la colonne et démontrer à Groniger la nécessité d'avoir un éclaireur : ils approchaient du terme du voyage et devaient se méfier des embuscades. Il s'était montré inintéressé et inattentif, incapable de comprendre le danger, comme s'il n'était préoccupé (comme tous les autres Givriliens, d'ailleurs) que de continuer à marcher, les yeux vagues, en grommelant le chant de mort de Bise, tel un automate monstrueux, jusqu'à ce qu'il rencontre les Mingols, ou la troupe de Fafhrd. S'ils ne les rencontraient pas, elle en était convaincue, ils entreraient dans l'océan occidental glacé sans s'arrêter ni hésiter, à la façon des hordes de lemmings dans leur climatérique. Mais Groniger n'avait pas non plus fait d'objection à ce qu'elle parte en enfant perdue, ni même exprimé de crainte pour sa sécurité. Où étaient donc sa perspicacité et sa prudence de naguère?

Afreyt n'était pas dépourvue du savoir utile aux coureurs des bois de l'île et elle repéra Skor qui observait la Rade Froide depuis le petit bois de cèdres nains d'où Fafhrd avait lancé la brève averse de flèches de la veille au matin. Elle cria son nom et il se retourna d'un bloc en encochant une flèche sur son arc, puis alla vivement à sa rencontre quand il vit son costume bleu bien connu.

— Dame Afreyt, qu'est-ce qui vous amène? Vous paraissez lasse, fut son accueil succinct.

Lui-même semblait las et avait les yeux cernés, les joues et le front souillés de suie au-dessus de sa barbe rousse et rare, peut-être en protection contre le rayonnement du froid et de la glace.

Elle lui expliqua rapidement que les renforts givriliens approchaient derrière elle.

La fatigue de Skor parut l'abandonner tandis qu'elle parlait.

— Voilà d'excellentes nouvelles, déclara-t-il quand elle eut fini. Nous avons opéré la jonction de nos forces (j'en fais présentement le tour) avec celles des défenseurs de la Rade Froide avant le coucher du soleil hier et nous avons bloqué sur le rivage l'avant-garde des pillards mingols, tout ça par bluff! La simple vue des troupes que vous décrivez, déployées stratégiquement, les incitera à se rembarquer et prendre le large, je pense... et sans que nous ayons à lever le petit doigt.

— Pardonnez-moi, lieutenant, répliqua-t-elle, sa propre fatigue se dissipant au contact de l'optimisme de Skor, mais j'ai entendu qu'on vous appelait berserks, vous et vos compagnons, et j'avais toujours pensé que l'habitude des berserks était de charger l'ennemi à la première occasion, de charger en poussant des hurlements de loup et en bondissant nus comme la main.

— A dire la vérité, je l'avais pensé aussi autrefois, répondit-il en frottant pensivement son nez cassé avec le dos de sa main, mais le capitaine m'a changé les idées sur ce point. Il est très fort pour les ruses et les supercheries, le capitaine! Il s'arrange pour que les ennemis imaginent des choses, il pousse leur cerveau à travailler contre eux-mêmes, il ne se bat jamais quand il y a un moyen plus facile, et un peu de sa sagesse a déteint sur nous.

— Pourquoi portez-vous l'épée de Fafhrd? demanda-t-elle en apercevant soudain celle-ci.

— Oh, il est parti hier matin au Lueur-d'Enfer chercher la petite demoiselle, me laissant le commandement, et il n'est pas encore revenu, expliqua Skor avec empressement, mais un pli d'inquiétude se creusa entre ses sourcils et il reprit brièvement la parole pour raconter à Afreyt l'étrange enlèvement de Mara.

— Je m'étonne qu'il vous laisse si longtemps vous débrouiller sans lui, simplement pour cela, commenta Afreyt en fronçant les sourcils.

— A franchement parler, je m'en suis étonné aussi hier matin, admit Skor. Mais quand les événements se sont présentés, je me suis demandé ce que ferait le capitaine dans chaque cas, je l'ai fait et ça a réussi... jusqu'à présent.

Il croisa un médius par-dessus l'index.

Leur parvint alors un faible bruit de piétinement et les murmures d'une mélopée rauque. Se retournant, ils virent la tête de la colonne givrilienne qui descendait la colline.

— Ma foi, ils ont l'air assez effrayants, commenta Skor au bout d'un instant. Étranges aussi, ajouta-t-il comme la litière et le gibet apparaissaient.

Les jeunes filles dans leur manteau rouge marchaient à côté de la litière.

— Oui, c'est exact, acquiesça Afreyt.
— Comment sont-ils armés? questionna-t-il. Je veux dire, en dehors des pics, des lances, des bâtons et autres objets du même genre?
Elle lui dit que c'étaient leurs seules armes, à sa connaissance.
— Ils ne tiendront pas le coup devant les Mingols, alors, surtout s'ils ont la moindre distance à parcourir pour attaquer, conclut-il. Toutefois, en les présentant dans de bonnes conditions et en plaçant quelques archers parmi eux...
— Le problème, je crois, sera de les empêcher de charger, lui dit Afreyt. Ou tout au moins d'arrêter leur marche.
— Oh, c'en est là, commenta-t-il, un sourcil haussé.
— Cousine Afreyt! Cousine Afreyt! appelèrent May et Bise de leur voix aiguë en agitant les bras pour attirer son attention.
Mais ensuite elles désignèrent le ciel en criant :
— Regarde! Regarde!
Puis elles dévalèrent la pente le long de la colonne, toujours agitant les bras, appelant et indiquant le ciel.
Afreyt et Skor levèrent la tête et virent, à cent mètres au moins au-dessus d'eux, les silhouettes d'un homme et d'une petite jeune fille (Mara, à en juger d'après son manteau rouge) allongés à plat ventre, cramponnés l'un à l'autre et à quelque chose d'invisible qui piquait rapidement vers la Rade Froide. Ils décrivirent une vaste courbe, s'abaissant constamment, et plongèrent droit sur Skor et Afreyt. Elle constata qu'il s'agissait bien de Fafhrd et de Mara, et elle s'avisa qu'elle et Cif avaient dû offrir le même spectacle quand elles avaient été sauvées du blizzard de Khahkht par les princesses invisibles de la montagne. Elle saisit Skor par le bras et s'exclama d'une voix un peu haletante :
— Ils sont sains et saufs. Ils s'agrippent à un poisson-des-airs, qui est comme un tapis volant épais,

vivant mais invisible. Ce poisson est guidé par une femme invisible.

— Probable, répliqua l'homme sans se compromettre.

Ils furent alors bousculés par une vaste gifle d'air quand Fafhrd et Mara passèrent à toute vitesse juste au-dessus de leurs têtes, toujours allongés à plat, tous deux souriant avec excitation, Afreyt put le noter en se baissant craintivement, même si Fafhrd avait les lèvres retroussées sur ses dents. Ils s'immobilisèrent à mi-chemin entre elle et Groniger qui, en tête de la colonne, avait ralenti pour regarder bouche bée ce spectacle, à un peu plus d'une demi-coudée au-dessus de la brande, laquelle se trouva écrasée selon un large ovale, comme si Fafhrd et Mara étaient à plat ventre sur un matelas invisible assez large et épais pour servir au lit d'un roi.

Puis les voyageurs aériens s'étaient relevés et avaient sauté à terre après avoir avancé d'un pas ou deux en chancelant. Skor et Afreyt s'étaient précipités vers eux d'un côté, May et Bise de l'autre, tandis que les Givriliens les contemplaient avec stupeur. Mara cria d'une voix excitée aux autres petites :

— J'ai été enlevée par un très méchant démon, mais Fafhrd m'a sauvé! Il lui a coupé la main!

Et Fafhrd avait enlacé Afreyt (elle se rendit compte qu'elle s'était laissé faire) et il déclara :

— Afreyt, Kos soit loué, vous voici. Qu'avez-vous donc autour du cou?

Puis, sans lâcher Afreyt, s'adressant à Skor :

— Comment vont les hommes? Quelle est votre situation?

Pendant tout ce temps, les Givriliens regardaient en continuant à marcher avec lenteur et presque avec peine, comme des dormeurs devant un nouveau spectacle mirobolant appartenant au cauchemar qui les tient prisonniers.

Et tous les autres se turent subitement, et les bras de Fafhrd se détachèrent d'Afreyt, car une voix que la jeune femme avait entendue pour la dernière fois dans une grotte du Feu-Sombre proclamait comme une trompette d'argent douée de la parole :

— Adieu, petite. Adieu, barbare. La prochaine fois, songe aux égards de courtoisie dus selon la hiérarchie et songe à tes obligations. Ma dette est acquittée, mais la tienne reste encore à payer.

Sur quoi une rafale partit de l'endroit où Fafhrd et Mara avaient atterri (de *dessous* le matelas invisible, à ce qu'il semblait), courbant la bruyère et soufflant les manteaux rouges des petites qui se dressèrent tout droit (Afreyt la sentit et perçut une bouffée de relent animal qui n'était ni d'un poisson, ni d'un oiseau, ni d'un quadrupède), puis ce fut comme si quelque chose de vaste et de vivant s'élevait dans les airs et s'éloignait vivement, tandis qu'un rire argentin allait diminuant.

Fafhrd leva la main dans un geste d'adieu, puis la rabattit dans un grand mouvement de balayage qui semblait signifier :

— Ne pensons plus à tout cela!

Son expression, inquiète et triste pendant qu'Hirriwi parlait, devint empreinte d'une froide détermination quand il vit la colonne givrilienne s'enfoncer lentement dans leur groupe.

— Maître Groniger! appela-t-il sèchement.

— Capitaine Fafhrd, répliqua ce dernier d'une voix pâteuse, comme quelqu'un qui s'éveille à moitié d'un rêve.

— Arrêtez vos hommes! commanda Fafhrd, puis il se tourner vers Skor qui lui fit son rapport, expliquant à son chef de façon un peu plus détaillée ce qu'il avait dit plus tôt à Afreyt, tandis que la colonne s'immobilisait avec lenteur, s'entassant en désordre autour de Groniger.

Pendant ce temps Afreyt, qui s'était agenouillée devant Mara et assurée qu'elle n'avait pas de blessure apparente, l'écoutait avec stupéfaction raconter aux autres petites, sur un ton d'orgueil mêlé d'une certaine désapprobation, son enlèvement et son sauvetage :

— Il a fabriqué un épouvantail avec mon manteau et le crâne de la dernière petite fille qu'il avait dévorée vivante et il n'a cessé de me toucher, exactement comme Odin, mais Fafhrd lui a coupé la main et la Princesse Hirriwi a récupéré mon manteau ce matin. La traversée du ciel a été impeccable. Je n'ai pas eu un instant la tête qui tournait.

Bise déclara :

— Odin et moi, nous avons composé une chanson de marche. On y parle de tuer les Mingols. Tout le monde la chante.

May dit :

— J'ai fait des nœuds coulants avec des fleurs dedans. C'est une marque d'honneur de la part d'Odin. Nous les portons tous. J'en ai fabriqué un pour toi et un gros pour Fafhrd. Tiens, je vais donner son nœud à Fabhrd. C'est le moment qu'il le porte, puisqu'une grande bataille se prépare.

Fafhrd avait écouté patiemment, car il voulait savoir ce qu'était cette horrible chose autour du cou d'Afreyt. Mais quand Mara lui demanda de baisser la tête et qu'en jetant un coup d'œil il aperçut la litière aux rideaux fermés et, derrière, reconnut le gibet déraciné, il fut parcouru d'un frisson de répulsion et dit avec colère :

— Non, je ne veux pas le porter. Je ne veux pas enfourcher son cheval à huit jambes. Enlevez ces trucs-là de votre cou, toutes!

Il vit alors l'expression méfiante, chagrine, dans les yeux des petites tandis que Mara protestait :

— Mais c'est pour vous donner de la force dans la bataille. C'est un honneur que vous fait Odin.

Puis l'air soucieux d'Afreyt, qui eut un geste en direction de la litière dont les rideaux oscillaient au vent (il sentit comme une austérité sainte en émaner), et l'attente dans les yeux de Groniger et dans ceux des autres Givriliens l'amenèrent à changer d'avis. Il répliqua, en prenant un ton plein d'entrain :

— Eh bien, voilà ce que je vais faire, je le porterai autour de mon poignet, pour le renforcer.

Il passa la main gauche dans le nœud coulant et, après une hésitation, Mara le resserra.

— Mon bras gauche, expliqua-t-il, mentant quelque peu, a toujours été nettement plus faible que mon bras droit dans le combat. Ce nœud aidera à le renforcer. Je vais prendre aussi le vôtre, dit-il à Afreyt avec un clin d'œil significatif.

Elle le dégagea d'autour de son cou avec un sentiment de soulagement qui se changea partiellement en appréhension quand elle le vit serré autour du poignet de Fafhrd à côté du premier nœud.

— Et le vôtre, le vôtre, le vôtre aussi, dit-il aux trois petites. De cette façon, je porterai un nœud coulant pour chacune de vous. Allons, vous ne voudriez pas que mon bras gauche soit faible au combat, hein?

— Là! s'écria-t-il quand ce fut fini, saisissant de sa main gauche les cinq bouts de corde qui penchaient et les faisant tourner. Nous bouterons les Mingols hors de l'Ile de Givre, c'est sûr!

Les petites, qui avaient eu l'air un peu déconfites de perdre leurs nœuds, rirent de joie et les Givriliens poussèrent un « hourra » inattendu.

Puis ils reprirent leur marche, Skor partant devant en éclaireur — après s'être souvenu de rendre son épée à Fafhrd — et ce dernier s'efforçant de mettre un peu d'ordre parmi les Givriliens et de leur imposer silence, avec l'aide du vent qui emporta à l'opposé du rivage le martèlement de tambour de leur mélopée. Les petites et Afreyt restèrent en arrière avec la litière, un peu trop près au goût de Fafhrd. La compagnie s'augmenta de deux des hommes de Fafhrd qui annoncèrent que les Mingols se massaient sur la grève autour de leurs bateaux. Ils se trouvèrent ensuite gravir une petite hauteur où les défenseurs s'alignaient vers le sud à partir de la butte-forteresse de la Rade Froide, Fafhrd et ses hommes retenant les Givriliens maintenant déchaînés. Une lamentation qui allait s'enflant monta de la grève et ils contemplèrent tous un spectacle merveilleusement satisfaisant : les trois galères mingoles mises à l'eau bout au vent, les rames avant sorties et nageant frénétiquement tandis que de petites silhouettes donnaient une ultime poussée à leurs poupes et se hissaient précipitamment à bord.

Puis une clameur impressionnante jaillit de la Rade Froide et ils commencèrent à distinguer dans les vapeurs de l'ouest une multitude de voiles qui surgissaient au-dessus de l'horizon : la flotte des Mingols Senestres. Et en même temps qu'ils les voyaient, ils prirent consciente aussi d'un faible roulement lointain pareil au galop d'innombrables chevaux de bataille chargeant à travers les steppes. Mais les Givriliens reconnurent que c'était la voix du Feu-d'Enfer sur le point d'entrer en éruption qui lâchait une fumée noire vers le nord. Tandis qu'au sud bouillonnaient des nuages en forme de grands dômes, annonçant un changement de vent et de temps.

Le Souricier avait parfaitement conscience d'être dans une des situations les plus périlleuses qu'il eût vécues au cours d'une carrière parsemée de périls, avec cette différence que, cette fois, la situation était identique pour trois cents personnes amies (et même chères, se référant à Cif à côté de lui), ainsi que par un certain nombre d'ennemis (c'est-à-dire la flotte des Mingols Marins Dextres, qui les poursuivait de près). Il avait découvert ces Mingols avec la plus grande facilité et les entraînait à leur perte avec un tel succès que l'*Épave* était non le premier mais le dernier bâtiment de la flotte givrilienne disséminée en désordre devant lui (le *Faucon de mer* étant le plus rapproché), et à portée de flèche des poursuivants mingols qui accouraient en infinies multitudes écumantes, hurlantes, hennissantes, leurs galères naviguant avec le vent plus vite que lui. Quelques minutes plus tôt, un des bateaux-à-cheval avait chaviré pour avoir hissé trop de toile et avait sombré, sans qu'un seul de ses compagnons s'arrête pour lui porter secours. Droit devant, à quelques lieues de distance, il y avait la côte givrilienne avec les deux pitons et la baie attirante (avec, au-delà, le Feu-Sombre crachant une fumée noire) qui indiquaient la position du Grand Maelström. Au nord, les nuages tourbillonnaient, annonçant un changement de temps. Le problème, comme toujours, était d'amener les Mingols dans le Maelström tout en l'évitant pour lui-même et ses amis, mais il n'avait jamais *compris* ce problème aussi bien que maintenant. La solution espérée était que le gouffre se forme juste *après* que les Givriliens, le *Faucon de mer* et lui-même l'auraient traversé, entraînant ainsi au moins l'avant-garde de la flotte mingole qui le talonnait. Et à la façon dont ils étaient tous groupés à présent, cela requérait un minutage parfait, autant dire quasi divin, mais il avait fait de son mieux pour y parvenir et, somme toute, les dieux étaient censés se trouver de son côté, n'est-ce pas? du moins deux d'entre eux.

Les galères-à-cheval des Mingols étaient si proches que Mikkidu et ses voleurs avaient leurs frondes prêtes, chargées de balles de plomb, bien qu'ayant reçu l'ordre de ne pas s'en servir à moins que les Mingols ne déclenchent un tir de flèches. Par-dessus les vagues, un étalon hurlait dans sa cage.

En pensant au Maelström, le Souricier chercha dans sa sacoche l'apaiseur en or. Il l'y trouva, effectivement, mais le tronçon consumé de la torche de Loki s'était inséré il ne savait trop comment à l'intérieur. Ce n'était en réalité guère plus qu'une braise noircie. Pas étonnant que Rill se soit brûlée si gravement, songea-t-il en jetant un coup d'œil à sa main bandée (quand Cif avait voulu rester sur le pont, les filles de joie ainsi que la Mère Grum avaient insisté pour partager ce privilège et les hommes en avaient paru réconfortés).

Le Souricier commença à dégager le brandon-dieu tout noir, mais alors l'idée bizarre lui vint que Loki, étant un dieu (et en un sens cette braise était Loki), avait droit à une maison ou une carapace d'or; il se laissa donc aller à son impulsion et, prenant le bout de solide filin qui y était attaché, pelotonna celui-ci bien serré autour du lourd cube d'or et le noua, de sorte que les deux objets, apaiseur et brandon-dieu, se trouvaient inextricablement accolés.

Cif le poussa du coude. Ses yeux verts pailletés d'or pétillaient, comme pour dire :

— Que c'est passionnant!

Il hocha la tête dans un acquiescement quelque peu nuancé. Oh, passionnant bien sûr, mais aussi diablement risqué : tout dépendrait d'un minutage adéquat, et voilà qu'il en était encore à faire des suppositions sur les indications données par le dieu Loki dans le discours qu'il avait oublié et que personne d'autre n'avait entendu...

Il regarda autour de lui sur le pont, scrutant les visages. C'était étrange, mais tous les yeux semblaient étinceler de la même surexcitation juvénile que ceux de Cif... elle brillait même dans ceux de Gavs, de Trenchi et de Gib (les Mingols)... Même dans ceux de la Mère Grum, luisants comme des grains noirs...

Dans les yeux de tous, à vrai dire, sauf ceux du vieil Ourph au centre de leur réseau de rides. Les siens semblaient exprimer une résignation triste et patiente, comme s'ils contemplaient tranquillement d'un peu loin une grande malédiction universelle. Obéissant à une impulsion, le Souricier fit signe à Gavs de prendre la barre et attira Ourph vers la rambarde sous le vent.

— L'Ancien, dit-il, tu étais dans la salle du conseil avant-hier soir quand je leur ai parlé à tous et qu'ils m'ont acclamé. Je suppose que, comme les autres, tu n'as pas entendu un mot de ce que j'ai dit, ou au mieux seulement quelques-uns, les directives pour l'expédition de Groniger et notre embarquement aujourd'hui?

Pendant l'espace de deux respirations peut-être, le vieux Mingol le dévisagea d'un air bizarre, puis il secoua avec lenteur son crâne chauve en disant :

— Non, capitaine, j'ai entendu jusqu'à la moindre des paroles que vous avez prononcées (mes yeux commencent à me trahir un peu, mais pas mes oreilles) et elles m'ont grandement attristé car elles exprimaient la même philosophie qui s'emparait de mes compatriotes de la steppe dans leur climatérique (et souvent à d'autres moments), la philosophie pernicieuse qui m'a incité à me séparer d'eux au temps de ma jeunesse et à faire ma vie parmi les païens.

— Que veux-tu dire? s'exclama le Souricier. Je t'en prie... sois aussi bref que possible.

— Eh bien, vous avez parlé, de façon très séduisante en vérité (même moi, j'ai été tenté), de la splendeur de la mort et de ce qu'il y a de magnifique à plonger joyeusement vers l'anéantissement en emmenant ses ennemis avec soi (et aussi le plus possible de ses amis), cela étant la loi de la vie et sa beauté et sa grandeur finales, sa suprême satisfaction. Quand vous leur avez dit à tous qu'ils devaient mourir bientôt et comment, ils vous ont acclamé avec autant de chaleur que mes Mingols dans leur climatérique et avec le même éclat dans les yeux. Je connais bien cet éclat. Et, je le répète, cela m'a grandement attristé de découvrir que vous aimiez autant la mort, mais, puisque vous êtes mon capitaine, je l'ai accepté.

Le Souricier tourna la tête et se retrouva le regard planté dans les yeux stupéfaits de Cif, qui l'avait suivi et avait entendu ce que venait de dire le vieil Ourph, et chacun vit dans les yeux de l'autre qu'ils avaient compris la même chose.

A cet instant précis, le Souricier sentit sous ses pieds l'*Épave* s'arrêter brutalement, virer par le travers du cap qu'elle suivait et tourner en cercle à une vitesse prodigieuse exactement comme c'était arrivé au *Follet* l'avant-veille, mais avec une force plus grande proportionnée à ses dimensions. Le ciel tournoya, la mer devint noire. Lui et Cif furent plaqués contre la lisse de couronnement de la poupe, avec une poignée de voleurs, de ribaudes, de sorcières (oui, bon, une seule sorcière) et de marins mingols. Il ordonna à Cif de s'y cramponner de toutes ses forces, puis assura son équilibre sur le pont incliné et dépassa au pas de course la grand'voile qui faseyait en claquant (et le jeune Mikkidu qui étreignait le mât, les yeux hermétiquement clos, au comble de la terreur ou peut-être de l'extase) jusqu'à un endroit où rien ne bloquait sa vision.

L'*Épave*, le *Faucon de mer* et toute la flotte givrilienne tournaient en rond à une vitesse vertigineuse sur les parois d'un entonnoir d'eau de deux lieues de diamètre au moins, où ils se trouvaient enfoncés plus qu'à moitié, et dont la partie supérieure emportait dans son large cercle tournoyant la flotte mingole tout entière, les galères proches du bord se découpant minuscules comme des jouets sur le ciel houleux, tandis qu'au centre encore lointain du maelström les rocs en forme de crocs pointant à travers le bouillonnement blanc étaient comme un champ de mort.

Juste au-dessous de l'*Épave* dans la vaste roue du destin tournoyait le bateau de pêche de Dwone, si proche que le Souricier distinguait les visages. Les Givriliens, cramponnés à leurs armes singulières et les uns aux autres, avaient l'air prodigieusement heureux, tels des géants ivres tout de guingois en route pour une fête. Mais voyons! se dit-il, ce sont eux les monstres dont Loki avait annoncé la naissance, ce sont eux les fameux trolls ou je ne sais quoi. Et cela lui rappela le sort que, d'après le témoignage irréfutable d'Ourph, Loki leur réservait à tous et peut-être aussi à Fafhrd et Afreyt, et à l'univers entier des mers et des étoiles.

Il extirpa vivement de sa sacoche l'apaiseur d'or et, voyant la braise noire en son centre, songea :

— Parfait... autant se débarrasser de deux maux à la fois.

Oui, mais il devait le lancer au milieu du tourbillon, et comment y parvenir à une distance pareille? Une solution simple existait, il en était sûr, elle était au bout de ses pensées invisibles, mais vraiment tant de sujets de distraction s'offraient à ce moment...

Cif lui donna une petite poussée à la taille, encore une distraction. Comme il aurait pu s'y attendre, elle l'avait suivi de près en dépit de ses ordres stricts et maintenant, avec un sourire malicieux, montrait... bien sûr, sa fronde!

Il centra le précieux projectile dans la courroie et, indiquant d'un signe à Cif de reculer vers le mât pour lui laisser du champ, il assura son équilibre en tâtant du pied le pont en pente, esquissa quelques courts pas dansants, mesura la distance, la vitesse, la force du vent et divers impondérables avec ses yeux et son cerveau. Et tandis qu'il faisait cela, brandissait l'apaiseur-brandon au-dessus de sa tête, dansant pour ainsi dire le prélude à ce qui devait être le jet le plus long et le plus important de son existence, alors jaillirent du plus sombre fin fond de son esprit des mots qui avaient dû y fermenter depuis des jours, des mots qui s'assortissaient dans les moindres détails aux quatre derniers couplets maléfiques de Loki, jusqu'aux rimes (ou presque), mais qui en changeaient totalement le sens. A mesure que les mots surgissaient à la surface de sa conscience, il les prononçait (tout bas, croyait-il, et pourtant d'une voix très claire) et il s'aperçut que Cif l'écoutait avec un plaisir évident à chaque nouvelle phrase. Mikkidu avait rouvert les yeux et écoutait, et les Givriliens monstrueux du bateau pêcheur de Dwone avaient tous le visage tourné vers lui avec l'air dégrisé. Il eut la conviction qu'au milieu de ce prodigieux tumulte des éléments ses paroles s'entendaient néanmoins jusqu'à la limite du tourbillon distante d'une lieue, oui, même bien au-delà, il ne savait pas jusqu'où. Or voici ce qu'il disait :

— Les Mingols à leur mort doivent aller? Oh, c'est faux, faux, faux! Mingols, respirez à l'aise. Ne courtisez plus la mort. Qu'il soit fait trêve aux conflits, même les Mingols aiment la vie. Que la folie mingole cesse de flamber. Que les dieux retournent aux mondes qu'il leur appartient d'habiter.

Ce disant, il tournait en dansant sur le pont comme

s'il lançait le disque, l'apaiseur-brandon au bout de sa fronde formait une couronne d'or étincelante au-dessus de sa tête, puis il le laissa aller. L'apaiseur-brandon fila tel un éclair luisant vers le centre du gouffre et finit par devenir trop petit pour demeurer visible.

Alors... l'immense gouffre s'aplatit net. L'eau noire se couvrit d'écume blanche. La mer et le ciel s'agitèrent d'un même bouillonnement. Et à travers cet enfer de hurlements des vents et de fracas des lames déferlantes, voici que retentit un tonnerre grondant ébranlant la terre et que jaillit l'éclair rouge d'énormes flammes lointaines comme le Feu-Sombre entrait en éruption, créant un désordre indescriptible, ajoutant les mouvements de la terre et du feu à ceux de l'eau et de l'air, complétant le tumulte et le vacarme des quatre éléments. Tous les bateaux dans le chaos étaient des fétus à peine entrevus, auxquels les hommes se cramponnaient comme des fourmis. Des rafales cinglaient de tous les points cardinaux, à ce qu'il semblait, et luttaient ensemble. L'écume couvrait les ponts, s'amassait jusqu'en haut des mâts.

Mais avant que l'invasion d'écume ait submergé l'*Épave*, le Souricier et plusieurs autres, agrippés à la rambarde ou au mât, les yeux brûlés par le sel, avaient vu s'élever brièvement jusqu'au ciel, issue du centre même du gouffre au moment où il se refermait, l'extrémité d'un arc-en-ciel noir (ou d'une trombe d'eau noire maigre et recourbée d'une invraisemblable hauteur, dirent certains plus tard) qui laissa à sa suite un trou dans les nuages sombres, un trou par où *quelque chose* d'affolant, de puissant, disparut à jamais de leur esprit, de leur être et de tout Nehwon.

Puis le Souricier, son équipage et les femmes qui les accompagnaient avaient tous lutté pour se sauver et sauver l'*Épave* au milieu d'un océan complètement démonté et contre un vent de tempête qui avait changé radicalement de direction et soufflait maintenant de l'ouest, chassant sur eux l'épaisse fumée noire du Feu-Sombre. Autour d'eux, d'autres bateaux se débattaient de même sur plusieurs lieues carrées dans une grande agitation confuse qui peu à peu s'ordonna. Les bateaux et cotres (un peu plus gros) de l'Ile de Givre, avec leur gréement plus maniable, ainsi que l'*Épave* et le *Faucon de mer*, réussirent à remonter au vent en courant des bordées au sud-ouest et à regagner lentement le Havre Salé. Les galères mingoles avec leurs voiles carrées ne purent que se mettre en fuite devant le vent (les grosses lames empêchaient l'usage des rames) pour s'éloigner du chaos qui s'apaisait sur cette île terrible dont la fumée noire les poursuivait, eux et leurs étalons tristes et trempés. Quelques-uns des bateaux-à-cheval avaient peut-être sombré, car l'*Épave* repêcha dans les vagues deux Mingols, mais ceux-ci ne surent pas dire s'ils avaient été enlevés par une lame ou si leurs navires s'étaient perdus, et ils étaient en bien trop piteux état pour ressembler à des ennemis. Ourph, souriant sereinement, leur apporta plus tard de la bouillabaisse brûlante, tandis que le vent d'ouest nettoyait le ciel. (A propos des vents, au moment décisif le vent d'ouest avait viré au sud, soufflant tout le long de la côte est de l'Ile de Givre, et le vent d'est avait viré au nord, balayant toute la côte ouest de l'île, tandis que la zone de tempête entre les deux avait plus ou moins opéré une rotation dans le sens des aiguilles d'une montre, provoquant de terribles trombes de vent virevoltant dans les Terres de Mort.)

A l'instant même où le Souricier lançait avec sa fronde l'apaiseur-brandon, Fafhrd se tenait debout sur le rempart de terre de la Rade Froide face à la mer et affrontait en brandissant son épée la flotte mingole senestre qui approchait du rivage. Ce n'était pas là simple geste de défi barbare, mais partie d'une démonstration minutieusement élaborée dans l'espoir d'épouvanter les Mingols Marins, encore que Fafhrd reconnût (dans son for intérieur uniquement) que cet espoir n'avait aucune chance de se réaliser. Un peu plus tôt, quand les trois galères mingoles formant l'avant-garde des pillards avaient quitté la grève, elles n'avaient nullement tenté de rejoindre ou d'attendre leur flotte, bien qu'elles aient sûrement dû repérer ses voiles; au contraire, elles avaient fait force de rames en direction du sud aussi loin que l'œil avait pu les suivre. Ce qui avait incité Fafhrd à se demander si elles n'avaient pas éprouvé sur l'île une frayeur à laquelle elles ne voulaient plus s'exposer, même avec le soutien du gros de leur armada. A ce propos, il s'était notamment rappelé les clameurs de lamentation et de peur poussées par les Mingols quand les Givriliens de Groniger avaient atteint le haut de la colline et leur étaient apparus. Afreyt lui avait confié que, pendant la longue marche à travers le pays, ses compatriotes en étaient venus à lui sembler monstrueux et en quelque sorte plus grands que nature, et Fafhrd avait dû reconnaître qu'ils lui faisaient la même curieuse impression. Et s'ils avaient l'air plus grands (et monstrueux) à leurs yeux, de quelle taille plus gigantesque encore pouvaient-ils apparaître aux yeux des Mingols?

Ainsi Fafhrd et Afreyt avaient-ils réfléchi ensemble, puis ils avaient présenté des suggestions et donné des ordres (renforcés par des intimidations ou des flatteries selon les cas), si bien que les hommes de Groniger furent postés à un intervalle de vingt pas selon une longue ligne qui commençait très haut sur le glacier, suivait les remparts de la Rade Froide et la butte pour s'étirer encore sur près d'une lieue au sud du village, chaque Givrilien brandissant sa pique ou une autre arme. Entre eux s'étaient intercalés les défenseurs de la Rade Froide (leurs compatriotes, mais sans leur aura de monstruosité) et les berserks de Fafhrd, pour grossir leur nombre et aussi maintenir les Givriliens du Havre Salé à leur place, qu'ils avaient encore tendance à quitter rêveusement, tels des automates, pour se mettre en marche. Tout au centre des larges remparts de la Rade Froide, flanqués d'assez loin par Groniger et un autre piquier improvisé, il y avait la litière d'Odin avec le gibet calé par-desssus comme dans les Terres de

Mort, autour desquels avaient pris position Fafhrd, Afreyt et les trois petites, ces dernières faisant flotter leurs manteaux rouges au bout de longs râteaux comme des drapeaux. (Tout pour l'effet, avait dit Fafhrd, et les petites voulaient absolument participer à la démonstration.) Afreyt avait une lance qu'elle avait empruntée et Fafhrd agitait tantôt son épée tantôt les cordes des cinq nœuds coulants serrés autour de sa main gauche, il les agitait de façon menaçante à l'adresse des bateaux mingols qui approchaient du port en formation serrée. Groniger et les autres Givriliens vociféraient le chant de mort de Bise (ou d'Odin) : « Décret! Tue les Mingols! Décret! Meurent les héros. »

Juste au moment où, de l'autre côté de l'Ile de Givre, le Souricier lançait son apaiseur-brandon, les tourbillons annonciateurs d'une inversion des vents les balayèrent au passage dans leur course vers le nord, en faisant claquer les drapeaux rouges, les cieux s'assombrirent et l'on entendit gronder Lueur-d'Enfer qui entrait en éruption en même temps que Feu-Sombre. La mer fut troublée et bientôt ponctuée de trous par les éjections volcaniques de Lueur-d'Enfer, de gros rochers qui crevaient les vagues dans un grand fracas de canonnade rythmé à la façon du cri « Décret! Décret! » de la mélopée. La flotte mingole senestre battit en retraite vers le large sous l'incitation du vent qui soufflait maintenant de la terre, fuyant loin, loin de cette terrible côte qui semblait gardée par une muraille de géants plus hauts que des arbres et par toute la puissance des quatre éléments. Et la fumée de Feu-d'Enfer s'étendit au-dessus de la flotte mingole comme un drap funéraire.

Mais avant que tout cela se produise (en fait, au moment même où, à cent lieues à l'est, un arc-en-ciel noir ou une trombe d'eau noire jaillissait du centre du maelström jusqu'au ciel), la litière d'Odin se mit à se balancer et à tanguer sur les remparts, et le lourd gibet à osciller et à pointer vers le haut comme une herbe folle ou l'aiguille d'une boussole obéissant à l'attirance d'un magnétisme ascendant inconnu. Afreyt hurla en voyant la main gauche de Fafhrd noircir. Et Fafhrd mugit sous le coup d'une souffrance subite en sentant les nœuds coulants tressés (et ornés de fleurs) par May se resserrer inexorablement autour de son poignet comme autant de fils d'acier; ils se contractaient de plus en plus profondément entre les os du bras et les os du poignet, coupaient la peau et la chair, séparaient cartilage et tendons et tout ce qui était plus tendre, cependant que cette main était tirée sans trêve vers le haut. Puis les rideaux de la litière se levèrent tous à la verticale, le gibet se dressa droit sur sa base et vibra. Soudain quelque chose de noir et luisant fila vers le ciel, perçant les nuages, et la main noire sectionnée de Fafhrd et tous les nœuds coulants partirent avec.

Alors les rideaux retombèrent, le gibet s'abattit en bas du rempart et Fafhrd contempla d'un air hébété le sang jaillissant du moignon qui terminait son bras gauche. Dominant son horreur, Afreyt bloqua avec ses doigts les artères giclantes et ordonna à May, qui se trouvait la plus proche, de prendre un couteau et de déchirer la jupe de sa robe blanche pour faire des bandages. La petite agit avec promptitude et, prenant les bandes repliées en tampons et utilisées aussi comme garrots, Afreyt pansa la grande blessure de Fafhrd en étanchant le flot de sang tandis que Fafhrd regardait, le visage dépourvu d'expression. Quand ce fut fini, il marmonna :

— « Une tête pour une tête et une main pour une main », elle l'avait dit.

Et Afreyt rétorqua vertement :

— Mieux vaut une main qu'une tête... ou cinq.

Au cœur de Sa sphère exiguë, Khahkht de la Glace Noire frappa dans Sa fureur les parois à la forte courbure et tenta de rayer l'Ile de Givre de la carte. Il broya les pièces représentant Fafhrd, le Souricier et les autres entre Ses noires paumes calleuses et farfouilla frénétiquement à la recherche des pièces figurant les deux dieux importuns, mais ces deux pièces-là avaient disparu. Tandis que sur le lointain Quai des Étoiles le Prince Faroomfar mutilé dormait d'un sommeil plus paisible, se sachant vengé.

Deux bons mois après les événements qui viennent d'être relatés, Afreyt donna un modeste dîner de poissons dans sa maison de teinte violette, basse de toiture, à la lisière nord du Havre Salé, auquel furent invités Groniger, Skor, Pshawri, Rill, le vieil Ourph et naturellement Cif, le Souricier Gris et Fafhrd, le nombre maximal que pouvait accueillir sa table sans que les convives soient trop serrés. L'occasion était le départ du Souricier le lendemain à bord du *Faucon de mer* avec Skor, les Mingols, Mikkidu et trois autres hommes appartenant à son premier équipage, pour aller commercer à No-Ombruls avec des marchandises choisies principalement par Cif et lui-même. Le Souricier et Fafhrd avaient un urgent besoin d'argent pour payer les droits de bassin pour leurs bateaux, le salaire des équipages et bien d'autres dépenses, tandis que les deux dames n'étaient pas mieux loties, car elles devaient au conseil, dont elles étaient encore membres, des sommes qui restaient à fixer. Fafhrd n'eut pas le moindre chemin à faire pour assister au festin, car il était l'hôte d'Afreyt chez qui il passait sa convalescence, tandis que le Souricier demeurait chez Cif sans aucun motif précis. Ces arrangements avaient provoqué chez les Givriliens assez collet monté des froncements de sourcils auxquels les quatre intéressés avaient réagi en les traitant fermement par le mépris.

Au cours du repas, qui comportait un pot-au-feu d'huîtres, du saumon cuit au four avec des fines herbes et des poireaux de l'Ile, des gâteaux de blé confectionnés avec le coûteux grain de Lankhmar et du vin léger d'Ilthmar, la conversation avait roulé sur les récentes éruptions volcaniques et les événements qui les avaient accompagnées ou qui s'étaient produits en même temps par pure coïncidence, et leurs conséquences, notamment le manque d'argent général. Le Havre Salé avait un peu souffert du tremblement de terre et davantage de l'incendie qui en était résulté. La salle du conseil avait subsisté mais la taverne du Hareng Salé avait brûlé de fond en comble avec son Antre de la Flamme. (« Loki était un dieu manifestement destructeur, observa le Souricier, surtout là où son *métier* [1], le feu, entrait en jeu. » « Un mauvais dieu », commenta Groniger). Dans la Rade Froide, trois toits de tourbe s'étaient effondrés, sur personne bien sûr puisqu'à ce moment-là tout le monde participait à la défensive. Les Givriliens du Havre Salé étaient repartis le lendemain, la litière servant à transporter Fafhrd.

— Il y aura eu ainsi un mortel en dehors des petites pour en tirer usage, remarqua Afreyt.

— Il était comme hanté, ce moyen de transport, admit Fafhrd, mais j'avais la fièvre.

Toutefois c'est de la modestie des réserves d'argent liquide — et des combinaisons adoptées pour les augmenter — qu'ils s'entretinrent surtout. Skor avait trouvé un emploi pour lui-même et les autres berserks : ils aidaient les Givriliens à récolter les bois flottés sur la Grève des Os Blanchis, mais il n'y avait pas eu la surabondance escomptée de bateaux mingols naufragés. Fafhrd parla d'armer l'*Épave* avec quelques-uns de ses hommes pour rapporter d'Ool-Plerns un chargement de bois normal.

— Quand vous serez entièrement rétabli, oui, dit Afreyt.

Les hommes du Souricier s'étaient faits pêcheurs sous les ordres de Pshawri, et avaient été en mesure de nourrir les deux équipages, avec de temps à autre un petit surplus à vendre. Chose étrange (ou peut-être pas si étrange), les prises prodigieuses pêchées pendant le passage du grand banc de poissons s'étaient entièrement gâtées, bien que salées, et avaient dégagé une

1. En français dans le texte.

puanteur de pourriture pire que celle de méduses crevées; il avait fallu les brûler.

Cif déclara :

— Je vous avais bien dit que Khahkht avait suscité ce banc par magie.

C'étaient donc en un sens des poissons fantômes, contaminés par son contact, même s'ils paraissaient réels.

Elle et Afreyt avaient vendu le *Follet* à Rill et à Hilsa pour une coquette somme; l'aventure des deux professionnelles sur l'*Épave*, ô merveille, leur avait donné le goût de la vie marine et elles gagnaient maintenant leur vie comme pêcheuses, sans toutefois refuser à l'occasion de pratiquer leur ancien métier dans les heures creuses. Hilsa était précisément partie ce soir-là pour pêcher de nuit avec la Mère Grum. Même l'ennemi avait connu de mauvais moments. Deux des trois galères de l'avant-garde des Mingols Marins qui s'en étaient allées à la rame vers le sud avaient fait relâche au Havre Salé trois semaines plus tard dans une grande détresse, ayant été ballottées par des tempêtes puis encalminées, alors qu'elles avaient fui sans provisions suffisantes. L'équipage de l'une d'elles en avait été réduit à manger son étalon de proue sacré tandis que celui de l'autre avait perdu son orgueil fanatique (et sa folie) au point de vendre son propre cheval au « Maire » Bomar qui voulait être le premier Givrilien (ou « étranger ») à posséder un cheval, mais qui aboutit seulement à se rompre le cou la première fois qu'il tenta de le monter.

Pshawri commenta :

— C'était, Dieu nous préserve, un homme quelque peu présomptueux. Il avait essayé de m'enlever le commandement du *Faucon de mer*.

Groniger affirma que l'Ile de Givre — il voulait dire le conseil — était en aussi mauvaise posture que les autres. Le capitaine du port bourru, que son expérience des enchantements et du surnaturel semblait avoir rendu plus positif et plus sceptique que jamais, affectait d'adopter une attitude très sévère à l'égard d'Afreyt et de Cif et une opinion très défavorable sur les prélèvements irréguliers effectués par cette dernière sur le trésor givrilien pour la défense de l'île. (En fait, il était leur meilleur ami au conseil, mais il avait sa réputation de rudesse à soutenir.)

— Et n'oublions pas le Cube d'or des Procédés loyaux disparu à jamais! rappela-t-il à Cif d'un ton accusateur.

Elle sourit. Afreyt leur servit du gaveh bouillant, une innovation dans le pays du Givre, car ils avaient décidé de se coucher de bonne heure en raison de l'appareillage du lendemain.

— Disparu à jamais? Je n'en jurerais pas, remarqua Skor. Quand on travaille sur la Grève des Os blanchis, on a l'impression que tout vient s'y échouer tôt ou tard.

— Ou nous pourrions plonger à sa recherche, proposa Pshawri.

— Quoi?... Et ramener avec lui le tison de Loki? demanda le Souricier avec un petit rire.

Il se tourna vers Groniger.

— Alors vous seriez comme un homme de dieu à la tête pleine de nuées, espèce de vieil athée!

— Bien possible, rétorqua le Givrilien. Afreyt a dit que j'ai aussi été un géant-troll pendant un temps. N'empêche que me voici.

— Je doute que vous le trouviez, si profondément que vous plongiez, déclara Fafhrd à mi-voix, le regard posé sur la gaine de cuir protégeant son moignon encore bandé. Je pense que le tison de Loki a disparu entièrement du monde de Nehwon, et avec lui beaucoup d'autres choses curieuses : l'apaiseur qui était devenu sa demeure (les dieux aiment l'or), le fantôme d'Odin et quelques-uns de ses accessoires. Finalement l'apaiseur a rempli son office.

Rill, qui était assise à côté de lui, effleura la gaine avec sa main brûlée qui avait mis presque aussi longtemps à guérir que le moignon de Fafhrd. Et ceci avait fait naître une certaine sympathie entre eux.

— Vous porterez un crochet? demanda-t-elle.

Il hocha la tête.

— Ou un manchon pour divers outils, ustensiles et instruments. Il y a des possibilités.

Le vieil Ourph, qui sirotait son gaveh bouillant, remarqua :

— C'est bizarre, cette façon dont les deux dieux étaient liés, si bien que lorsque l'un est parti, l'autre a suivi.

— Quand nous les avons découverts, Cif et moi, nous avons cru qu'il n'y en avait qu'un seul, lui dit Afreyt.

— Nous leur avons sauvé la vie, affirma Cif. Nous avons été de très bonnes hôtesses pour eux, dans l'ensemble.

Son regard croisa celui de Rill, qui sourit.

— Sauver quelqu'un du suicide implique qu'on assume des responsabilités, déclara Afreyt dont les yeux se portèrent machinalement vers le moignon de Fafhrd. S'il en emmène d'autres avec lui en recommençant sa tentative, à vous la faute.

— Vous êtes mélancolique ce soir, Dame Afreyt, commenta le Souricier, et raisonnez trop bizarrement. Quand on part avec cette humeur, on peut aboutir n'importe où, hein, Fafhrd? Nous nous sommes mis en route pour être capitaines et voilà que nous sommes apparemment en passe de devenir marchands. Quoi ensuite? Banquiers... ou pirates?

— Soyez l'un et l'autre autant qu'il vous plaira, lui dit Cif d'un ton significatif, pourvu que vous vous rappeliez que le conseil garde Pshawri et vos hommes ici comme otages en vos lieu et place.

— De même que les miens serviront d'otages pour moi quand j'irai chercher ce bois, dit Fafhrd. Les pins d'Ool-Plerns sont grands et très verts.

TABLE DES MATIÈRES

* Autrement dit : « la tempête s'enfuit », paraphrase du vers célèbre des *Géorgiques* de Virgile, *fugit tempus* : « le temps s'enfuit » (pour ne jamais revenir). *(N.d.T.)*

LA COMPOSITION, L'IMPRESSION ET LE BROCHAGE DE CE LIVRE ONT ÉTÉ EFFECTUÉS PAR LA SOCIÉTÉ NOUVELLE FIRMIN-DIDOT POUR LE COMPTE DES PRESSES POCKET
ACHEVÉ D'IMPRIMER LE 11 JUIN 1987

PRESSES POCKET – 8, rue de Garancière – 75006 PARIS
Tél. : 46-34-12-80

Imprimé en France
Dépôt légal : juin 1987
N° d'édition : 2432 – N° d'impression : 6908